Ullstein

ÜBER DAS BUCH:

Die Polizei des südafrikanischen Städtchens Piemburg ist schnell an Ort und Stelle, als das alte Fräulein Hazelstone, ein Banner weißer Sitte und Moral, die Ermordung ihres Zulu-Kochs mitteilt. Der Haken ist bloß, daß sie partout darauf besteht, ihn eigenhändig mit der alten Elefantenflinte der Familie umgelegt zu haben. Und damit stehen die örtlichen Polizeigewaltigen vor der leidigen Aufgabe, sich zwischen Aufklärung und Vertuschung des Skandals hindurchzumogeln . . .
Wie die Diskretion in der Behandlung des prekären Falles zu einem immer irrsinnigere Ausmaße annehmenden Tohuwabohu führt, schildert Tom Sharpe mit der Detailkenntnis eines aufmerksamen Augenzeugen: Er lebte und arbeitete lange in Südafrika, bis den Mächtigen des Landes sein subversiver Humor zuviel wurde.

DER AUTOR:

Tom Sharpe wurde 1928 in England geboren, studierte in Cambridge, lernte als Buchhalter, Sozialarbeiter und Fotograf Südafrika kennen, bis er ausgewiesen wurde, unterrichtete als Hilfslehrer an einer Berufsschule in Cambridge, bis ihm der Erfolg seiner Bücher die Freiheit schenkte, mit Frau und drei Töchtern als Schriftsteller zu leben.

Tom Sharpe

Tohuwabohu

Roman

Ullstein

ein Ullstein Buch
Nr. 23993
im Verlag Ullstein GmbH,
Frankfurt/M – Berlin
Englischer Originaltitel:
Riotous Assembly

Übersetzt von Benjamin
Schwarz

Ungekürzte Ausgabe

Umschlagentwurf:
Brian Bagnall

Taschenbuchausgabe mit
freundlicher Genehmigung des
Verlags Rogner & Bernhard

Gesamtherstellung:
Ebner Ulm
ISBN 3 548 23993 5

Oktober 1996
Gedruckt auf alterungs-
beständigem Papier mit
chlorfrei gebleichtem Zellstoff

Die Deutsche Bibliothek –
CIP-Einheitsaufnahme

Sharpe, Tom:
Tohuwabohu : Roman / Tom
Sharpe. [Übers. von Benjamin
Schwarz]. – Ungekürzte Ausg. –
Frankfurt/M ; Berlin : Ullstein,
1996
(Ullstein-Buch ; Nr. 23993)
ISBN 3-548-23993-5
NE: GT

Vom selben Autor
in der Reihe
der Ullstein Bücher:

Mohrenwäsche (20593)
Feine Familie (20709)
Der Renner (20801)
Klex in der Landschaft (20963)
Henry dreht auf (22058)
Alles Quatsch (22154)
Schwanenschmaus in
Porterhouse (22195)
FamilienBande (22682)
Feine Familie/Alles Quatsch
(22452)
Puppenmord (23847)
Trabbel für Henry (23860)

Allen Beamten der Polizei Südafrikas gewidmet,
die ihr Leben der Erhaltung
der westlichen Kultur in Südafrika weihen

1

Piemburg ist eine einzige Täuschung. Nichts an dem Ort ist genau das, was es zu sein scheint. Zwischen die Ausläufer der Drakensberge gedrängt und an den Fuß eines stattlichen Hügels mit flacher Kuppe geduckt, besitzt es nur wenige Merkmale einer Hauptstadt. Reisende, deren Züge nach Johannesburg manchmal notgedrungen unter dem rostenden Blechornament seines Bahnhofsdaches halten oder die auf der Autobahn daran vorbeiflitzen, können ein winziges Städtchen erblicken, das wie tot und einbalsamiert wirkt. Und Piemburg ist, wie man allgemein hört, tatsächlich tot. Ein verschlafener Winkel wird es genannt, und ein amerikanischer Besucher soll beim Anblick von Piemburg gesagt haben: »Halb so groß wie der New Yorker Friedhof und zweimal so tot.« Und ganz unbestreitbar scheint auf den ersten Blick absolut kein Leben in der Stadt zu herrschen. Sie liegt unter der afrikanischen Sonne in ihr Tal geschmiegt und schläft. Ihre roten Eisendächer und schmiedeeisernen Balkone zeugen von einer fernen Zeit längst vergessenen Unternehmungsgeistes. Ihre Straßen säumen Jacarandabäume, und in ihren Gärten prangen blühende, dunkle Veranden. Alles wächst augenblicklich und hört fast genauso augenblicklich wieder auf zu wachsen. Die Zeit und das Klima vereinigen sich zu üppigem Wachstum und zu seinem Gegenteil.

Und Piemburg wuchs mit seiner Garnison, und beim Abzug der Garnison legte es sich zum Sterben hin. Oder vielmehr zum Schlafen. Als Hauptstadt von Zululand war es nach der Unterwerfung des Volks der Zulus durch das britische Empire aufgeblüht. Im ersten Rausch dieses gefeierten Sieges wurde Piemburg, damals eine winzige Siedlung, die von ihren afrikaansen Gründern längst verlassen worden war, zur Hauptstadt gemacht. Bürgerhäuser breiteten sich geradezu epidemisch in Gestalt von Säulenhallen und rotem viktorianischem Backstein aus. In der Villa des Gouverneurs funkelten italienische Marmorböden, venezianisches Glas und all die Ingredienzen imperialen Glanzes. Der Bahnhof, ein Ausbund an Metallverzierungen und Fayencen, stellte den angemessenen Zwischenhalt für die Züge des Vizekönigs dar, die auf ihrem Weg zu ferneren und weniger attraktiven Besitzungen des Empires im Hinterland von Afrika durch Piemburg kamen. Und als die großen Dampfmaschinen die kurvenreiche Steigung zum Kaiserblick hinaufpusteten, dem Berg über Piemburg, und ihre edle Last zu einem frühen Tod durch Tsetsefliege oder Malariamoskito trugen, da blickten monokel- und schnurrbartgeschmückte Herren heiter hinab auf die Hauptstadt von Zululand und murmelten: »Ein Kleinod, ein Juwel in einem grün und gelben Ring.« Und dann wandten sie sich wieder um und studierten die durch und durch fehlerhaften Generalstabskarten ihrer neuen Territorien.

Piemburg grüßte ihre Vorbeifahrt mit einer Ansprache des Gouverneurs auf dem Bahnsteig und einem Austausch diplomatischer Floskeln, die von der Militärkapelle, die unter dem Eisendach spielte, übertönt wurden. Und ein paar Monate später erwies ihnen Piemburg von neuem alle Hochachtung, als der vizekönigliche Sarg in einem schwarz ausgeschlagenen Waggon, von einer mit Girlanden dekorierten Lokomotive gezogen, für einen Augenblick anhielt und die Kapelle einen Trauermarsch mit einem Eifer intonierte, daß die Beileidsworte, die der Gouverneur an den Adjutanten richtete, wieder nicht zu hören waren. Und in den Zeiten zwischen imperialem Vormarsch und imperialem Rückzug schmückte sich die Hauptstadt von Zululand mit neuen Musikpavillons und botanischen Gärten und den Amüsements einer winzigen Metropole. In Fort Rapier hallte der große Paradeplatz von den gebellten Befehlen der Feldwebel wider. Tausende von Beinen in Wikkelgamaschen stampften auf den Boden oder machten kehrt, und die funkelnden Bajonette wirbelten von links nach rechts und von rechts nach links über den sonnenbeschienenen Platz.

In der Stadt waren die Straßen gespickt voll mit gewichsten Schnurrbärten. Lederweiß und Messingputzmittel standen ganz oben auf der Liste der Bedarfsartikel des täglichen Lebens. Im Hotel Imperial verrannen die Morgen und die Nachmittage sanft zwischen Topfpflanzen und Korbsesseln zur Musik eines Palmenhausorchesters. Koppel mit Schulterriemen und Fischbein-Taillen schnürten die Offiziere und ihre Gattinnen ein, die dem Wimmern der Geigen lauschten und sich mit dankbarer Wehmut Englands Grafschaften und Kirchsprengel in Erinnerung riefen. Viele kehrten nicht dorthin zurück, und die, die blieben und nicht auf dem Soldatenfriedhof in Fort Rapier begraben wurden, bauten sich ihre Häuser so nahe am Amtssitz des Gouverneurs, wie es ihnen Dienstalter und Schulden gestatteten.

Solange die Garnison blieb, gedieh Piemburg. Für kurze Zeit war Piemburg sogar lebhaft und bunt. Das Garnisonstheater wurde durch Aufführungen von Dramen und Revuen, die ein großer englischer Schauspieler und Dramatiker auf die Beine stellte, zu einer glänzenden Einrichtung und bezauberte den Gouverneur und seine Gattin. Auf Wohltätigkeitsbasaren und Gartenfesten schimmerten die Sonnenschirmchen und Turnüren der Ehefrauen, die das überraschende Glück gehabt hatten, Männer zu heiraten, deren Mittelmäßigkeit mit der Versetzung in diese entlegene Ecke des Empires belohnt wurde, und die so aus den kleinkarierten Vororten und den Zweifamilienhäusern Südlondons zur Pracht der Rasenflächen und Boskette Piemburgs entführt worden waren. Der Geschmack der viktorianischen unteren Mittelschicht prägte sich Piemburg unauslöschlich auf und blieb bis heute derselbe. Und zu dem Geschmack gesellte sich das unwandelbare Gefühl für Rangordnungen. Von den Vizekönigen und Gouverneuren abwärts über die Generäle, Vizegouverneure und Colonels erstreckten sich die Dienstgrade, nach unten zu immer breiter werdend, durch feine Unterschiede hindurch, die zu subtil sind, als daß man sie alle aufzählen könnte, wo Schulen und die Berufe von Schwiegervätern und ein aufgegebenes »ch« oder ein einziges beibehaltenes »g« einen Major in die Lage versetzen konnten, im Nu einen Oberstleutnant im Dienstrang zu überholen. Die unterste Stufe nahmen die einfachen Soldaten in der Söldnertruppe ein. Unter diesen Parias kam nichts mehr. Zulus wetteiferten mit Pondos, Mischlinge mit Indern. Was da unten vor sich ging, interessierte schlicht und einfach niemanden. Das einzige, was man wissen mußte, war, daß es irgendwo noch weiter unterhalb von den loyalen Zulus und den unzuverlässigen Pondos die Buren gab. Und so ging das bis zum Krieg. Die Buren wuschen sich nicht. Die Buren waren feige. Die Buren waren dämlich. Die Buren waren ein krankhafter Auswuchs, der den Weg nach Kairo versperrte. Piemburg ignorierte die Buren.

Und dann kam der Burenkrieg, und als die Buren den Offizieren von Fort Rapier die Monokel aus den Augen schossen, wobei sie kühl und berechnend darauf warteten, daß ihnen ein von der Sonne zugespiegeltes Zeichen ein lohnendes Monokelziel signalisierte, da kam ein neuer Respekt in Piemburg auf. Die Buren konnten richtig schießen. Die Buren waren schlau. Die Buren waren jetzt der Feind.

Und nur einen Augenblick später waren die Buren schon keine Feinde mehr. Kaum waren das Hindernis auf dem Weg nach Kairo und zu den Goldminen beseitigt, trat Piemburg seinen raschen Niedergang an. Als die Garnison abzog und die Kapellen zum letzten Male »Good bye Dolly Gray« spielten, versank Piemburg in tiefen Schlaf. Wie eine vollgefressene Puffotter lag es aufgebläht und zusammengerollt in der afrikanischen Sonne und träumte von den kurzen Tagen seines Ruhms. Nur der Sinn für Rangordnungen blieb, um sich im fruchtbaren Klima seiner eigenen Mittelmäßigkeit weiter auszubreiten. Die Häuser standen da und starrten auf den Kranz der Hügel, und auf ihren Veranden saßen die Söhne und Enkelsöhne der Feldwebel, Furiere und Offiziersanwärter und heuchelten eine Würde, die ihre Vorfahren nie gekannt hatten. In Piemburg stand die Zeit still, abzulesen nur am Staub, der sich auf den Häuptern der ausgestopften Löwen sammelte, die im Alexandra Club vermoderten, und am leise vor sich hin tröpfelnden Snobismus. Piemburgs Mittelmäßigkeit war boshaft und wartete geduldig darauf, daß etwas passierte.

2

Kommandant van Heerden hatte nur wenige Illusionen, was ihn selber betraf, aber sehr viele, was alles übrige anging. Und seinen Illusionen hatte er es zu verdanken, daß er mit der Leitung des Polizeireviers in Piemburg beauftragt worden war. Das war kein sehr beschwerlicher Posten. Piemburgs Mittelmäßigkeit brachte nicht mehr als kleine Vergehen zustande, und im Polizeipräsidium in Pretoria hatte man den Eindruck, wenn Kommandant van Heerdens Ernennung möglicherweise auch die Anzahl der Verbrechen in der Stadt nach oben treiben könnte, so trüge sie doch letztlich dazu bei, die Wogen der Diebstähle und Gewalttaten zu glätten, die sich erhoben hatten, als er in andere, aufmüpfigere Städte abkommandiert worden war.

Außerdem verdiente Piemburg den Kommandanten. Als einzige Stadt der Republik, die immer noch den Union Jack vom Rathaus wehen ließ, war ihr die Lehre zu erteilen, daß die Regierung sich nicht herausfordern ließ, ohne sich entsprechend zu revanchieren.

Kommandant van Heerden wußte, daß seine Ernennung nicht auf seine Erfolge auf dem Gebiet der Verbrechensbekämpfung zurückzuführen war. In seiner Unwissenheit bildete er sich jedoch ein, sie sei ihm zuteil geworden, weil er die Engländer verstand. In Wirklichkeit aber hatte er sie dem hohen Ansehen seines Großvaters, Klaasie von Heerden, zu verdanken, der unter General Cronje an der Schlacht von Paardeberg teilgenommen hatte und von den Briten erschossen worden war, weil er sich geweigert hatte, dem Befehl seines Regimentskommandeurs, sich zu ergeben, Folge zu leisten. Er war statt dessen in seinem Schützenloch am Ufer des Modder Rivers hocken geblieben und hatte zwölf Soldaten des Regiments Essex niedergeschossen, die gut achtundvierzig Stunden nachdem der letzte Schuß gefallen war, dort ihre Notdurft verrichteten. Die Tatsache, daß Klaasie die ganze Schlacht durch fest geschlafen und den Befehl, das Feuer einzustellen, nicht gehört hatte, wurde von den Engländern während seines Prozesses und von späteren Generationen afrikaanser Historiker einfach unter den Teppich gekehrt. Statt dessen wurde er als Held angesehen, der wegen seiner Treue zur Burenrepublik hatte den Tod erleiden müssen, und als Held wurde er von den afrikaansen Nationalisten in ganz Südafrika verehrt.

Dieses fromme Märchen war es, das Kommandant van Heerden zu seiner gegenwärtigen Stellung verholfen hatte. Es hatte lange gedauert, bis seine erwiesene Unfähigkeit das hohe Ansehen, das er von seinem Großvater geerbt hatte, als cleveren Trick erkennen ließ, und mittlerweile war es für das Polizeipräsidium zu spät, wegen seiner Unfähigkeit noch irgendwas anderes zu unternehmen, als ihn auf den Posten in Piemburg zu setzen.

Kommandant van Heerden lebte in dem Wahn, er habe die Stelle bekommen, weil Piemburg eine englische Stadt war, und ganz gewiß war das genau die Stelle, die er sich wünschte. Der Kommandant glaubte, er sei einer der wenigen Afrikaander, die das englische Gemüt wirklich verstünden. Trotz der Behandlung, die die Briten seinem Großvater hatten angedeihen lassen, trotz der Brutalität, mit der die Briten die Burenfrauen und -kinder in den Konzentrationslagern behandelt hatten, trotz der Gefühlsduselei, die die Briten auf ihre schwarzen Diener verschwendeten, trotz alledem bewunderte Kommandant van Heerden sie.

Es war etwas an ihrer plumpen Einfalt, was ihn faszinierte. Es rief etwas tief in seinem innersten Wesen wach. Was das genau war, konnte er nicht sagen, aber tief drängte es, zu tief, und wenn der Kommandant sich den Ort seiner Geburt, ihren Zeitpunkt und die Nationalität hätte aussuchen können, dann hätte er sich für Piemburg im Jahre 1890 und die Seele eines englischen Gentlemans entschieden.

Wenn er etwas bedauerte, dann war es der Umstand, daß seine eigene Mittelmäßigkeit nie Gelegenheit gehabt hatte, sich ähnlich erfolgreich Ausdruck zu verschaffen, wie es die Mittelmäßigkeit und Verworrenheit der Herrscher des britischen Empire vermocht hatten. Als englischer Gentleman im viktorianischen England geboren, hätte er es gut und gerne zum Rang eines Feldmarschalls bringen können. Seine militärische Ungeschicklichkeit wäre ihm gewiß mit ständiger rascher Beförderung vergolten worden. Er war sicher, er hätte die Sache genauso gut machen können wie Lord Chelmsford, dessen Truppen bei Isandhlwana von den Zulus aufgerieben worden waren. Stormberg, Spion Kop und Magersfontein hätten noch entsetzlichere Katastrophen werden können, hätte er nur das Kommando geführt. Kommandant van Heerden war im falschen Volk, zur falschen Zeit und am falschen Ort auf die Welt gekommen.

Das konnte man weder vom Stellvertreter des Kommandanten, Luitenant Verkramp, noch von Wachtmeister Els sagen. Daß sie überhaupt nie hätten auf die

Welt kommen dürfen oder daß, wenn ihre Geburt schon nicht zu verhüten war, ihr Volk, ihre Zeit und ihr Geburtsort so weit weg von seinem hätten liegen sollen wie nur möglich, das war Kommandant van Heerdens innigster und häufigster Wunsch.

Luitenant Verkramp haßte die Engländer. Sein Großvater hatte nicht wie der des Kommandanten für die Burenrepublik gelitten. Vielmehr hatte er von der Kanzel seiner Kapkirche herab Frieden und Freundschaft mit dem britischen Empire gepredigt und sich unter der Hand ein kleines Vermögen damit verschafft, daß er die britische Armee mit den Basuto-Ponies belieferte, die sie für ihre berittene Infanterie brauchte. Seine Kindheit hatte Verkramp im Schatten dieser Kanzel verbracht, wobei er den ausgeprägten Hang zum Eschatologischen von seinem Großvater und den Haß auf alles Englische von seinem Vater geerbt hatte, der sein Leben mit dem Versuch zubrachte, den Namen »Verräter« wieder loszuwerden, der der Familie Verkramp noch lange nach dem Burenkrieg anhing. Luitenant Verkramp brachte beide Erbteile in seinen Job ein. Er verband seine inquisitorischen Neigungen mit seiner Aversion gegen die Engländer, indem er Leiter der Sicherheitsabteilung in Piemburg wurde, was ihm die Möglichkeit gab, Berichte über die politische Zuverlässigkeit der Bürger Piemburgs an seine Vorgesetzten beim BOSS zu schicken, dem Bureau of State Security in Pretoria. Sogar Kommandant van Heerden war vor Luitenant Verkramps Verdächtigungen nicht sicher, und so hatte der Kommandant wohlweislich dafür gesorgt, daß er die Berichte, die Verkramp über ihn weiterleitete, zu Gesicht bekam. In einem von ihnen war er auf die Unterstellung gestoßen, sein Eifer bei der Jagd auf kommunistische Zellen lasse zu wünschen übrig.

Die Woche darauf hatte der Kommandant versucht, die Anschuldigungen mit einer Reihe von Blitzangriffen auf geeignete kommunistische Gruppen zu widerlegen. Eine Lesung von Shaws *Helden* im Piemburger Liebhabertheater war durch das Eintreffen des Kommandanten und seiner Männer unterbrochen worden, die alle Exemplare des Stücks beschlagnahmten und die Namen der Anwesenden feststellten. *Black Beauty* hatte man auf Anweisung des Kommandanten aus den Regalen der Stadtbücherei entfernt. Die Aufführung des Films *The African Queen* im Kino der Stadt war verboten worden, ebenso ein Artikel über Wettervoraussagen in den *Piemburg News* mit dem Titel »Roter Himmel am Abend«.

Alles in allem hatte der Kommandant keinen Zweifel, daß er wirksam gegen die Ausbreitung des Marxismus in Piemburg vorgegangen war, und der öffentliche Entrüstungsschrei, der folgte, würde seiner Meinung nach bei weitem ausreichen, BOSS zu überzeugen, daß er keineswegs so sanft mit Kommunisten verfuhr, wie Luitenant Verkramps Bericht es hatte weismachen wollen. Außerdem hatte er noch Verkramps Bericht über Wachtmeister Els in petto, auf den er zurückgreifen konnte.

Die Kluft zwischen Dichtung und Wahrheit, die sich in allen Berichten des Luitenants über das politische Leben in Piemburg weit auftat, dehnte sich in seinem Bericht über Wachtmeister Els zum kosmischen Abgrund. Darin schilderte er Els als regelmäßigen Besucher der Gottesdienste der Holländischen Reformierten Kirche, als eifriges Mitglied der Nationalistischen

Partei und als entschiedenen Gegner »aller liberalen und kommunistischen Tendenzen, die Rassenreinheit durch soziale, ökonomische und politische Integrationsmethoden in den Schmutz zu ziehen«. Da Els weder in die Kirche ging noch der Nationalistischen Partei angehörte und obendrein ein lebendes Beispiel schwarzweißer Geschlechtermischung war, hatte Kommandant van Heerden das Gefühl, er habe Luitenant Verkramps Ruf, es mit den Dingen sehr genau zu nehmen, in der Hand.

Mit Wachtmeister Els standen die Dinge ganz anders. Vor allem stellte Els für den Kommandanten nicht die geringste Bedrohung dar, dafür eine riesige für beinahe jeden sonst in Piemburg. Sein ihm angeborener Hang zu Gewalttätigkeiten und insbesondere zum Erschießen von Schwarzen konnte es auf der anderen Seite nur noch mit seinem Riesenappetit auf Brandy und seiner Neigung aufnehmen, die weniger attraktiven Teile seiner Person in diejenigen Teile afrikanischer Frauen hineinzuzwängen, die nach dem Gesetz den männlichen Gliedern ihrer eigenen Rasse vorbehalten sind. Kommandant van Heerden hatte ihm bei mehreren Gelegenheiten wegen der Ungesetzlichkeit vor allem dieser Vorliebe ernsthaft ins Gewissen reden müssen, er hatte aber Elsens Hang zu schwarzen Frauen der unbezweifelbaren Tatsache zugeschrieben, daß der Wachtmeister selbst ein Mischling war.

Nein, Wachtmeister Els hatte seine Vorzüge. Er war gewissenhaft, er war ein ausgezeichneter Schütze, und er wußte, wie man den elektrischen Behandlungsapparat bediente, der sich als so segensreich erwiesen hatte, wenn man Verdächtigen Geständnisse entlocken wollte. Luitenant Verkramp hatte das Maschinchen von einem seiner Besuche in Pretoria mitgebracht, und Els hatte sich damit sogleich außerordentlich befreundet. Ursprünglich war der Apparat nur für politisch Verdächtige vorgesehen gewesen, aber Luitenant Verkramps Bemühungen, in Piemburg irgendeinen Saboteur oder Kommunisten aufzutreiben, an dem er das Gerät ausprobieren könnte, waren so kläglich gescheitert, daß Els schließlich einen Eingeborenenjungen hatte verhaften müssen, den er eines frühen Morgens mit einer Flasche Milch in der Hand ertappt hatte. Die Tatsache, daß Els wußte, daß der Junge der Milchmann war, hatte den Wachtmeister nicht daran gehindert, die Wirkung einer Elektroschockbehandlung auszuprobieren, und nach einer Kur von fünf Minuten gestand der Junge bereitwillig ein, die Milch gestohlen zu haben, während er nach zehn Minuten zugab, am gleichen Morgen fünfzig weiße Haushalte mit vergifteter Milch versorgt zu haben. Als Els Anstalten machte, den Elektropol statt an die große Zehe dem Jungen an den Pimmel zu klemmen, bekannte der Beschuldigte, Mitglied der Kommunistischen Partei zu sein, und gab zu, in Peking in Milchsabotage ausgebildet worden zu sein. An dieser Stelle erklärte Luitenant Verkramp sich mit dem Experiment zufrieden, und der Milchjunge wurde beschuldigt, ohne Paß angetroffen worden zu sein, die Polizei in der Ausführung ihrer Pflichten behindert und sich der Verhaftung widersetzt zu haben, was ihm sechs Monate Zwangsarbeit einbrachte und den Richter davon überzeugte, daß dem Angeklagten seine Verletzungen zu Recht zugefügt worden seien, wenn er sie sich nicht sogar selber beigebracht habe. Ja, Els hatte seine Vorzüge, von denen nicht der geringste seine tiefe, wenn auch ziemlich unverständliche Verehrung für seinen Vorgesetzten war. Nicht daß Kommandant van Heerden an Wachtmeister Elsens Hochachtung auch nur im geringsten interessiert gewesen wäre, aber sie war halt ganz was anderes als die penetrante Abneigung, die Luitenant Verkramp ausströmte.

Alles in allem war Kommandant van Heerden mit dem Leben in Piemburg recht zufrieden. Alles würde so weiterlaufen wie immer, und er würde Zeit haben, sich weiter mit seinem privaten Hobby zu beschäftigen, mit dem intellektuellen Puzzle nämlich, zu versuchen, die Engländer zu verstehen. Das war ein Puzzle, von dem er wußte, daß es unmöglich zu lösen sei, das er aber genau aus diesem Grunde unendlich faszinierend fand.

Wenn Piemburg der Garten von Kommandant van Heerdens Seele war, in dem sie voller glücklicher Träume von großen Männern und großen Taten herumwandern konnte, so war Miss Hazelstone auf ihrem Landsitz Jacaranda Park die Schlüsselpflanze, der Eckbaum in der Landschaft seines Innenlebens. Nicht daß sie jung oder schön oder bezaubernd oder auch nur in irgendeiner Weise liebenswert gewesen wäre. Sie war nichts von alledem. Sie war alt, häßlich, geschwätzig und in einer an Unverschämtheit grenzenden Art und Weise schroff. Kaum verlockende Eigenschaften, aber für den Kommandanten waren sie voller außerordentlicher Reize. Für ihn stellten sie die charakteristischen Eigenheiten der Engländer dar. Miss Hazelstones schrille, laute und äußerst ungenierte Stimme war für ihn die wahre Stimme des britischen Empire. Von Miss Hazelstone getadelt, ja heruntergeputzt zu werden, daß er seine Machtbefugnisse überschreite, wenn er ihren Chauffeur verwarnte, weil er in dem 1936er Hudson Terraplane mit kaputten Bremsen und 120 Sachen durch eine geschlossene Ortschaft gerast war, war eine Freude, die kaum noch zu ertragen war. Er genoß ihre Abfuhr als Eingeständnis seiner Rechte. »Van Heerden«, pflegte sie aus dem Fond ihrer Limousine heraus zu fauchen, »Sie überschreiten Ihre Kompetenzen. Chauffeur, fahren Sie weiter.« Und der Wagen fuhr weiter, und der Kommandant stand da und staunte über ihre feine Lebensart.

Ein andermal wieder, bei einer der seltenen Gelegenheiten, die er ausfindig machen konnte, Jacaranda House einen Besuch abzustatten, empfing ihn Miss Hazelstone, wenn sie sich überhaupt soweit herabließ, am Dienstboteneingang und fertigte ihn mit so wenigen Grobheiten und so viel stillschweigender Verachtung ab, daß es dem Kommandanten wiederum vor Bewunderung fast den Atem nahm.

Mit Luitenant Verkramp sprang sie noch rauher um, und als der Kommandant die Unverschämtheiten des Geheimdienstmannes nicht mehr ertragen konnte, dachte er sich für ihn Gründe aus, in Jacaranda House vorbeizuschauen. Bei seinem ersten Besuch hatte Luitenant Verkramp den Fehler begangen, Miss Hazelstone auf Afrikaans anzureden, und von dem Augenblick an sprach sie mit ihm nur noch Küchenkaffir, ein Pidgin-Zulu, das lediglich für die alleruntersten und geistig beschränktesten schwarzen Dienstboten bestimmt war. Luitenant Verkramp kehrte von diesen Bußgängen stets sprachlos vor Wut zurück und machte seiner schlechten Laune damit Luft, daß er Sicherheitsdossiers über die Familie Hazelstone vom Stapel ließ, in denen er die alte Dame der Subversion und Erregung öffentlichen Aufruhrs bezichtigte. Diese Protokolle schickte er nach Pretoria mit der Empfehlung, den Staatsanwalt auf Miss Hazelstones Umtriebe aufmerksam zu machen.

Der Kommandant hatte seine Zweifel, daß diese Berichte Verkramps Ruf, die Dinge genau zu nehmen oder politisch zuverlässig zu sein, guttun könnten. Er hatte nämlich seinem Stellvertreter zu erzählen vergessen, daß Miss Hazelstone die einzige Tochter des verstorbenen Richters Hazelstone vom Obersten Gerichtshof war, den man im Reiche des Gesetzes als Genickbrecher-Bill kannte und der im Verkehrsstau-Ausschuß in einem Minderheitenvotum dafür plädiert hatte, für Parkverstöße die Prügelstrafe obligatorisch zu machen. Bei solchen Vorfahren schien es dem Kommandanten unwahrscheinlich, daß Miss Hazelstones Patriotismus von BOSS angezweifelt werden könnte. Britisch mochte sie ja sein, aber subversiv und kriminell niemals.

Es traf ihn daher geradezu wie ein Schock, als er hörte, wie Wachtmeister Els im Vorzimmer ans Telefon ging und Miss Hazelstones kreischende Stimme aus dem Hörer schallte. Interessiert zu sehen, wie Els sich in ihren Fängen winden würde, hörte der Kommandant der Unterhaltung zu.

Miss Hazelstone rief an, um zu melden, daß sie soeben ihren Zulu-Koch erschossen habe. Wachtmeister Els war der Sache vollkommen gewachsen. Er hatte, solange er Polizeibediensteter war, schon jede Menge Zulu-Köche erschossen. Außerdem gab es für derlei Meldungen ein Routineverfahren. Wachtmeister Els fiel in den gewohnten Trott.

»Sie möchten den Tod eines Kaffers melden«, begann er.

»Ich habe soeben meinen Zulu-Koch ermordet«, schnappte Miss Hazelstone zurück.

Els war die Beschwichtigung in Person. »Das habe ich ja gesagt. Sie möchten den Tod eines Niggers melden.«

»Nein, das möchte ich nicht. Ich habe Ihnen doch gesagt, ich habe eben Fünfpenny umgebracht.«

Els versuchte es noch mal. »Der Verlust von ein paar schäbigen Münzen zählt noch nicht als Mord.«

»Fünfpenny war mein Koch.«

»Einen Koch umzubringen, zählt auch noch nicht als Mord.«

»Als was zählt es denn dann?« Miss Hazelstones Vertrauen in ihre eigene Schuld begann unter Wachtmeister Els' günstiger Beurteilung der Lage dahinzuwelken.

»Einen weißen Koch umzubringen kann Mord sein. Es ist unwahrscheinlich, aber möglich. Einen schwarzen Koch umzubringen kann niemals Mord sein. Unter gar keinen Umständen. Einen schwarzen Koch umzubringen fällt unter Selbstverteidigung, erlaubte Tötung oder Müllbeseitigung.« Els gestattete sich ein Kichern. »Haben Sie's schon mal beim Gesundheitsamt probiert?« erkundigte er sich.

Dem Kommandanten war klar, daß Els nun auch das letzte bißchen gesellschaftlichen Anstand, das mal sein eigen war, verloren hatte. Er schob ihn zur Seite und ging selbst an den Apparat.

»Hier spricht Kommandant van Heerden«, sagte er. »Ich höre, Ihrem Koch ist ein kleines Malheur passiert.«

Miss Hazelstone war nicht aus der Ruhe zu bringen. »Ich habe eben meinen Zulu-Koch umgebracht.«

Kommandant van Heerden überhörte die Selbstbezichtigung. »Die Leiche liegt im Haus?« fragte er.

»Die Leiche liegt auf dem Rasen«, sagte Miss Hazelstone. Der Kommandant seufzte. Es war immer dasselbe. Warum erschossen die Leute die Schwarzen denn nicht im Haus, wie man das von ihnen erwartete?

»Ich werde in vierzig Minuten in Jacaranda House sein«, sagte er, »und wenn ich ankomme, will ich die Leiche im Hause finden.«

»Das werden Sie nicht«, beharrte Miss Hazelstone, »Sie werden sie auf dem Rasen hinter dem Haus finden.«

Kommandant van Heerden versuchte es noch mal.

»Wenn ich komme, liegt die Leiche im Haus.« Diesmal sagte er es sehr langsam.

Miss Hazelstone ließ sich nicht beeindrucken. »Wollen Sie damit sagen, daß ich die Leiche ins Haus schleppen soll?« fragte sie aufgebracht.

Den Kommandanten entsetzte diese Vorstellung. »Natürlich nicht«, sagte er. »Ich möchte alles andere als Ihnen Unannehmlichkeiten bereiten, und außerdem könnten Sie Fingerabdrücke hinterlassen. Sie können sie sich doch von Ihrem Hauspersonal reintragen lassen.«

Es entstand eine Pause, in der Miss Hazelstone über den Hintersinn seiner Bemerkung nachdachte. »Es hört sich für mich so an, als wollten Sie mir vorschlagen, ich sollte an den Spuren eines Verbrechens herummanipulieren«, sagte sie langsam und drohend. »Es hört sich für mich so an, als versuchten Sie mich dazu zu verleiten, mich in den Gang der Gerechtigkeit einzumischen.«

»Madam«, unterbrach sie der Kommandant, »ich versuche lediglich, Ihnen zu helfen, dem Gesetz zu gehorchen.« Er machte eine Pause und suchte nach Worten. »Das Gesetz sagt, daß es ein Verbrechen ist, Nigger außerhalb des Hauses zu erschießen. Aber das Gesetz sagt auch, daß es absolut statthaft und rechtens ist, sie im

Haus zu erschießen, wenn sie es unrechtmäßig betreten haben.«

»Fünfpenny war mein Koch und hatte jedes Recht, das Haus zu betreten.«

»Tut mir leid, da haben Sie unrecht«, ging der Kommandant dazwischen. »Ihr Haus ist ein weißer Bereich, und kein Kaffer hat das Recht, ohne Erlaubnis einen weißen Bereich zu betreten. Indem Sie Ihren Koch erschießen, verweigern Sie ihm die Erlaubnis, Ihr Haus zu betreten. Ich denke, das kann man getrost so gelten lassen.«

Am anderen Ende der Leitung war es still. Miss Hazelstone war anscheinend überzeugt.

»Ich bin in vierzig Minuten da«, fuhr van Heerden fort und setzte hoffnungsvoll hinzu: »Und ich verlasse mich darauf, daß die Leiche . . .«

»Sie sind in fünf Minuten hier, und Fünfpenny wird dort auf dem Rasen liegen, wo ich ihn erschossen habe«, schnauzte Miss Hazelstone und knallte den Hörer auf die Gabel.

Der Kommandant sah auf sein Telefon und seufzte. Er legte den Hörer erschöpft auf, drehte sich zu Wachtmeister Els um und befahl seinen Wagen.

Als sie den Berg hinauf nach Jacaranda Park fuhren, wußte Kommandant van Heerden, daß er es mit einem schwierigen Fall zu tun haben würde. Er musterte Wachtmeister Elsens Hinterkopf und fand in dessen Form und Farbe einigen Trost.

Wenn alle Stricke rissen, konnte er immer noch von Els' großartigem Talent Gebrauch machen, total unfähig zu sein, und wenn trotz aller Mühe Miss Hazelstone weiter darauf bestand, wegen Mordes vor Gericht gestellt zu werden, dann würde sie als Hauptzeugen der

Anklage Wachtmeister Els, betütert und bedudelt, gegen sich haben. Wenn gar nichts mehr sie retten konnte, wenn sie sich in offener Verhandlung schuldig bekannte, wenn sie ein Geständnis nach dem anderen unterschrieb, dann würde Wachtmeister Els im Kreuzverhör, ganz gleich, wie blöd sich der Verteidiger auch anstellte, die voreingenommensten Geschworenen oder den allerstursten Richter davon überzeugen, daß Miss Hazelstone ein unschuldiges Opfer polizeilicher Unfähigkeit und hemmungslosen Falschschwörens geworden sei. Es war bekannt, daß der Staatsanwalt einmal Wachtmeister Els im Zeugenstand »das Alibi aus der Wundertüte« genannt hatte.

3

Diese Gedanken beschäftigten Kommandant van Heerden, als er die Auffahrt von Jacaranda House entlangfuhr. Sie unterbrachen nur kurz das ästhetische Vergnügen, das er stets vor Fossilien des britischen Empire empfand. Denn Jacaranda House war reines Cecil Rhodes und Bischof Colenso.

Völlig konfus und mit Stuck über und über verziert, war das massive Bauwerk für die Ewigkeit zusammengeschustert worden. Stilistisch gelang es ihm, Östliches wie Westliches miteinander zu verbinden. In Jacaranda House prallte beides aufeinander. Auf den ersten Blick sah es so aus, als sei Schloß Windsor zur künstlichen Befruchtung des Pavillons in Brighton herangezogen worden, und von seinen mit Zinnen bespickten Giebeln bis zu seiner gekachelten und mit Säulen bestückten Veranda gelang es ihm mit einem wahrhaft englischen Eklektizismus, mehr als nur einen Hauch Durbar einem Gebäude zu verleihen, das seiner Funktion nach so eindrucksvoll wie ein Männerklo war. Wer immer auch Jacaranda House erbaut hatte, er wußte vielleicht nicht und ziemlich sicher absolut nicht, was er tat, aber er mußte schon ein Genie gewesen sein, um nur zu wissen, wie er's tat.

Als das Polizeiauto vorfuhr, wurde das große gotische Eingangsportal von einem indischen Butler mit weißen Handschuhen und einer roten Schärpe um den Bauch geöffnet, der den Kommandanten und seinen Assistenten durch eine riesige Halle führte, deren Wänden die modernden Köpfe von sechzehn Büffeln, einem Warzenschwein, zehn Löwen und zahllosen unbedeutenden Tierarten ein ehrwürdiges Aussehen verliehen; sie alle hatte der mittlerweile verstorbene Richter Hazelstone einst auf einer Versteigerung erworben, um sich seinen total ungerechtfertigten Ruf zu erhalten, ein Großwildjäger zu sein. Um den Eindruck zu erhöhen, man befände sich im Dschungel, streckten unzählige Topfpflanzen und Farnkräuter ihre staubigen Blattwedel zum stuckierten Fächergewölbe der Decke empor. Die Galerie und das große Wohnzimmer, durch das sie kamen, waren auf ähnliche Weise mit den Porträts lange verstorbener Hazelstones geschmückt, und als sie schließlich zur Veranda an der Rückseite des Hauses vorstießen, war Kommandant van Heerdens Hochachtung vor dem imperialen Großbritannien ins Unermeßliche gestiegen.

Miss Hazelstone hatte den Schauplatz ihres Verbrechens mit einem Sinn für Zurückhaltung und Festlichkeit gewählt, der noch ganz einem fernen, beschaulicheren Zeitalter entsprach. Fünfpennys Leiche lag auf einer makellosen Rasenfläche in der Haltung einer sinnigerweise ehrerbietigen Erstarrung zu Füßen eines Piedestals zusammengesunken, auf dem die Büste von Sir Theophilus Hazelstone, G. C. B., G. C. S. I., G. C. I. E., D. D. O. und einstmals Gouverneur von Zululand und Vizekönig von Matabeleland gestanden hatte; diese Büste war nach der Niederschlagung des Zulu-Aufstands aufgestellt worden, um an Sir Theophilus' Sieg bei Bulundi zu erinnern, wo 17000 unbewaffnete Zulus niedergemetzelt worden waren, die irrtümlicherweise angenommen hatten, Sir Theophilus habe sie als der Stellvertreter der Großen Weißen Queen zu einem

Palaver eingeladen. Das nachfolgende Massaker ging in die Militärgeschichte als der erste Anlaß ein, die zehnzölligen Schiffskanonen auf eine Kernschußweite von zwölf Metern abzufeuern, was zur Folge hatte, daß die Hälfte der Geschützmannschaften den eigenen Artilleriegeschossen zum Opfer fiel. Im späteren Verlauf der Schlacht war dieser Fehler korrigiert worden, und man hatte die Schiffskanonen als Fernkampfwaffe eingesetzt, um die fliehenden Zulus zu dezimieren, und zwar mit dem hervorragenden Erfolg, daß vier Farmhäuser und ein britisches Blockhaus am Tugela River, etwa sieben Meilen jenseits vom eigentlichen Schlachtgeschehen, zerstört wurden. Diese Fortschritte in der Kunst militärischer Strategie hatten Sir Theophilus die Ritterwürde und eine weitere Spange zu seinem D.S.O. eingebracht, ganz zu schweigen von der Bewunderung seiner überlebenden Offiziere und Soldaten; darüber hinaus hatten sie seinen Ruf, es mit der Redlichkeit und dem Fair play pingelig genau zu nehmen, unter den Eingeborenen gesteigert, denen es, verkrüppelt und verstümmelt, gelungen war, dem Massensterben zu entrinnen. Während seiner Regierung als Gouverneur erlebte Zululand ein Jahrzehnt ungestörten Friedens, und bei seinem Tode zog eine ganze Generation von Zulu-Witwen die Trauerkleider aus.

Das Ansehen solcher Helden wie Sir Theophilus war es, woran sich Kommandant van Heerdens Bewunderung für die Briten und ihr Weltreich hochrankte. Das hohe Ansehen, so schien es dem Kommandanten, war alles, was Sir Theophilus nun geblieben war. Denn zweifellos war seine Büste von ihrem Piedestal verschwunden und lag über einen halben Morgen ansonsten makelloser Rasenflächen verstreut. Die Stämme der Gummibäume jenseits des Rasens waren zerfetzt und zersplittert, und die Azaleenbüsche sahen aus, als hätte ihnen ein sehr großes und wahnsinnig hungriges Tier seine geballte Aufmerksamkeit geschenkt. Abgerissene Zweige und Blätter lagen in einer ungefähr zwanzig Meter breiten Bresche verstreut umher.

Einen Augenblick lang schöpfte der Kommandant neue Hoffnung, daß Fünfpennys plötzlicher Tod nicht das Ergebnis einer wie auch immer gearteten menschlichen Tat, sondern vielmehr von so was wie einer Naturkatastrophe in der Größenordnung eines unerwarteten Tornados gewesen sei, der zweifellos wohlbemerkt durch Jacaranda Park gebraust, im übrigen Piemburg aber unbemerkt geblieben war. Dieser kleine Hoffnungsfunke erlosch fast so schnell, wie er aufgeglimmt war. Es war nur zu offenbar, daß, ganz gleich, welche anderen Gaben Miss Hazelstone von ihren illustren imperialen Ahnen hinterlassen worden waren, Sir Theophilus seiner Enkelin die erklärte Vorliebe für enorme Feuerwaffen und ihre Anwendung auf ganz unnötig nahe Distanzen vererbt hatte.

Sie saß, eine schmale, eckige, fast zerbrechliche ältere Dame, in dunklen Chiffon mit einem Spitzenkragen gekleidet, in einem zerbrechlichen, ältlichen Korbsessel mit völlig überflüssigen Schondeckchen und wiegte ein Gewehr in ihrem Schoß, das Kommandant van Heerden und sogar Wachtmeister Els total aus der Fassung brachte und das nur zu gut die Szene der Verwüstung erklärte, die sich jenseits von Fünfpennys verrenkter Gestalt und dem büstenlosen Sockel zeigte. Es war eine vierläufige Büchse von fast zwei Metern Länge, deren Kaliber einen so großen Durchmesser hatte, daß einem unwillkürlich eine der Lieblingswaffen Sir Theophilus' in den Sinn kam, nämlich die zehnzöllige Schiffskanone. Kommandant von Heerdens erfahrenes Auge sagte ihm sofort, daß es sich hier um keine Standardfeuerwaffe handelte, die zur Selbstverteidigung zugelassen war.

»Das ist die Mordwaffe«, sagte Miss Hazelstone, die offenbar seine Gedanken las. Sie tätschelte die vier Gewehrläufe, und van Heerden sagte sich, daß sie offensichtlich wild entschlossen sei, keine Stelle der Waffe ohne ihre Fingerabdrücke zu lassen.

Der Kommandant blickte vorsichtig auf das Gewehr. »Was ist das denn für eins?« fragte er schließlich.

»Das ist eine automatische, mehrläufige Elefantenbüchse«, erwiderte Miss Hazelstone. »Sie wurde von meinem Vater, dem seligen Richter Hazelstone, entworfen und nach seinen Angaben gebaut. Ihre Feuergeschwindigkeit beträgt vierzig Schuß pro Minute, und einen angreifenden Elefanten kann sie auf tausend Meter außer Gefecht setzen.«

Van Heerden äußerte die Ansicht, daß es wohl unnötig sei, Elefanten auf tausend Meter Entfernung zu töten. Er brachte es nicht übers Herz, die Formulierung »außer Gefecht setzen« zu verwenden. Sie wirkte unangemessen schlicht. »Wegpusten« erschien ihm viel passender.

»Mein Vater war ein miserabler Schütze«, fuhr Miss Hazelstone fort. »Außerdem war er ein grauenhafter Feigling.«

»Einen Menschen, der dieses Gewehr abfeuert, kann man unmöglich einen Feigling nennen«, sagte der Kommandant so galant wie wahrheitsgemäß. Er fing allmählich an, das Gespräch recht erholsam zu finden. Der Mord hatte Miss Hazelstone offenbar einen ganz ungewohnt menschlichen Zug verliehen. Sie behandelte ihn mit nie gekannter Höflichkeit. Der Kommandant beschloß, daß die Zeit gekommen sei, die Verteidigung von Miss Hazelstones Unschuld wiederaufzunehmen.

»Dieses Gewehr ist viel zu schwer für eine Frau . . . Pardon, für eine Dame wie Sie«, sagte er und bereute seine Bemerkung fast so schnell, wie er sie gemacht hatte. Es war klar, daß Miss Hazelstone auf jede Herausforderung antworten würde. Sie stand von ihrem Sessel auf und zielte mit der riesigen Büchse in den Garten.

Der Kommandant hatte nicht mit der Möglichkeit gerechnet, daß sie das Ding vielleicht auch abfeuern könnte. Wachtmeister Els dagegen handelte ausnahmsweise mal mit größerer Behendigkeit und warf sich auf den Boden. Daß der Boden, den er sich dafür aussuchte, bereits von einem großen Dobermannpinscher belegt war und daß der Hund es vorzog, Wachtmeister Els das Recht streitig zu machen, mit seinem Bauch auf ihm zu liegen, und daß sowieso alle südafrikanischen Hunde darauf dressiert sind, Leute schwarzer Abstammung zu beißen, und daß Wachtmeister Els genügend schwarzes Blut besaß, um das Beißen auf Verdacht zu rechtfertigen, all das entging Kommandant van Heerden, als Miss Hazelstone, bald auf die Erde, bald in den Himmel zielend, auf den Abzug drückte.

Der Kommandant, der keinen halben Meter rechts von den vier Gewehrläufen und fast auf der gleichen Höhe mit ihren Mündungen stand und der nur einen Augenblick vorher ein vernünftig denkender Mensch im Vollbesitz seiner Sinne gewesen war, hatte plötzlich den Eindruck, in einer riesigen und sich rasend schnell ausdehnenden Feuerblase zu stehen. Die ganze Welt um ihn herum, der Garten, der Himmel, die zwitschernden Vögel, selbst das Geschrei von Wachtmeister Els, den der Dobermann in der Mache hatte, alles versank. Kommandant van Heerden erlebte lediglich die absolute Stille im lautlosen Inneren einer gewaltigen Explosion. Es gab keinen Schmerz, keine Angst, keine Gedanken mehr, nur noch die Gewißheit, nicht daß das Ende der Welt unmittelbar bevorstünde, sondern daß es bereits unwiderruflich dasei. Für einen kurzen Augenblick der Erleuchtung erlebte Kommandant van Heerden die höchste Form mystischer Einsicht, die totale Trennung von seinem Körper. Es dauerte ein bißchen, ehe er wieder zur Welt körperlicher Empfindungen zurückkehrte, zu lange jedenfalls, um noch etwas von dem Donnerschlag zu hören, der von Jacaranda Park in Richtung auf die Drakensberge zurollte. Mit dem starren Blick eines wachgerüttelten Traumwandlers und dem versengten Schnurrbart von jemandem, der zu nahe an einem ungeheuer dicken Gewehrlauf gestanden hat, blickte er auf die Szene um sich herum. Die sah nicht so aus, als könne sie einen Menschen, der an seinem Verstand zweifelt, einigermaßen beruhigen.

Wachtmeister Elsens Auseinandersetzung mit dem Dobermann hatte sich durch den Riesenradau, um es milde auszudrücken, etwas zugespitzt. Es war schwer zu sagen, welche der beiden Bestien das Krachen der Elefantenbüchse verrückter gemacht hatte. Der Hund, der sich zunächst in Wachtmeister Els' Fußknöchel bis durch zum Knochen verbissen hatte, hatte seine Aufmerksamkeit inzwischen auf dessen Lendengegend konzentriert und, erst einmal dort angelangt, alle Anzeichen einer Kieferklemme an den Tag gelegt. Els bot sich nichts, in das er beißen konnte, außer dem Hinterteil des Dobermanns, und da er auch jetzt wie stets am

Althergebrachten hing, wandte er seine Taktik an, die er sich in mehreren tausend Verhören von Afrikanern angeeignet hatte: Er nannte das Verfahren fröhlich »Eiersalat«, aber in den Obduktionsberichten über einige seiner Patienten wurde es als schwere Hodenquetschung bezeichnet.

Kommandant van Heerden wandte die Reste seiner ihm noch gebliebenen Aufmerksamkeit von diesem unerfreulichen Schauspiel ab und versuchte, einen Blick auf Miss Hazelstone zu werfen, die verblüfft, aber zufrieden in ihrem Korbsessel lag, wohin der Rückstoß der Flinte sie geworfen hatte. Durch seine angesengten Wimpern hindurch nahm der Kommandant vage wahr, daß sie mit ihm sprach, denn sie bewegte ihre Lippen, aber es dauerte ein paar Minuten, ehe er sein Gehör so weit wiedererlangt hatte, daß er aus dem, was sie sagte, klug wurde. Nicht daß er ihre Bemerkungen als besonders hilfreich empfunden hätte. Es schien ihm ausgesprochen natürlich, was sie immer wieder sagte: »Da haben Sie's. Ich habe Ihnen doch gesagt, ich könnte mit dem Gewehr schießen.« Und der Kommandant begann sich zu fragen, ob er zu Luitenant Verkramp nicht ein bißchen ungerecht gewesen sei. Miss Hazelstone war wirklich eine Frau, die vor nichts zurückschreckte.

Ihre zweite Schießübung hatte zerstört, was von dem Sockel, auf dem Sir Theophilus' Büste gestanden hatte, noch übrig gewesen war, und da sie auch auf die Erde gezielt hatte, waren alle Spuren von Fünfpennys eben noch devotem Leichnam fast getilgt. Fast, aber nicht völlig, denn zu den bruchstückhaften und weit verstreuten Überresten von Sir Theophilus' Büste auf ihren weit voneinander entfernten Rasenfleckchen hatten sich die nicht weniger bruchstückhaften und weit verstreuten

Überreste des verblichenen Zulu-Kochs gesellt, während schwarze Hautfetzchen wie Schnecken an den zerschossenen Stämmen der Gummibäume klebten, die den einst unberührten Rasen säumten. Kommandant van Heerden brachte nicht den Mut auf, das Auge auf einen runden, schwarzen Gegenstand zu richten, der den Versuch nicht aufgab, immer wieder die Aufmerksamkeit auf sich zu ziehen, indem er wehmütig von einem Ast im oberen Teil eines im übrigen prachtvollen blauen Gummibaums herunterbaumelte. Durch die Mitte des Rasens hatte die Elefantenbüchse eine etwa zwanzig Zentimeter tiefe und fünfzehn Meter lange schnurgerade Rinne gekerbt, von deren ausgezackten Rändern etwas aufstieg, wovon der Kommandant verzweifelt hoffte, es sei Dampf.

Da er das Gefühl hatte, daß ihn die Anstrengungen des Nachmittags und seine eben gemachten übersinnlichen Erfahrungen von den Normen der Höflichkeit befreiten, die er zuvor in Miss Hazelstones Gegenwart eingehalten hatte, setzte sich der Kommandant unaufgefordert in einen Sessel, schön außerhalb jedes möglichen Schußwinkels dieser fürchterlichen Elefantenbüchse, und sah mit der Miene eines Kenners Wachtmeister Els' Gladiatorenkampf mit dem Dobermann zu.

Alles in allem schienen ihm beide, was ihren Körperbau und das geistige Erfassen der Lage betraf, recht gut zueinander zu passen. Natürlich hatte Els den Nachteil, einen kleineren Kiefer und weniger Zähne zu besitzen, aber was ihm an Beißkraft abging, das machte er an Konzentration und Kastrationserfahrung wieder wett. Einen Moment lang meinte der Kommandant allen Ernstes, dazwischengehen zu müssen, aber Miss Hazelstone hatte bereits mit jener Entschlossenheit gehandelt, die er an Personen ihres Standes immer so bewundernswert gefunden hatte. Sie schickte ihren indischen Butler ins Haus, und wenig später kam er mit einer Flasche Salmiakgeist und einem großen Wattebausch zurück.

»Die beste Art, Hunde voneinander zu trennen«, schrie sie ihm durch das Geknurre und Gestöhne hindurch zu, »ist, ihnen einen Wattebausch, der mit Salmiakgeist getränkt ist, auf die Schnauze zu drücken. Sie schnappen nach Luft, und man reißt sie auseinander«, und mit diesen Worten preßte sie den Wattebausch Wachtmeister Els auf sein bereits dunkelrotes Gesicht. Der Kommandant fragte sich, warum sie sich Els als ersten aussuchte, um ihn zum Loslassen zu zwingen, aber dann erklärte er es sich mit der großen Tierliebe der Briten, und er wußte – um Miss Hazelstone gegenüber fair zu sein –, daß sie ihren Dobermann ganz besonders gern hatte.

Sofort wurde klar, daß diese Methode von bemerkenswerter Wirksamkeit war. Mit einem dumpfen Schrei und allen Anzeichen seines unmittelbar bevorstehenden Erstickungstodes ließ Els die Fortpflanzungsorgane des Hundes los, und der indische Butler unterstützte den Wachtmeister darin, den Kampf nicht fortzusetzen, indem er sich ihm an die Knöchel hängte und ihn wegzuschleifen versuchte.

Zu Els' Pech ließ sich der Dobermann durch den drohenden Erstickungstod weit weniger einschüchtern oder war gegen Salmiakgeist mittlerweile immun, jedenfalls dauerte es einige Zeit, bis sich das Vieh dazu überreden ließ, den Vorteil nicht auszunutzen, den ihm, wie es natürlich annahm, das Eingreifen seines Frauchens beschert hatte. Es könnte auch gedacht haben, daß Miss Hazelstone sich deswegen eingemischt hatte, weil Wachtmeister Els seine ziemlich furchterregenden Beißgelüste inzwischen auf sie konzentrierte, was zumindest natürlicher, wenn auch angesichts ihres Alters und der nicht vorhandenen körperlichen Reize nicht so recht verständlich gewesen wäre. Ganz egal, welche Gründe der Dobermann hatte, der Lendengegend des Wachtmeisters weiterhin seine Anhänglichkeit zu beweisen, der Kommandant hatte so Gelegenheit, seine Aufmerksamkeit, die lediglich durch die Schmerzensschreie seines Assistenten gestört wurde, auf den Fall zu lenken, den er zu untersuchen hatte.

Als endlich wieder Ruhe und Frieden in Jacaranda House eingekehrt waren und Miss Hazelstone ihren indischen Butler Oogly angewiesen hatte, im Salon den Tee zu servieren, da war auch Kommandant van Heerden wieder genügend bei Kräften, um mit der Untersuchung des Falles zu beginnen. Aber zunächst gab er Wachtmeister Els den Auftrag, die Überreste Fünfpennys von dem Rasen und einem ganz ohne Zweifel nicht zu ersteigenden blauen Gummibaum einzusammeln, ein Auftrag, gegen den der Wachtmeister nur zu gern mit der Begründung protestiert hätte, er habe wegen mehrfachen und ernsthaften Hundebisses, ganz zu schweigen von der Kampfstrapaze und der Schützengrabenneurose, eine augenblickliche und nachhaltige Krankenhausbehandlung nötig.

Schließlich war der Kommandant in der Lage, Miss Hazelstones Verhör bei einem richtig schön altmodischen Tee mit Lachsschnittchen und Teegebäck wiederaufzunehmen, wobei es ihm fast das gleiche Vergnügen bereitete, Wachtmeister Els dabei zuzusehen, wie er auf dem blauen Gummibaum in ungefähr zehn Meter Höhe mit heftigen Schwindelgefühlen kämpfte.

»Nun zu diesem Koch«, begann der Kommandant. »Darf ich annehmen, daß Sie mit seinen Kochkünsten nicht zufrieden waren?«

»Fünfpenny war ein exzellenter Koch«, erklärte Miss Hazelstone mit Nachdruck.

»Ich verstehe«, sagte der Kommandant, obwohl er das nicht tat, weder buchstäblich noch im übertragenen Sinne. Mit dem Verstand hatte er so seine Schwierigkeiten, seitdem er in diesem Feuerball gestanden hatte. Irgendwie kam er und ging dann wieder, und sein Gehör benahm sich auch unberechenbar.

»Fünfpenny war eine kulinarische Koryphäe«, fuhr Miss Hazelstone fort.

»Ach, tatsächlich?« Der Kommandant faßte neue Hoffnung. »Und wann machte er das immer?«

»Jeden Tag natürlich.«

»Und wann kamen Sie dahinter, was er so vorhatte?«

»Sobald ich ›Los!‹ sagte.«

Der Kommandant war verblüfft. »Und Sie erlaubten ihm weiterzumachen?«

»Aber natürlich. Sie nehmen doch wohl nicht an, daß ich ihn hätte aufhalten sollen, oder?« schnauzte Miss Hazelstone.

»Aber Ihre Pflicht als Bürgerin . . .«

»Ach Quatsch, meine Pflicht als Bürgerin. Warum um alles im Himmel sollte meine Pflicht als Bürgerin mich zwingen, einen exzellenten Koch an die Luft zu setzen?«

Der Kommandant suchte in den Tiefen seines explosionserschütterten Hirns nach einer passenden Antwort.

»Na ja, Sie scheinen ihn doch deswegen erschossen zu haben«, sagte er schließlich.

»Das ist doch alles Kohl«, schnaubte Miss Hazelstone. »Fünfpennys Tod war ein *crime passionel.*«

Kommandant van Heerden versuchte sich vorzustellen, wie ein Cream Passion Nell wohl aussähe. Fünfpennys Tod hatte ihm mehr wie eine explodierte Blutwurst ausgesehen, und was die Portionen betraf, die Wachtmeister Els noch immer aus dem blauen Gummibaum zu entfernen versuchte: selbst ein Hundeschlächter hätte seine Schwierigkeiten gehabt, sich eine passende Beschreibung für sie auszudenken.

»Ein Cream Passion Nell«, wiederholte er langsam und hoffte, Miss Hazelstone käme ihm mit einer geläufigeren Bezeichnung zu Hilfe. Das tat sie auch.

»Ein Verbrechen aus Leidenschaft, Sie Dummkopf«, knurrte sie.

Kommandant van Heerden nickte. Er hatte es ja gewußt, es konnte nichts anderes sein. Niemand mit gesunden fünf Sinnen hätte Fünfpenny diese gräßlichen Verletzungen kaltblütig und ohne wenigstens ein bißchen Gefühlsbeteiligung zufügen können.

»Oh, das verstehe ich«, sagte er.

Aber Miss Hazelstone hatte nicht die Absicht, es bei diesem tröstlichen Mißverständnis zu belassen. »Ich möchte Ihnen damit zu verstehen geben, daß meine Gefühle für Fünfpenny nicht so waren, wie sie zwischen Herrin und Diener normalerweise üblich sind«, sagte sie.

Zu diesem Schluß war Kommandant van Heerden schon auf eigene Faust gekommen. Er nickte Miss Hazelstone aufmunternd zu. Ihre altmodische und förmliche Art, ihre Gedanken in Worte zu fassen, entzückte ihn. Ihre nächste Bemerkung hatte die völlig entgegengesetzte Wirkung.

»Was ich Ihnen die ganze Zeit zu sagen versuche«, fuhr sie fort, »ist, daß ich verliebt in ihn war.«

Es dauerte etwas, bis der ganze Gehalt dieser Äußerung in das überforderte Gehirn des Kommandanten eindrang. Seine Erfahrung, sich neben der Mündung der Elefantenbüchse langsam von seinem Körper zu lösen, war im Vergleich dazu nur das leise Säuseln einer Brise im fernen Rispengras. Das hier war eine Bombe. Sprachlos vor Entsetzen starrte er blicklos in Miss Hazelstones Richtung. Jetzt wußte er, wie die Fratze des Wahnsinns aussah. Sie sah wie eine zerbrechliche alte Dame von berühmter und untadeliger britischer Abkunft aus, die in einem Ohrensessel saß und in ihren zierlichen Händen ein chinesisches Teetäßchen hielt, auf dem unter dem goldenen Abziehbild des Wappentiers der Hazelstones, einem drohend aufgerichteten Wildschwein, das Familienmotto *»Baisez moi«* stand, und die einem afrikaansen Polizisten offen eingestand, daß sie in ihren schwarzen Koch verliebt gewesen sei.

Miss Hazelstone ignorierte das verdutzte Schweigen des Kommandanten. Sie nahm es offensichtlich als ein Zeichen des Respekts vor der Zartheit ihrer Gefühle.

»Fünfpenny und ich, wir liebten uns«, fuhr sie fort. »Wir hingen in tiefer, unsterblicher Liebe aneinander.«

Dem Kommandanten drehte es sich im Kopf. Es war schon schwer genug, versuchen zu müssen (und sei es noch so aussichtslos), Verständnis dafür aufzubringen, was um Gottes willen Miss Hazelstone denn bloß anziehend an einem schwarzen Koch gefunden haben könnte, ganz zu schweigen vom Versuch, sich vorzustellen, wie ein schwarzer Koch in Miss Hazelstone verliebt sein könnte, aber als sie, um dem Ganzen die Krone aufzusetzen, den Ausdruck »unsterbliche Liebe« benutzte, während als unmittelbares Ergebnis der Leidenschaft, die seine Geliebte für ihn hegte, Fünfpennys Überreste über einen Morgen Wiese und Gebüsch verstreut lagen oder zwanzig Meter hoch in einem blauen Gummibaum hingen, da wußte Kommandant van Heerden, daß sein Verstand ernstlich in Gefahr war, total durcheinanderzugeraten.

»Sprechen Sie weiter«, keuchte er unwillkürlich. Er wollte eigentlich »Halten Sie um Gottes willen den Mund« sagen, aber sein berufliches Training setzte sich gegen ihn durch.

Miss Hazelstone schien beglückt, weiterreden zu können.

»Wir verliebten uns vor acht Jahren, und gleich von Anfang an waren wir wahnsinnig glücklich. Fünfpenny verstand meine Herzensbedürfnisse. Natürlich konnten wir wegen dieser absurden Moralgesetze nicht heiraten.« Sie machte eine Pause und hob die Hand, als wolle sie den entsetzten Protest des Kommandanten zum Schweigen bringen. »Also mußten wir in Sünde leben.« Kommandant van Heerden war über das bloße Entsetzen längst hinaus. Er glotzte sie fassungslos an. »Aber wenn wir auch nicht verheiratet waren«, fuhr Miss Hazelstone fort, »glücklich waren wir. Ich muß zugeben, wir führten kein sehr geselliges Leben, aber wenn man mal erst in meinem Alter ist, dann ist ein ruhiges Leben daheim eigentlich alles, was man sich wünscht. Denken Sie nicht auch?«

Kommandant van Heerden dachte überhaupt nicht. Er mühte sich nach Kräften, nicht zuzuhören. Schwankend erhob er sich von seinem Sessel und schloß die

Glastüren, die auf die Veranda führten. Was dieses grauenhafte alte Weib ihm hier erzählte, durfte Wachtmeister Els auf keinen Fall zu Ohren kommen. Er war erleichtert, als er bemerkte, daß der fürchterliche Kerl sich bis zur Spitze des Baums hochgearbeitet hatte, wo er anscheinend steckengeblieben war.

Während Miss Hazelstone weiter ihren Katalog von Fünfpennys Vorzügen runterbrabbelte, stampfte der Kommandant im Zimmer hin und her und kramte in seinem Hirn wie verrückt nach einer Möglichkeit, wie er den Fall vertuschen könnte. Miss Hazelstone und Jacaranda House waren praktisch nationale Institutionen. Ihre Feuilletons über gesellschaftliche Umgangsformen und feine Lebensart erschienen in jeder Zeitung des Landes, ganz abgesehen von ihren vielen Artikeln in den besseren Frauenzeitschriften. Wenn rauskäme, daß die Wortführerin der englischen Gesellschaft in Zululand ihren schwarzen Koch ermordet hatte, oder wenn sich in schwarze Köche zu verlieben plötzlich der Kategorie feiner Lebensart zugerechnet würde und diese Mode sich ausbreitete, wie es sehr wohl passieren könnte, dann würde Südafrika innerhalb eines Jahres farbig werden. Und wie stand es mit der Wirkung auf die Zulus selbst, wenn sie hörten, daß einer von ihnen was mit der Enkelin des Großen Gouverneurs Sir Theophilus Hazelstone in Sir Theophilus' eigenem Kral, Jacaranda Park, gehabt hatte, und das überreichlich, praktisch legal und auf ihr Drängen? Kommandant van Heerdens Phantasie schweifte von Massenvergewaltigungen durch Tausende von Zulu-Köchen weiter zu Eingeborenenaufständen und langte schließlich beim Rassenkrieg an. Luitenant Verkramp hatte in seinen Berichten nach Pretoria also doch recht gehabt. Er hatte erstaunlichen Scharfblick bewiesen. Miss Hazelstone und ihr verfluchter Zulu-Koch waren allen Ernstes imstande, dreihundert Jahren weißer Herrschaft in Südafrika ein Ende zu bereiten. Was noch schlimmer war: Er, Kommandant van Heerden, würde dafür verantwortlich gemacht werden.

Nachdem er lange und andächtig einer mottenzerfressenen Hyäne ins Gesicht gestarrt hatte, die er in seiner Verwirrung für ein Jugendbildnis von Sir Theophilus hielt, raffte der Kommandant schließlich die letzten ihm noch verbliebenen Kräfte zusammen und drehte sich wieder zu seiner Peinigerin um. Er würde einen letzten Versuch unternehmen, die alte Schachtel dazu zu bewegen, ihre Pflicht als Dame und als Weiße einzusehen und zu leugnen, jemals etwas Tödlicheres oder Leidenschaftlicheres ihrem Zulu-Koch gegenüber gehegt zu haben als mäßig kritische Gedanken.

Miss Hazelstone hatte die Aufzählung von Fünfpennys Tugenden als eines gefühlvollen Seelenfreundes beendet. Sie hatte angefangen, die Eigenschaften des Kochs als eines animalischen und sinnlichen Liebhabers zu schildern, der das Bett mit ihr teilte und ihre sexuellen Gelüste befriedigte, die, wie der Kommandant mit Abscheu entdeckte, kolossal und seiner Ansicht nach pervers bis zur Ungeheuerlichkeit waren.

»Natürlich hatten wir anfangs unsere kleinen Schwierigkeiten«, sagte sie gerade. »Es bestanden kleine Differenzen in unserer Einstellung, ganz zu schweigen von unseren körperlichen Eigenschaften. Ein Mann von Ihrer Erfahrung, Kommandant, wird selbstverständlich wissen, was ich meine.«

Der Kommandant, dessen Sexerfahrungen sich auf einen Bordellbesuch jährlich während seiner Sommerferien in Lourenco Marques beschränkten, dessen Erfahrungen mit Zulus aber ziemlich weitläufig waren, dachte, daß er wisse, was sie meine, und hoffte beim Himmel, er wisse es nicht.

»Zunächst litt Fünfpenny an *ejaculatio praecox*«, fuhr Miss Hazelstone mit klinischer Strenge fort. Einen kleinen, allzu kurzen Augenblick lang bewahrten den Kommandanten seine mangelnden Lateinkenntnisse und sein beschränktes medizinisches Wissen davor, die volle Bedeutung dieser Worte zu erfassen. Aber Miss Hazelstone beeilte sich, ihn aufzuklären.

»Seine Emissionen kamen immer zu früh«, sagte sie, und als der Kommandant verständnislos einzuwenden wagte, seiner unmaßgeblichen Meinung nach hätte Fünfpenny angesichts seiner schmutzigen Angewohnheiten in seinem späteren Leben gar nicht früh genug zur Mission kommen können, da ließ sich Miss Hazelstone zum Stallniveau herab und erklärte die Sache in einer Sprache, die dem Kommandanten, wenn auch gegen seinen Willen, nur allzu verständlich erscheinen mußte.

»Er spritzte los, kaum daß ich ihn berührte«, fuhr sie, ohne mit der Wimper zu zucken, fort, und da sie den Entsetzensblick des Kommandanten irrtümlich für ein Zeichen hielt, daß er immer noch nicht kapiert hatte, was sie meinte, holte sie zum Gnadenstoß auf sein erschrecktes Zartgefühl aus.

»Es kam ihm normalerweise schon, ehe er mir seinen Schwanz reingesteckt hatte«, sagte sie, und während sie das sagte, meinte der Kommandant zu bemerken – und es war wie in einem gräßlichen Alptraum –, daß sich Miss Hazelstones Mundwinkel zu einem milden Lächeln glücklicher Erinnerung nach oben zogen.

Jetzt war ihm klar, daß Miss Hazelstone total verrückt war. Er wollte gerade sagen, sie habe wohl eine geballte Ladung ins Oberstübchen abgekriegt, aber diesen Ausdruck, der allzusehr an Fünfpennys widerliche Schwäche erinnerte, von seinem Schicksal ganz zu schweigen, hielt er auf der Schwelle seines Bewußtseins zurück.

»Aber schließlich lösten wir das Problem«, erzählte Miss Hazelstone weiter. »Zunächst mal brachte ich ihn dazu, drei Präservative zu tragen, und zwar eins über dem anderen, um seine *glans penis* weniger empfindlich zu machen, und meiner Ansicht nach gelang das recht zufriedenstellend, obgleich es ihm eventuell den Blutkreislauf ein winziges bißchen abschnürte und er sich darüber beklagte, daß er nicht sehr viel spüre. Nach einer Stunde dann ließ ich ihn eins abnehmen, und das half ihm ein wenig, schließlich zog er das zweite runter, und wir kamen gleichzeitig zum Orgasmus.« Sie hielt inne und wedelte schelmisch mit dem Finger zu dem wie betäubt dasitzenden Kommandanten hinüber, der verzweifelt versuchte, genügend Kräfte zu mobilisieren, um diesen schrecklichen Enthüllungen Einhalt zu gebieten. »Aber das war noch nicht alles«, fuhr sie fort, »ich kam nämlich schließlich auf eine noch bessere Lösung für Fünfpennys kleines Problemchen. Ich war zu meiner halbjährlichen Routineuntersuchung beim Zahnarzt, und Dr. Levy gab mir zur örtlichen Betäubung eine Spritze gegen die Schmerzen.« Sie zögerte, als schäme sie sich, eine Schwäche zuzugeben. »Früher haben wir uns natürlich nie mit solchem Blödsinn abgegeben. Ein kleiner Schmerz tut niemandem weh. Aber Dr. Levy bestand darauf, und hinterher war ich ja so froh, daß ich's hatte machen lassen. Verstehen Sie, mir wurde nämlich plötzlich klar, wie ich verhindern könnte, daß Fünfpenny von der Macht seiner Gefühle, die er für mich hegte, überwältigt würde.« Sie machte eine Pause. Es war weiß Gott auch nicht nötig, daß sie weiterredete.

Kommandant van Heerdens blitzschneller Verstand war bereits vorausgeeilt und hatte den entscheidenden Punkt recht genau erfaßt. Außerdem begriff er allmählich, wenn auch nur vage, den Gedankengang, dem Miss Hazelstone folgte.

In diesem Moment sah er die Szene im Gericht vor sich, die sich aus Miss Hazelstones Eröffnung ergeben mußte, daß sie sich es zur Gewohnheit gemacht habe, ihrem schwarzen Koch erst eine Spritze Novocain in den Penis zu verabreichen, ehe sie ihm erlaubte, mit ihr zu schlafen. Er sah die Szene vor sich und schwor sich, daß sie nie eintreten werde, auch wenn das hieße, daß er Miss Hazelstone umbringen müsse, um das zu verhindern.

Verzweifelt wanderte sein Blick über die Versammlung längst verblichener Hazelstones, die die Wände des Salons zierten, und er hoffte, sie würden das Opfer zu schätzen wissen, das er zu bringen bereit war, um den guten Namen der Familie vor der Schande zu retten, mit der ihn Miss Hazelstone offenbar partout in den Dreck ziehen wollte. Die Sache mit den Novocaininjektionen stellte eine dermaßen bizarre Neuerung in den Sexualpraktiken dar, daß sie nicht bloß in die südafrikanischen Schlagzeilen käme. Die Zeitungen der ganzen Welt würden diesen Leckerbissen in riesigen Lettern auf ihren Titelseiten breittreten. Er konnte sich nicht recht denken, wie sie es wohl letztlich formulieren würden, aber er hatte in die Fähigkeiten der Redakteure, daß sie es hübsch eindrucksvoll herausstellen würden, das allergrößte Zutrauen. Er versuchte sich vorzustellen, welchen Eindruck das Ganze wohl auf Fünfpenny gemacht haben würde, und kam zu dem Schluß, der Tod vor der Mündung dieser grauenhaften Elefantenbüchse müsse dem Koch vergleichsweise als willkommene Erlösung von der Pein erschienen sein, von Miss Hazelstone fortwährend die Nadel ihrer Novocainspritze in die Pimmelspitze gerammt zu bekommen. Der Kommandant stellte sich vergeblich die Frage, ob Fünfpenny wohl eine Vorhaut gehabt habe. Das würde sich nun nie mehr feststellen lassen.

Dieser Gedanke brachte ihn darauf, doch mal aus dem Fenster zu schauen und nachzusehen, wie Wachtmeister Els weiterkam. Er bemerkte mit dem allerletzten Rest von Erstaunen, den Miss Hazelstones Beichte ihm noch gelassen hatte, daß Els angesichts der Höhe des Baumes den Kopf nicht hatte hängen lassen, vor allem den von Fünfpenny nicht, und es irgendwie fertiggebracht hatte, wieder auf die Erde zurückzukommen, wo er sich eifrig um Beförderung bemühte, indem er den indischen Butler mit Fußtritten dazu antrieb, die verstreuten Überreste des Zulu-Kochs aufzusammeln und in einen Kopfkissenbezug zu stecken. Els war, dachte der Kommandant, wie üblich ein bißchen sehr optimistisch. So was Großes wie ein Kopfkissenbezug war gar nicht nötig. Ein Schwammtäschchen hätte es auch getan.

4

Miss Hazelstone setzte sich, von ihrer Beichte offenbar erschöpft, still in ihrem Sessel zurück und blickte glücklich in ihre unmittelbare Vergangenheit. Kommandant van Heerden ließ sich ihr gegenüber in einen Sessel plumpsen und blickte weit weniger zufrieden in seine unmittelbare Zukunft. Was Miss Hazelstone ihm offenbart hatte, das würde sie, da hatte er keinen Zweifel, der ganzen Welt auf die Nase binden, wenn er ihr auch nur halbwegs die Gelegenheit dazu bot, aber diese Enthüllungen mußten unter allen Umständen auf der Stelle verhindert werden. Seine eigene Karriere, der gute Ruf der führenden Familie Zululands, die ganze Zukunft Südafrikas hing ohne jede Frage von Miss Hazelstones Schweigen ab. Seine erste Aufgabe war also, dafür zu sorgen, daß kein einziges Wort über die Ereignisse dieses Nachmittags aus Jacaranda Park heraussickerte. Kommandant van Heerden hatte wenig Vertrauen in seine eigenen Fähigkeiten, das zu verhindern. Und in die von Wachtmeister Els hatte er schon überhaupt keins.

Der Kommandant wußte aus bitterer Erfahrung, daß Wachtmeister Els außerstande war, irgend etwas, sei es Geld, Frau, Penis oder Gefangene, von Klatsch ganz zu schweigen, für sich zu behalten. Und was Miss Hazelstone zu berichten hatte, war ja nun nicht mehr bloß Klatsch. Es war politisch, rassisch, gesellschaftlich – Sie sagen es! – Dynamit.

Genau an diesem Punkt seiner Betrachtungen sah er den Wachtmeister sich dem Haus nähern. Er machte den

Eindruck eines braven Hundes, der seine Pflicht getan hat und jetzt eine Belohnung erwartet. Hätte er einen Schweif gehabt, er hätte ohne jeden Zweifel damit gewedelt. Statt dessen zog er ein grauenerregendes Anhängsel hinter sich her, von dem der Kommandant nur dankbar bemerkte, daß der Wachtmeister den Anstand besaß, nicht damit zu wedeln. Fünfpennys sterbliche Überreste waren etwas, womit niemand, nicht einmal Els, hätte wedeln wollen.

Kommandant van Heerden handelte rasch. Er ging hinaus auf die Veranda und machte die Tür hinter sich zu.

»Wachtmeister Els«, kommandierte er, »hier sind Ihre Befehle.« Der Wachtmeister ließ den Kopfkissenbezug fallen und nahm eifrig Habtachtstellung an. Ohne Bäumeklettern und Leicheneinsammeln konnte er es aushalten, aber er liebte es, wenn man ihm Befehle gab. Gewöhnlich bedeuteten sie, daß er die Erlaubnis erhielt, jemandem Schaden zuzufügen.

»Schaffen Sie diesen . . . dieses Ding da weg«, befahl der Kommandant.

»Jawoll, Sir«, sagte Els dankbar. Fünfpenny ödete ihn langsam an.

»Begeben Sie sich zum Haupttor, und bleiben Sie dort, bis Sie abgelöst werden. Sorgen Sie dafür, daß niemand das Grundstück betritt oder verläßt. Absolut niemand. Das heißt, auch keine Weißen. Haben Sie verstanden?«

»Jawoll, Sir.«

»Falls jemand reinkommt, sorgen Sie dafür, daß er nicht wieder rauskommt.«

»Darf ich Waffen einsetzen, um denjenigen aufzuhalten, Sir?« fragte Els.

Kommandant van Heerden zögerte. Er wollte kein Blutbad oben am Haupttor von Jacaranda Park. Auf der anderen Seite war die Lage einfach so verzweifelt, und ein einziges Wörtchen an die Presse würde Zeitungsleute rudelweise herlocken, daß er bereit war, drastische Maßnahmen zu ergreifen.

»Ja«, sagte er schließlich. »Sie dürfen schießen.« Und da er sich plötzlich erinnerte, was es für ein Geschrei gegeben hatte, als ein verwundeter Reporter ins Krankenhaus von Piemburg hatte geschafft werden müssen, setzte er hinzu: »Und treffen Sie gleich richtig, Els, treffen Sie richtig.« Klagen aus dem Leichenschauhaus waren leichter zu widerlegen.

Kommandant van Heerden ging wieder ins Haus, und Wachtmeister Els machte sich auf den Weg, um das Haupttor zu bewachen. Er war noch nicht weit gegangen, als ihm der Gedanke kam, die Elefantenbüchse garantiere ihm mit Sicherheit, daß nichts Größeres als eine Küchenschabe lebend aus Jacaranda Park herauskäme. Er kehrte um und holte sich die Waffe von der Veranda, dann stapfte er, nachdem er sich noch mit ein paar Schachteln Revolvermunition aus dem Polizeiwagen versorgt hatte, frohen Herzens die Auffahrt hinauf.

Als Kommandant van Heerden ins Zimmer trat, sah er mit Erleichterung, daß Miss Hazelstone noch immer wie erstarrt in ihrem Sessel saß. Zumindest ein Problem war jetzt gelöst. Nicht ein Wort von den Injektionen würde Wachtmeister Els zu Ohren kommen. Der Gedanke, was das nach sich ziehen könne, sollte Els von diesem neuen Zeitvertreib Wind bekommen, war dem Kommandanten sorgenvoll im Kopf herumgegangen. Es hatte in letzter Zeit sowieso schon genug Klagen von Nachbarn über die Schreie gegeben, die aus den Zellen des Piemburger Polizeireviers drangen, ohne daß Wachtmeister Els den Häftlingen peinvolle Penisinjektionen verabreichte. Und Els hätte sich nicht damit zufriedengegeben, Novocain zu spritzen. Er wäre zu Salpetersäure übergegangen, ehe man hätte Apartheid sagen können.

Nachdem Els erst einmal weg war, konnte der Kommandant an den nächsten Schritt denken. Er ließ Miss Hazelstone in ihrem Sessel sitzen und ging zum Telefon, das im Topfpflanzendschungel in der Halle versteckt war. Er machte zwei Anrufe. Der erste ging an Luitenant Verkramp im Polizeirevier.

Später sollte sich Luitenant Verkramp an dieses Telefongespräch mit dem Schauder erinnern, der einen immer befällt, wenn man sich noch einmal der ersten Vorzeichen einer Katastrophe erinnert. Damals hatte er sich bloß gefragt, was zum Teufel dem Kommandanten eigentlich fehle. Van Heerden hörte sich an, als sei er nahe an einem Nervenzusammenbruch.

»Verkramp, sind Sie's?« kam seine Stimme in einem erstickten Flüsterton durchs Telefon.

»Natürlich bin ich's. Was zum Kuckuck haben Sie denn sonst gedacht?« Verkramp verstand die Antwort nicht, aber sie klang so, als versuche der Kommandant etwas sehr Unappetitliches runterzuschlucken. »Was ist denn los? Stimmt mit Ihnen irgend etwas nicht?« erkundigte sich Verkramp hoffnungsvoll.

»Hören Sie auf, blöde Fragen zu stellen, und hören Sie zu«, flüsterte der Kommandant barsch. »Ich möchte, daß Sie jeden einzelnen Polizeibeamten in Piemburg in die Kaserne zurückrufen.«

Luitenant Verkramp war entsetzt. »Das geht doch

nicht«, sagte er. »Das Rugbyspiel läuft im Augenblick. Das gibt einen Heidenaufstand, wenn . . .«

»Es gibt einen Heidenaufstand, wenn Sie's nicht tun«, schnauzte der Kommandant. »Das war Nummer eins. Zweitens, jeder Urlaub, inklusive Krankenurlaub, ist gestrichen. Verstanden?«

Luitenant Verkramp war nicht sicher, was er verstanden hatte. Es hörte sich an, als wäre der Kommandant übergeschnappt.

»Rufen Sie alle Mann in die Kaserne zurück«, fuhr der Kommandant fort. »Ich will jeden einzelnen in voller Bewaffnung und so schnell wie möglich hier haben. Bringen Sie auch die Schützenpanzer und die Schäferhunde mit, ach, und vergessen Sie die Suchscheinwerfer nicht. Bringen Sie allen Stacheldraht, den wir besitzen, und die Tollwutschilder mit, die wir bei der Seuche letztes Jahr benutzt haben.«

»Die Tollwutschilder?« brüllte Luitenant Verkramp. »Sie wollen die Schäferhunde und die Tollwutschilder?«

»Und vergessen Sie die Beulenpestschilder nicht. Bringen Sie sie auch mit.«

Luitenant Verkramp versuchte, sich den ungeheuerlichen Seuchenausbruch in Jacaranda Park vorzustellen, bei dem die Bevölkerung sowohl vor der Tollwut als auch vor der Beulenpest gewarnt werden mußte.

»Ist mit Ihnen auch bestimmt alles in Ordnung?« fragte er. Es klang, als rede der Kommandant im Fieber.

»Natürlich ist mit mir alles in Ordnung«, schnappte der Kommandant zurück. »Warum zum Teufel sollte denn etwas nicht in Ordnung mit mir sein?«

»Na ja, ich dachte nur . . .«

»Es interessiert mich einen Dreck, was Sie dachten.

Sie werden hier nicht zum Denken bezahlt. Sie werden dafür bezahlt, daß Sie meinen Befehlen gehorchen. Und ich befehle Ihnen, jedes verdammte Schild, das wir haben, herzuschaffen und jeden verdammten Polizisten und jeden verdammten Schäferhund ...« Kommandant van Heerdens Aufzählung ging weiter, während Verkramp in seinem Hirn verzweifelt nach den Gründen für diesen Einsatz suchte. Van Heerdens letzte Anordnung überbot alles Dagewesene. »Kommen Sie über eine Schleichroute hierher. Ich will kein öffentliches Aufsehen.« Und ehe der Luitenant fragen konnte, wie er wohl mit einem Konvoi aus sechs Schützenpanzern, fünfundzwanzig Lastwagen und zehn Suchscheinwerfern, ganz zu schweigen von den siebzig Schäferhunden und den mehreren Dutzend riesigen Warnschildern, die den Ausbruch von Beulenpest und Tollwut bekanntgaben, jedes öffentliche Aufsehen vermeiden solle, hatte der Kommandant den Hörer bereits aufgelegt.

Kommandant van Heerdens zweiter Anruf ging an den Polizeikommissar von Zululand. Während der Kommandant zwischen all der Fauna und Flora in der Halle stand, zögerte er einen Augenblick, ehe er diesen zweiten Anruf losließ. Wenn er seine Forderung nach Ausnahmebefugnissen vorbrächte, sah er im Geiste eine Reihe von Schwierigkeiten sich über seinem Haupt zusammenbrauen, von denen nicht die geringste der schiere Unglaube war, auf den seine erklärte Ansicht als Polizeioffizier sicher stoßen würde, daß die Tochter des seligen Richters Hazelstone nicht nur ihren Zulu-Koch ermordet, sondern vor dieser Tat bereits acht Jahre lang regelmäßig mit ihm rumgehurt habe, nachdem sie seine Zeugungsorgane mit intramuskulären Injektionen massiver Dosen Novocain total taub und gefühllos gemacht hatte. Kommandant van Heerden wußte, was er mit einem untergebenen Beamten täte, der ihn mitten an einem heißen Sommernachmittag anriefe, um ihm so eine Lügengeschichte aufzutischen. Er beschloß, die Einzelheiten des Falles wegzulassen. Er würde die möglichen politischen Folgen einer Mordtat hervorheben, in die die Tochter eines außerordentlich bedeutenden Richters verwickelt sei, der zu seinen Lebzeiten Südafrikas Hauptverfechter der Todesstrafe gewesen war, und den Bericht über Miss Hazelstones subversive Aktivitäten, den Luitenant Verkramp nach Pretoria geschickt hatte, dazu benutzen, die Notwendigkeit von Ausnahmebefugnissen zu rechtfertigen. Kommandant van Heerden faßte sich ein Herz, griff zum Telefon und machte seinen Anruf. Überrascht stellte er fest, daß der Kommissar gegen seine Forderungen gar keine Einwände erhob.

»Ausnahmebefugnisse, van Heerden? Aber natürlich, bedienen Sie sich. Sie wissen am besten, was zu tun ist. Ich überlasse die Angelegenheit vollkommen Ihnen. Tun Sie, was Sie für das beste halten.«

Kommandant van Heerden legte den Hörer mit verdutztem Stirnrunzeln auf die Gabel. Er hatte den Kommissar nie gemocht und vermutete, daß seine Gefühle erwidert wurden.

Und wirklich hegte der Kommissar die glühende Hoffnung, daß Kommandant van Heerden eines Tages einen so unverzeihlichen Fehler beginge, daß man ihn kurzerhand degradieren könne, und so hysterisch, wie sich der Kommandant am Telefon benommen hatte, schien ihm, daß der Tag seiner Rache nahe sei. Sofort strich er alle Termine für den nächsten Monat, nahm seinen Jahresurlaub an der Südküste und hinterließ die

Anweisung, daß er nicht gestört werden dürfe. Die nächste Woche brachte er in der Sonne liegend im sicheren Wissen zu, daß er van Heerden genügend Leine gelassen hatte, damit der sich daran aufhängte.

Mit Ausnahmeermächtigungen ausgestattet, die ihn zum Herrn über Tod und Leben von 70000 Piemburgern machten und ihm das Recht gaben, Zeitungsartikel zu verbieten und nach Gutdünken alle, deren Nase ihm nicht gefiel, zu verhaften, einzusperren und zu foltern, war der Kommandant immer noch kein glücklicher Mensch. Die Ereignisse des Tages hatten ihren Tribut von ihm gefordert.

Um von seinen Problemen Abstand zu gewinnen, wandte er sich einem lebensgroßen Porträt von Sir Theophilus Hazelstone zu, das am Fuß der großen Treppe hing und ihn im vollen Schmuck seiner Insignien als Ritter des Königlichen Victoriaordens und Vizekönig von Matabeleland zeigte. Sir Theophilus stand da, in Hermelin gehüllt, die scharlachrote Uniform mit edelsteinverzierten Sternen und Orden verheerender Schlachten übersät, von denen jeder den Tod von mindestens zehntausend Soldaten repräsentierte, den sie der Unfähigkeit ihres Generals zu verdanken hatten. Des Vizekönigs Linke ruhte arthritisch auf dem Heft eines Schwertes, das aus seiner Scheide zu ziehen er immer viel zu feige gewesen war, während seine Rechte an einer geflochtenen Leine ein Wildschwein hielt, das extra aus Böhmen importiert worden war, um der Ehre teilhaftig zu werden, die Familie Hazelstone in diesem bedeutenden Kunstwerk darzustellen. Kommandant van Heerden war besonders von dem Wildschwein beeindruckt. Es erinnerte ihn an Wachtmeister Els. Er konnte nicht wissen, daß das arme Tier erst an ein Eisengerüst gekettet werden mußte, ehe der Vizekönig den Raum mit diesem lebenden Familienemblem betrat, und das auch nur, nachdem ihn der Künstler dazu überredet und ihm eine halbe Flasche Brandy eingetrichtert hatte. All das entging dem Kommandanten und ließ ihn im festen Glauben an die bedeutenden Qualitäten dieses Staatsmannes, dessen Enkelin er vor den Folgen ihrer Torheiten bewahren wollte. Geistig gestärkt durch den Anblick dieses Porträts sowie eines ähnlichen vom seligen Richter Hazelstone, auf dem er genauso unbarmherzig aussah, wie ihn der Kommandant von jenem Tag im Gericht in Erinnerung hatte, als er elf Männer vom Stamm der Pondos wegen des Diebstahls einer Ziege zum Tode verurteilte, stieg Kommandant van Heerden langsam die Treppe nach oben, um nach einem Plätzchen zu suchen, wo er sich ausruhen könne, bis Luitenant Verkramp mit der Verstärkung kam.

Wenn Jacaranda Park erst einmal von der Außenwelt abgeschnitten wäre, würde er sich an die Aufgabe machen, Miss Hazelstone davon zu überzeugen, daß sie ihren Koch niemals ermordet und sich den ganzen Quatsch mit der Spritze und der Liebesaffäre ausgedacht hatte. Er war sicher, daß er die alte Dame zur Vernunft bringen könne, und wenn nicht, dann gäben ihm die Ausnahmebefugnisse das Recht, sie unbefristet und ohne Beistand eines Rechtsanwalts festzuhalten. Notfalls würde er auf den Terroristenerlaß pochen und sie in Einzelhaft bis ans Ende ihrer Tage einsperren, die durch geeignete Maßnahmen und eine zwangsläufig strenge Behandlung noch verkürzt werden konnten. Das war zwar kaum die Art und Weise, wie er mit einer Dame ihrer Herkunft hätte umgehen wollen, aber im Augenblick fiel ihm nichts Besseres ein.

Als er oben angelangt war, blieb er einen Augenblick stehen, um wieder zu Atem zu kommen, dann ging er die Galerie entlang, die die ganze Länge von Jacaranda House einnahm. Wenn die Halle unten mit Porträts und ausgestopften Köpfen vollgepfropft war, so waren die Wände der Galerie entsprechend mit Trophäen vergangener Schlachten vollgehängt. Zu beiden Seiten erblickte der Kommandant zu seiner Verblüffung Waffen aller Formen und Größen, Waffen jedes Alters und Typs, die, soweit der Kommandant feststellen konnte, nur eines gemeinsam hatten, daß sie nämlich alle perfekt in Ordnung und dermaßen tödlich waren, daß er das absolut haarsträubend fand. Er blieb stehen und untersuchte eine Maschinenpistole. Tadellos geölt und intakt hing sie neben einer uralten Donnerbüchse. Kommandant van Heerden staunte. Die Galerie war ein regelrechtes Waffenarsenal. Hätte Miss Hazelstone nicht angerufen, um ihr Malheur mit Fünfpenny anzuzeigen, und sich statt dessen entschlossen, Jacaranda House zu verteidigen, dann hätte sie mit diesen Waffen die gesamten Polizeistreitkräfte Piemburgs wochenlang in Schach halten können. Der Kommandant gratulierte sich zu seinem Glück, daß Miss Hazelstone so kooperativ war, öffnete eine der Türen, die von der Galerie abgingen, und sah hinein.

Wie er erwartet hatte, war es ein Schlafzimmer und mit so viel Geschmack und Eleganz ausgestattet, wie es dem Heim der führenden südafrikanischen Expertin zurückhaltender Raumgestaltung angemessen war. Chintzvorhänge und eine dazu passende Tagesdecke auf dem Bett verliehen dem Raum eine heitere, duftige Note. Was auf dem Bett lag, hatte den entgegengesetzten Effekt. Es hatte überhaupt nichts Geschmackvolles oder Elegantes an sich, und niemand hätte es als duftig bezeichnen können. Denn dort lag – und seine Unangemessenheit wurde durch das Reizvolle der anderen Einrichtungsgegenstände noch hervorgehoben – der Körper eines großen, behaarten und vollkommen nackten Mannes. Was für den aufgescheuchten Zustand des Kommandanten noch schlimmer war: Der Körper trug alle Anzeichen, erst vor kurzem verblutet zu sein. Er war praktisch über und über mit Blut bedeckt.

Durch die schreckliche Entdeckung einer weiteren Leiche völlig aus dem Gleichgewicht gebracht, wankte der Kommandant auf die Galerie zurück und lehnte sich gegen die Wand. Mit einer Leiche pro Nachmittag kam er noch so ungefähr zu Rande, besonders, wenn sie schwarz war, aber zwei, von denen eine auch noch weiß war, erfüllten ihn mit Verzweiflung. Jacaranda House nahm langsam den Charme eines Schlachthofs an. Und was das schlimmste war: Diese zweite Leiche machte jede Möglichkeit, den Fall zu vertuschen, zuschanden. Miss Hazelstone davon zu überzeugen, daß sie ihren schwarzen Koch nicht umgebracht habe, war *eine* Sache. Das Verschwinden von Zulu-Köchen war eine simple Routineangelegenheit. Der Mord an einem Weißen aber würde schlicht bekanntgegeben werden müssen. Es würde eine Untersuchung stattfinden. Fragen würden gestellt werden, und eins käme zum anderen, bis die ganze Geschichte von Miss Hazelstone und ihrem Zulu-Koch ans Tageslicht gekommen wäre.

Nach kurzer, verzweifelter Überlegung hatte der Kommandant seinen Mut wieder so weit zurückgewonnen, um noch mal um die Tür herum ins Mordzimmer zu gucken. Die Leiche war noch da, wie er zu seinem Leidwesen bemerkte. Andererseits besaß sie bestimmte

Eigenschaften, die Kommandant van Heerden nach seiner Erfahrung mit Leichen ungewöhnlich fand. Eine ganz besonders fesselte seine Aufmerksamkeit. Die Leiche hatte eine Erektion. Der Kommandant lugte noch mal um die Ecke, um seinen Verdacht bestätigt zu finden, und in dem Augenblick bewegte sich die Leiche und begann zu schnarchen.

Einen Moment lang war Kommandant van Heerden durch den Beweis, daß der Mann noch lebte, so erleichtert, daß er fast losgelacht hätte. Im nächsten Augenblick wurde ihm die volle Bedeutung seiner Entdekkung klar, und das Lächeln erstarb ihm auf dem Gesicht. Er hatte nicht den geringsten Zweifel, daß der Mann, der vor ihm auf dem Bett lag, der wahre Mörder Fünfpennys sei. Der Kommandant starrte auf die Gestalt auf dem Bett, und da bemerkte er den Brandygeruch in der Luft. Im nächsten Moment knallte er mit dem Fuß gegen eine Flasche, die auf dem Boden lag. Er bückte sich und hob sie auf. Alter Nashornhaut-Brandy, stellte er voll Ekel fest. Das war die Brandymarke, für die auch Wachtmeister Els besonders schwärmte, und wenn noch etwas nötig war, um seinen Verdacht zu bestätigen, daß der Kerl auf dem Bett ein gefährlicher Verbrecher sei, dann war es die Erkenntnis, daß, wenn er auch nur eine von Wachtmeister Elsens lasterhaften Neigungen mit ihm gemein habe, er mit allergrößter Sicherheit auch andere, noch unmoralischere mit ihm teile.

Mit der Flasche in der Hand ging Kommandant van Heerden auf Zehenspitzen aus dem Zimmer. Draußen auf der Galerie versuchte er, sich darüber klarzuwerden, welchen Einfluß diese Entdeckung auf seine Pläne hätte. Daß der Mann ein Mörder sei, daran hatte er keinen Zweifel. Daß er im Augenblick sternhagelvoll sei, war auch klar. Was ein Rätsel blieb, war, daß Miss Hazelstone sich zu einem Verbrechen bekannte, das sie gar nicht begangen hatte. Und noch rätselvoller war ihm, daß sie ihr Geständnis mit diesem ganzen aus der Luft gegriffenen Mist rausputzte, daß sie mit ihrem Zulu-Koch geschlafen und ihm Novocainspritzen verabreicht habe. Kommandant van Heerden drehte sich der Kopf vor lauter Möglichkeiten, und da er nicht in der Nähe eines so gefährlichen Mörders bleiben wollte, ging er die Galerie entlang bis zum Absatz am Ende der Treppe. Jetzt wünschte er sich, er hätte Wachtmeister Els nicht zur Bewachung des Haupttors losgeschickt, und gleichzeitig fragte er sich allmählich, wann Luitenant Verkramp wohl mit den Hauptverbänden einträfe. Er lehnte sich über das Geländer und starrte auf das Tropenmausoleum in der Halle hinunter. Dicht neben ihm blinzelte der Kopf eines ausgestopften Nashorns kurzsichtig in die Ewigkeit. Kommandant van Heerden blinzelte zurück und fragte sich, an wen von seinen Bekannten es ihn erinnere, aber da wurde ihm mit einem Schlage der wahre Sinn von Miss Hazelstones Geständnis klar, und das sollte sein Leben radikal verändern.

Er hatte plötzlich bemerkt, daß das Gesicht des Mörders auf dem Bett ihn an jemanden erinnerte. Diese Erkenntnis ließ ihn eilig die Treppe hinunterstolpern, von wo er auf das riesige Porträt Sir Theophilus' emporstarrte. Einen Augenblick später war er wieder in dem Schlafzimmer. Er pirschte sich behutsam ans Bett vor und äugte vorsichtig auf das Gesicht auf dem Kopfkissen hinunter. Er sah, was er erwartet hatte. Trotz des aufgesperrten Mundes und den Augen mit den schweren Tränensäcken darunter, trotz all der Jahre voller

Ausschweifungen und sexueller Hemmungslosigkeit und Strömen Alten Nashornhaut-Brandys hatten die Züge des Mannes auf dem Bett eine unverwechselbare Ähnlichkeit mit denen Sir Theophilus' und des verstorbenen Richters Hazelstone. Nun wußte er, wer der Mann war. Es war Jonathan Hazelstone, Miss Hazelstones jüngerer Bruder.

Und während dem Kommandanten eine ganz neue Erkenntnis dämmerte, machte er auf dem Absatz kehrt, um das Zimmer zu verlassen. In diesem Augenblick bewegte sich der Mörder wieder. Der Kommandant blieb wie angewurzelt stehen und beobachtete mit einer Mischung aus Furcht und Abscheu, wie sich eine blutverschmierte Hand auf dem behaarten Oberschenkel des Mannes ihren Weg nach oben tastete und das stattliche erigierte Glied ergriff. Kommandant van Heerden wartete keine Sekunde länger. Keuchend hastete er aus dem Zimmer und eilte die Galerie hinunter. Ein Mann, der eine Flasche Alten Nashornhaut-Brandy verdrükken konnte und dennoch überlebte, egal, wie komatös sein Zustand auch war, war zweifellos ein Wahnsinniger, und wenn er zu allem Überfluß auch noch mit einer Erektion daliegen konnte, während sein Leib sich gegen die gräßlichen Schädigungen durch den Brandy zu wehren versuchte, dann war er ganz ohne Frage ein Sexbesessener, dessen Sexualgelüste so stark sein mußten, daß nichts vor ihm sicher war. Kommandant van Heerden fiel wieder ein, in welcher Haltung Fünfpenny am Fuße des Piedestals gelegen hatte, und er meinte langsam zu wissen, wie der Zulu-Koch gestorben war, und in seinen Überlegungen hatte die Elefantenbüchse keinen Platz.

Ohne einen Moment zu zögern, eilte er die Treppe

hinunter und verließ das Haus. Er mußte Wachtmeister Els zu Hilfe holen, ehe er versuchte, den Mann zu verhaften. Als er die Auffahrt mit langen Schritten hinaufging, begriff er, warum Miss Hazelstone ihr abscheuliches Geständnis abgelegt hatte, und während er das erkannte, sproß in der Brust des Kommandanten ein neuer und tieferer Respekt vor den alten Familienbanden der Briten.

»Ritterlichkeit. Es ist pure Ritterlichkeit«, sagte er sich. »Sie opfert sich, um den guten Namen der Familie zu schützen.« Im Augenblick war ihm nicht ganz klar, wieso das Geständnis, den schwarzen Koch umgebracht zu haben, den guten Namen der Familie schützte, aber er vermutete, das sei besser, als wenn der Bruder gestehen müsse, den besagten Koch in ein frühes Grab gevögelt zu haben. Er fragte sich, wie hoch wohl die Strafe für so ein Verbrechen wäre.

»Verdient, gehängt zu werden«, sagte er voller Hoffnung, aber dann erinnerte er sich, daß noch nie ein Weißer für einen Mord an einem Schwarzen gehängt worden war. »Unzucht ist was anderes«, dachte er. Egal, sie konnten ihn immer wegen »Handlungen, die geeignet sind, Rassenkonflikte hervorzurufen«, rankriegen, ein Vergehen, das mit zehn schweren Stockschlägen bestraft wurde, und wenn einen Zulu-Koch zu bumsen nicht geeignet war, Rassenkonflikte hervorzurufen, dann wußte zumindest er nicht, was sonst. Er würde Wachtmeister Els darüber befragen müssen. Der Wachtmeister hatte in derlei Dingen mehr Erfahrung als er.

5

Am Haupttor von Jacaranda Park fand Wachtmeister Els den Nachmittag absolut nicht so vergnüglich, wie er das erwartet hatte. Keiner hatte versucht, den Park zu betreten oder zu verlassen, und Els hatte sehr wenige Ziele gehabt, auf die er schießen konnte. Er hatte einen ungezielten Schuß auf einen eingeborenen Botenjungen auf einem Fahrrad losgelassen, aber der Junge hatte Els rechtzeitig erkannt und sich in den Straßengraben geworfen, bevor der Wachtmeister Zeit hatte, genau zu zielen. Daß er den Burschen nicht getroffen hatte, hatte Elsens Laune nicht gerade gebessert.

»Verfehle einen, und du verfehlst die ganze Scheißsippschaft«, sagte er sich, und so war es ja auch: Wenn erst mal die Nachricht die Runde machte, daß Kaffern-Killer Els in der Gegend sei, dann konnten weiße Hausfrauen sich die Lunge aus dem Hals schreien und ihren Dienstboten mit jeder nur denkbaren Strafe drohen, und trotzdem würde kein Schwarzer, der nicht völlig plemplem war, sich aus dem Hause wagen, um den Rasen zu sprengen oder einkaufen zu gehen.

Weil er also nichts Besseres zu tun hatte, kundschaftete Els das Gebiet um die Toreinfahrt aus, schloß die großen schmiedeeisernen Tore und verrammelte sie. Im Verlauf seiner Erkundungen hatte er die erfreuliche Entdeckung gemacht, daß, was er auf den ersten Blick für eine sorgfältig geschnittene undurchdringliche Ligusterhecke gehalten hatte, in Wirklichkeit einen kleinen Betonbunker verdeckte. Der war, wie man deutlich sehen konnte, sehr alt und, wie man ebenso deutlich sehen konnte, völlig uneinnehmbar. Er stammte noch aus der Zeit von Sir Theophilus, der den Bau nach der Schlacht von Bulundi angeordnet hatte. Der Sieg, der dem Gouverneur bei der Gelegenheit in den Schoß gefallen war, hatte ihm seine angeborene Feigheit nicht nehmen können, und die Beschuldigungen, Verrat begangen zu haben, die von den Zulus und den nächsten Angehörigen der von ihren eigenen Artilleriegeschossen getöteten Offiziere gegen ihn vorgebracht wurden, hatten seine angeborene Ängstlichkeit zu dem Verfolgungswahn gesteigert, Tausende rachedurstiger Zulus, die von den überlebenden Mitgliedern seines alten Regiments, der Royal Marines Heavy Artillery Brigade, im Gebrauch der zehnzölligen Schiffskanonen unterrichtet worden seien, könnten während einer schrecklichen Nacht Jacaranda House stürmen. Unter dieser eingebildeten Bedrohung hatte Sir Theophilus begonnen, die Waffen zu sammeln, die Kommandant van Heerden auf der Galerie von Jacaranda House so entsetzt hatten. Desgleichen hatte er mit dem Bau einer Reihe von trotzigen Bunkern um den Park herum angefangen, die alle so beschaffen waren, daß sie einen Volltreffer aus einer zehnzölligen, auf Kernschußweite abgefeuerten Schiffskanone aushalten konnten.

Es war ein Kompliment für die Fähigkeiten des Gouverneurs als Militärbaumeister, daß die Bunker noch standen. Richter Hazelstone, ein genauso großer Feigling wie sein Vater, aber von der abschreckenden Wirkung der Todesstrafe überzeugter als er, hatte einmal eine Abrißfirma mit der Beseitigung der Bunker beauftragt. Nachdem sie Dutzende von Bohrern daran stumpf gemacht hatten, war der Abrißmannschaft die

Idee gekommen, es mit einer Sprengung zu versuchen, und weil sie wußten, daß der Bunker kein gewöhnlicher Bunker war, hatten sie ihn praktisch bis zum Dach mit Dynamit gefüllt, ehe sie die Lunte zündeten. Bei der späteren Untersuchung des Falles berichteten die Überlebenden der Abrißfirma von der Explosion, es habe ausgesehen, als wären vier gigantische Feuerzungen aus den Schießscharten des Bunkers hervorgeschossen, und der Knall sei noch in Durban, fünfunddreißig Meilen entfernt, zu hören gewesen. Mit Rücksicht auf Richter Hazelstones Ansehen als Mann des Gesetzes hatte die Firma das Parktor, das durch ihren Übereifer auf der Strecke geblieben war, ersetzt, und zwar gratis, aber sie hatte sich geweigert, mit dem Abriß der Bunker weiterzumachen. Als weniger teure Methode, sich das Ding vom Hals zu schaffen, schlug die Firma vor, das unschöne Bauwerk zu verstecken, indem man um es herum eine Ligusterhecke anpflanzte, und sie beteiligte sich an den Kosten der Aktion, um den Männern, die sie bei der Dynamitexplosion verloren hatte, eine letzte Ehre zu erweisen.

Wachtmeister Els wußte von alldem nichts, aber nachdem er die Tür zu dieser uneinnehmbaren Festung gefunden hatte, machte er sich einen Spaß daraus, die Elefantenbüchse in einer Schießscharte in Stellung zu bringen und auf die Straße zu richten. Er war nicht Optimist genug anzunehmen, daß vielleicht irgend etwas dieser furchtbaren Waffe Würdiges versuchen könnte, in den Park zu gelangen, aber die Langeweile seines Dienstes brachte ihn zu der Überzeugung, daß es nichts schade, auf die unwahrscheinlichsten Möglichkeiten vorbereitet zu sein.

Kaum war er damit fertig, erspähte er auch schon

einen Schäferhund, der stehengeblieben war, um an einem der Torpfosten das Bein zu heben. Wachtmeister Els war keiner, der sich Gelegenheiten entgehen ließ, außerdem spürte er noch die Folgen seines Zusammentreffens mit dem Dobermannpinscher. Ein wohlgezielter Pistolenschuß, und der Hund verlor jedes Interesse an den Geschehnissen des Nachmittags. Andere Leute in der Nähe von Jacaranda Park hatten nicht dies Glück. Fünf Polizisten in Zivil, die Luitenant Verkramp auf direktem Weg nach Jacaranda Park geschickt hatte und die äußerst vorsichtig und im Abstand von jeweils fünfundzwanzig Metern hintereinander herankamen, hörten den Schuß, beratschlagten sich miteinander und begannen dann, mit gezogenen Revolvern und einer derartigen Heimlichtuerei zum Haupttor vorzurücken, daß die den Argwohn von Wachtmeister Els in seinem Bunker geradezu erregen mußten.

Auch Kommandant van Heerden, der fröhlich die Auffahrt heraufmarschierte, hörte den Schuß, aber er war so damit beschäftigt, die genaue Zahl der Stockschläge auszurechnen, die Jonathan Hazelstone erhalten würde, bevor man ihn hängte, daß der Knall eines Schusses aus Elsens Richtung ihm kaum zu Bewußtsein kam. Noch nie hatte er im übrigen einen Fall so schnell gelöst, und eben hatte er noch neue Gründe entdeckt, die seine Annahme bestätigten, daß Jonathan Hazelstone der Mörder sei. Ihm war eingefallen, daß Luitenant Verkramps Bericht über die Familie Hazelstone die Information enthalten hatte, daß Miss Hazelstones Bruder ein Strafregister mit Betrugs- und Unterschlagungssünden besitze und daß die Familie ihn ausbezahlt habe, damit er in irgendeiner gottverlassenen Gegend von Rhodesien leben könne.

Erst als der Kommandant eine ganze Salve von Schüssen, gefolgt von den Schreien Verwundeter, aus der Richtung des Haupttors hörte, kam ihm der Verdacht, daß Els seine Anweisungen wieder mal zu großzügig auslegte. Er eilte los, um das Tor zu erreichen, bevor die Situation völlig außer Kontrolle geriet, aber die Schüsse folgten mittlerweile so gefährlich dicht aufeinander und waren derart ins Blaue gezielt, daß er gezwungen war, in einer Mulde neben der Auffahrt in Deckung zu gehen. Da lag er und bedauerte allmählich, daß er Els die Erlaubnis gegeben hatte, gezielt zu schießen. Die verzweifelten Schreie ließen vermuten, daß Els zumindest in bescheidenem Maße Erfolg hatte. Als vereinzelte Kugeln über seinen Kopf wegsausten, fragte sich der Kommandant verzweifelt, wer wohl um alles in der Welt versuche, sich mit seinem Assistenten ein Duell zu liefern.

Wachtmeister Els in seinem Bunker sah sich demselben Problem gegenüber. Die fünf unheimlichen Gestalten, die mit Revolvern in der Hand um die Straßenecke gekrochen waren, hatten so deutlich die Absicht gehabt, unbefugt den Park zu betreten, daß er auf die ersten zwei ohne Zögern geschossen hatte. Die Antwort, die in Gestalt von Kugeln durch die Ligusterhecke gepfiffen kam, schien sein Vorgehen gutzuheißen, und so riß Els die Munitionsschachteln auf und bereitete sich auf eine lange Schlacht vor.

Zehn Minuten später wurden die Kriminalbeamten durch ein weiteres Dutzend verstärkt, und Els wandte sich der Aufgabe, die Toreinfahrt zu verteidigen, mit einem Vergnügen zu, das seine Erwartung, der Nachmittag werde sich noch als interessant erweisen, voll bestätigte.

Luitenant Verkramp hatte mit seinen eigenen Schwierigkeiten zu kämpfen. Beim Versuch, die Anweisungen Kommandant van Heerdens auszuführen, war er auf eine Unmenge Probleme gestoßen. Es war schon schwierig genug gewesen, alle Mitglieder der Piemburger Polizei, inklusive die im Bett liegenden oder herumlaufenden Kranken, an ihrem Rugbynachmittag in die Kaserne zu beordern. Aber als das geschafft war, sah er sich mit dem Problem konfrontiert, ihnen erklären zu müssen, wo's nun hinginge und warum, und da Kommandant van Heerden versäumt hatte, ihm den Zweck der Expedition mitzuteilen, hatte er seine eigenen Schlüsse ziehen müssen. Die einzigen beiden Tatsachen, die er den löcherigen Instruktionen des Kommandanten entnommen hatte, waren die, daß in Jacaranda Park die Tollwut gleichzeitig mit der Beulenpest ausgebrochen war, eine dermaßen tödliche Verbindung von zwei Krankheiten, daß es ihm absolut schwachsinnig erschien, sechshundert gesunde Männer auch nur in die Nähe dieses Ortes zu schicken. Seiner Meinung nach wäre es viel besser gewesen, sie genau in die entgegengesetzte Richtung zu schicken. Auch begriff er nicht, warum sechs Schützenpanzerwagen gebraucht wurden, um den Seuchenausbruch zu bekämpfen, es sei denn, der Kommandant meinte, sie wären nützlich, um den Aufruhr niederzuschlagen, der sicherlich ausbräche, wenn die Nachricht öffentlich bekannt würde. Der Befehl, die Suchscheinwerfer mitzubringen, tat ein übriges zur Verwirrung des Luitenants, und er konnte nur vermuten, daß sie gebraucht würden, um nachts alle infizierten Tiere ausfindig zu machen, damit man sie mit den Panzerwagen querfeldein verfolgen könne.

Die Ansprache, die Verkramp schließlich an die versammelten Polizisten richtete, war auch nicht angetan, ihnen viel Vertrauen in die nächste Zukunft zu schenken, und erst, nachdem er ein paar leichte Anzeichen von Meuterei niedergeschlagen hatte, waren die Lastkraftwagenkolonne und der ganze übrige Geleitzug endlich aufgebrochen. Und so wälzte sich die gesamte Piemburger Polizeistreitmacht, angeführt von sechs Schützenpanzerwagen, die mit Tollwut- und Beulenpestschildern geschmückt waren, langsam über Nebenstraßen und durch das Landstädtchen Vlockfontein, wo sie unerhörtes Aufsehen erregten, was die Polizisten, die sich auf den Lastkraftwagen drängten, mächtig freute, aber kaum den Zweck erfüllte, den Kommandant van Heerden sich erhofft hatte.

Die Beulenpestschilder lösten in Vlockfontein einen Schrecken aus, der nur noch von den Tollwutschildern übertroffen wurde, die unmittelbar vor den Lastwagen kamen, auf denen die undressierten deutschen Schäferhunde transportiert wurden, von denen sich in der allgemeinen Erregung einer losriß und von dem Wagen sprang, um einen kleinen Jungen zu beißen, der ihm Fratzen geschnitten hatte. In der nachfolgenden Panik drehte der Hund völlig durch, biß noch ein paar Leute und mehrere andere Hunde und verschwand schließlich in einer Seitengasse, wo er hinter einer Katze herjagte. Der Konvoi wurde auf Bitten des Bürgermeisters augenblicklich angehalten, der darauf bestand, den Hund zu erschießen, bevor er jemand anderen infizieren könne. Verkramps Versicherung, daß der Hund vollkommen gesund sei, überzeugte niemanden, und fünfundzwanzig Minuten lang ging's einfach nicht weiter, bis das Tier endlich am anderen Ende der Stadt von einem aufgebrachten Familienvater abgeknallt wurde.

Bis dahin war der Hund auf der verzweifelten Suche nach einem sicheren Plätzchen durch rückwärtige Gärten und über Rasenflächen gehetzt, wobei es ihm fast die ganze Zeit gelungen war, sich den Blicken zu entziehen, so daß die Verfolger seine möglichen Verstecke nur nach dem Bellen und Knurren der Hunde abschätzen konnten, die in die Häuser in Vlockfontein gehörten. Es war daher nicht allzu überraschend, daß der Verdacht um sich griff, der Schäferhund habe die gesamte Hundebevölkerung der Stadt infiziert, eine Meinung, die ohne den Schatten eines Zweifels durch das sonderbare Verhalten der Vlockfonteiner Hunde bestätigt wurde, die sich an der allgemeinen Aufregung beteiligten und kläfften und bellten und an ihren Hundeleinen zerrten und sich alles in allem auf genau die unnormale Art und Weise benahmen, auf die zu achten die Leute in den Tollwutwarnungen hingewiesen worden waren.

Als sich der Polizeikonvoi aus Vlockfontein wieder herauswälzte, begann man, die gesamte Hundebevölkerung der Stadt zu massakrieren, und so wurde die Nachmittagsstille immer wieder durch das Knallen von Schüssen unterbrochen, während der Junge, der den ganzen Zirkus ausgelöst hatte, aller Welt die gräßliche Pein der Anti-Tollwut-Spritzen bewies, indem er mit seinem Geheul in das der sterbenden Hunde einstimmte. Der Umstand, daß später am selben Abend mehrere tote Ratten entdeckt wurden, die von Hunden totgebissen worden waren, die verzweifelt versucht hatten, ihre Nützlichkeit zu beweisen, trug nur noch mehr zur allgemeinen Ansicht unter den Vlockfonteinern bei, daß eine Katastrophe unmittelbar bevorstehe. Tote Ratten, hatten sie aus den Beulenpest-Warnungen gelernt, waren das erste Zeichen dafür, daß der Schwarze Tod gekommen sei. Bei Einbruch der Nacht war Vlockfontein eine Geisterstadt, in der die Leichen nicht beerdigter Hunde herumlagen, während die Straßen nach Piemburg mit Autos verstopft waren, deren Fahrer alle Anzeichen einer Massenhysterie an den Tag legten.

Es war klar, daß das Ziel, das Kommandant van Heerden mit der Schleichroute zu erreichen gehofft hatte, sich nicht mehr verwirklichen ließ.

Das gleiche konnte man von Wachtmeister Els kaum behaupten. Sein Ziel, stets genau, war mittlerweile absolut nicht mehr zu verfehlen. Die Opfer unter den Kriminalbeamten nahmen so rapide zu, daß sie sich von ihren weiter vorgeschobenen Stellungen wieder zurückzogen, sich hinter die Baumhecke kauerten und darüber nachzudenken versuchten, wie sich der tödliche Ligusterstrauch überlisten ließe, der sie an der Ausübung ihrer Pflicht so erfolgreich hinderte. Während schließlich einige von ihnen in das dichte Gestrüpp vorkrochen, das den Abhang direkt gegenüber der Toreinfahrt bedeckte, aber so weit entfernt war, daß der tödliche Revolver nicht heranreichte, wollten andere versuchen, den mörderischen Strauch zu umgehen.

Wachtmeister Els wurde allmählich ziemlich klar, daß das hier keine gewöhnliche Schießerei war, sondern nach seiner Erfahrung als Bewahrer von Gesetz und Ordnung etwas ganz Neues. Mit ruhiger Zuversicht lauschte er dem Hagel der Geschosse, die sich an den Wänden des Bunkers plattklatschten. Hin und wieder spähte er aus der Schießscharte, die den Park überblickte, um sicherzugehen, daß sich keiner um ihn herumgeschlichen hatte, aber der Park war menschenleer. Er hätte sich keine Sorgen zu machen brauchen. Sir Theophilus hatte genau für diesen Fall mit dem Bau eines ungeheuer tiefen Grabens vorgesorgt, der zwischen den Bunkern verlief, die um den Park verteilt standen. Wie so viele listige Einfälle des Gouverneurs war auch dieser Verteidigungsgraben unerwartet tükkisch und so gut getarnt, daß jemand, der sich ihm von der Straße her näherte, von seiner Existenz erst etwas ahnen konnte, wenn er auf den fürchterlichen Eisenspitzen steckte, die dicht an dicht in den Betonboden eingelassen waren. Die Kriminalbeamten verloren zwei Leute in dem Graben, bevor sie den Versuch aufgaben, den unsichtbaren Bunker zu umgehen.

Die Schreie, die diesem Versuch gefolgt waren, feuerten Wachtmeister Els mächtig an, der der Meinung war, wieder mal zwei Volltreffer dort gelandet zu haben, wo sich, wie er keinen Zweifel hatte, besonders schmerzhafte Partien der menschlichen Anatomie befanden. Ein bißchen überrascht über diesen Erfolg war er schon, weil er mehrere Minuten lang keinen Schuß abgefeuert hatte und schon gar nicht in die Richtung, aus der die Schreie kamen. Er beschloß, die Rückseite wieder einer Kontrolle zu unterziehen, und als er aus der Schießscharte in den Park blickte, sah er eben, wie Kommandant van Heerden seine Mulde verließ und mit einer für einen Mann seines Alters und seiner Behäbigkeit erstaunlichen Behendigkeit auf das Haus zueilte. Auch Kommandant van Heerden hatte die Schreie gehört, die aus dem Graben kamen, und war zu dem übereilten Schluß gelangt, die Zeit sei reif, den Schutz der Mulde zu verlassen, koste es auch ein blaues Auge, und sich wieder ins Jacaranda House zu begeben, um vielleicht herauszubekommen, was dem idiotischen Luitenant Verkramp zugestoßen war.

Was auch immer die Gründe des Kommandanten sein mochten, und sie waren Wachtmeister Els unbekannt, der Anblick seines einzigen Verbündeten, der Fersengeld gab und ihn im Stich ließ, überzeugte ihn, daß die Zeit gekommen sei, die Elefantenbüchse einzusetzen, wollte er nicht allein und verlassen in den Händen der Desperados unten auf der Straße sterben. Er sah im Gestrüpp am Abhang ihm gegenüber sich etwas bewegen und beschloß, es mal mit einer Salve dorthin zu probieren. Er brachte das riesige mehrläufige Gewehr in der Schießscharte in Stellung, zielte auf die Sträucher, hinter denen sich die Kriminalbeamten versteckten, und drückte gefühlvoll auf den Abzug.

Die nachfolgende Detonation hatte eine Stärke und etwas derart Erdbebenartiges an sich, daß Wachtmeister Els, als er sich vom Boden des Bunkers wieder hochrappelte, wohin der Rückstoß ihn geschleudert hatte, total perplex war. Nicht daß er das noch nicht gehört hatte, aber damals hatten ihn die Höflichkeitsbezeigungen des Dobermanns leicht abgelenkt. Diesmal konnte er die wahren Qualitäten der Büchse voll auskosten.

Mit weißem Gesicht und einem Echo in den Trommelfellen, das recht erstaunlich war, peilte er durch die Schießscharte und besah sich sein Werk mit einer Befriedigung, wie er sie noch nie empfunden hatte, nicht einmal an dem Tag, als er zwei Nigger mit ein und derselben Kugel umgelegt hatte. Das war ein Triumph gewesen. Das hier war ein Meisterstück.

Die zur gleichen Zeit losballernden vier Läufe der

Elefantenbüchse hatten ihm einen Ausblick eröffnet, den er nie für möglich gehalten hätte. Die mächtigen schmiedeeisernen Tore von Jacaranda Park waren zu einem rauchenden Haufen teilweise geschmolzenen und völlig unidentifizierbaren Metalls zusammengedreht. Die steinernen Torpfosten lagen in Trümmern. Die aus Granit gehauenen aufgerichteten Wildschweine, die die Pfosten gekrönt hatten, würden sich nie wieder aufrichten, und die Fahrbahn legte ein beredtes Zeugnis von der Hitze der Gase ab, die die Kugeln aus den Läufen trieben: Auf ihr sah man deutlich vier Streifen geschmolzenen, hellglänzenden Asphalts dorthin weisen, wo einmal das dichte Gestrüpp gewesen war, das ihm den Blick auf seine Gegner versperrt hatte. Wachtmeister Els brauchte sich nun nicht mehr zu beklagen, daß er nicht sehen konnte, worauf er schoß.

Die Deckung, die seine Feinde benutzt hatten, war so ziemlich weg. Der Abhang war nackt, kahl und abgesengt, und es war zweifelhaft, ob er jemals wieder so aussehen werde wie früher. Dieser Zweifel bestand nicht bei den fünf Gebilden, die am Boden liegengeblieben waren. Nackt, kahl und grauenhaft verstümmelt, brauchten die fünf Kriminalbeamten, die vor Elsens Kugeln in den Büschen Deckung gesucht hatten, nun eine ganz andere Deckung, als sie ihnen ein paar Büsche bieten konnten. Und da sie auf der Stelle tot waren, waren sie in gewisser Weise glücklicher dran als ihre überlebenden Kameraden, von denen einige, wie Els mit Befriedigung feststellte, nackt und geschwärzt und deutlich in einem Zustand geistiger Verwirrung herumwanderten. Els nutzte ihren wehrlosen Schockzustand, um ein paar von ihnen mit seinem Revolver außer Gefecht zu setzen, und es überraschte ihn nicht besonders, daß sie von ihren neuerlichen Verwundungen, die nach den Verheerungen der Elefantenbüchse natürlich einen ziemlichen Rückschritt darstellten, nur wenig Notiz zu nehmen schienen. Die übrigen Zivilbeamten, die von der Wirkung der Salve verschont geblieben waren, zogen sich, nachdem sie ihre nackten und verstörten Kollegen aus der Schußbahn von Elsens wahllosen Zielübungen gezerrt hatten, den Hügel hinunter zurück und warteten auf die Ankunft des Hauptkonvois, ehe sie ihren Angriff auf die Ligusterhecke wiederaufnehmen wollten.

Luitenant Verkramp, der im Turm des voranfahrenden Schützenpanzers stand und die enorme Explosion gehört hatte, war augenblicklich zu dem voreiligen Schluß gelangt, das Waffenlager der Polizeikaserne sei von Saboteuren in die Luft gejagt worden. Nach dem Chaos und der Panik, die der Konvoi auf seiner Fahrt durch das Land hervorgerufen hatte, kam das nicht sehr überraschend. Aber als er auf die Stadt hinuntersah, konnte er nichts erblicken, was diese Vermutung bestätigt hätte. Piemburg lag da in seiner stillen, friedlichen Senke unter dem wolkenlosen, blauen Himmel. Das einzig Ungewöhnliche, das er durch sein Fernglas ausmachen konnte, war eine ununterbrochene Autoschlange, die sich aus Vlockfontein langsam über die Hauptstraße bewegte.

»Da unten ist 'ne Beerdigung«, murmelte er leise vor sich hin und fragte sich, erstaunt über die kolossale Länge des Leichenzugs, was für ein bedeutender Mensch da wohl gestorben sei. Erst als er um die nächste Ecke bog und das Grüppchen nackter und völlig hysterischer Polizeibeamter sah, wurde ihm zum ersten Mal klar, daß Kommandant van Heerdens kopflose Instruktionen doch wohl nicht ganz ungerechtfertigt waren. Was immer auch in Jacaranda Park vor sich ging, es verdiente die außerordentliche Machtdemonstration, die der Polizeikonvoi darstellte.

Er hob die Hand, und der Kampfverband kam quietschend zum Stehen. »Was zum Teufel ist denn hier passiert?« fragte er. Die Frage, was geschehen sei, war eigentlich nicht nötig. Nackt und pulvergeschwärzt, bot die kleine Gruppe der Beamten einen mitleiderregenden Anblick.

»Irgend etwas hat auf uns geschossen«, kriegte schließlich einer von ihnen heraus.

»Was meinen Sie mit ›etwas‹?« schnauzte Verkramp.

»Ein Busch. Ein Busch oben an der Toreinfahrt. Immer, wenn jemand irgendwie in seine Nähe kommt, schießt er.«

»Ein Busch? Irgend jemand hinter dem Busch, wollen Sie wohl sagen. Warum haben Sie nicht zurückgeschossen?«

»Verdammt noch mal, was glauben Sie eigentlich, was wir gemacht haben? Aber hinter dem Busch ist niemand. Darauf schwöre ich jeden Eid. Wir haben Hunderte von Salven in den verfluchten Busch reingepumpt, und trotzdem schießt er immer noch zurück. Ich sage Ihnen, er ist einfach total verhext, dieser Busch.«

Luitenant Verkramp blickte unsicher die Straße entlang. Bestimmt würde er nicht auf jeden Blödsinn mit verhexten Büschen reinfallen, aber andererseits sah er deutlich, daß irgendwas ziemlich Außergewöhnliches die Männer in ihre erbärmliche Lage gebracht hatte. Es schwebte ihm schon auf der Zunge, zu sagen: »Sie haben wohl nicht alle Tassen im Schrank«, aber da ihnen auch ungefähr alles andere fehlte, hielt er es für besser, das für sich zu behalten. Die Frage der Truppenmoral war wichtig, und sie hatte ihn im Unterbewußtsein die ganze Zeit beschäftigt, seit sie aus der Polizeikaserne ausgerückt waren. Jetzt ein falscher Schritt, und es gäbe eine Panik im Konvoi. Er beschloß, den Männern ein Beispiel zu geben.

»Ich brauche zwei Freiwillige«, sagte er zu Sergeant de Haen, und während der Sergeant abzog, um zwei geistig zurückgebliebene Wachtmeister zu zwingen, sich freiwillig zu melden, wandte sich Luitenant Verkramp wieder den Kriminalbeamten zu.

»Wo ist denn dieser Busch?« fragte er.

»Genau in der Toreinfahrt. Sie können ihn gar nicht verfehlen«, sagten sie und setzten hinzu: »Und Sie wird er auch nicht verfehlen.«

»Das werden wir mal sehen«, murmelte der Luitenant, kletterte aus dem Panzerwagen und machte sich zum Erkundungsgang bereit. Luitenant Verkramp hatte in Pretoria einen Kursus in Guerilla-Abwehr besucht und war in der Kunst der Tarnung sehr bewandert. Als er fertig war, glichen die drei Männer, die aus dem Graben langsam auf Wachtmeister Els' Ligusterstrauch zukrochen, ebenfalls drei Sträuchern. Sie waren nicht so sauber geschnitten, das stimmt, und sicherlich nicht so kugelsicher, aber egal, was ihre Tarnung sonst noch alles verbarg, es war ziemlich unmöglich, selbst aus der Nähe, festzustellen, daß es sich hier um drei uniformierte Beamte der südafrikanischen Polizei handelte.

6

Kommandant van Heerden war gerade mitten in Jacaranda Park unter einer Eiche stehengeblieben, um wieder zu Puste zu kommen, und versuchte, Mut genug zu fassen, um ins Haus zurückzukehren, als Wachtmeister Els die Elefantenbüchse abfeuerte. Das Echo der Detonation brachte den Kommandanten zur Besinnung. Zum einen wurde ein Geier, der in den Zweigen über ihm mit offenbarer Vorahnung gelauert hatte, vom Krachen der Flinte aufgeschreckt und flappte bedrohlich in den Himmel hinauf. Zum anderen kam der Kommandant augenblicklich zu der Überzeugung, daß die Gesellschaft Jonathan Hazelstones unendlich weniger tödlich sei als das Blutbad, das Wachtmeister Els am Haupttor anrichtete. Er verließ die Deckung, die der Baum ihm bot, und hastete unbeholfen auf das Haus zu, wobei er auf alle Welt wie ein verrückt gewordener Dickhäuter wirkte, den außer Gefecht zu setzen der Sinn der Elefantenbüchse war.

Hinter ihm hing die Stille des eben eingetretenen Todes düster über Jacaranda Park. Vor sich konnte er die schlanke, anmutige Gestalt Miss Hazelstones erkennen, die auf der Veranda stand. Sie blickte unschlüssig in den wolkenlosen Abendhimmel. Als der Kommandant an ihr vorbei in den Salon stürzte, hörte er sie sagen: »Ich meine, ich hätte es eben donnern hören. Ich glaube, wir bekommen Regen.« Es war gut, wieder dort zu sein, wo die Welt im Lot war, dachte der Kommandant, als er schlaff und erschöpft in den Lehnstuhl sank.

Gleich darauf kehrte Miss Hazelstone von der Betrachtung des Sonnenuntergangs ins Zimmer zurück. Sie brachte eine Atmosphäre der Ruhe und Lebensbejahung mit herein, wie sie ihr allein, oder zumindest erschien es Kommandant van Heerden so, unter all den Leuten eigen war, die an diesem Nachmittag die Ereignisse in Jacaranda Park erlebten. Dasselbe war von Wachtmeister Els schwerlich zu sagen. Was ihm an Leben in die Quere kam, das bejahte er kein bißchen, schon gar nicht mit etwas, das auch nur leise der Ruhe geähnelt hätte. Der einzige Trost, den Kommandant van Heerden finden konnte, war der Gedanke, daß dem Geräusch nach Els sich und den halben angrenzenden Vorort in die Luft gesprengt hatte.

Miss Hazelstone tappte gedankenverloren und mit dem Ausdruck sanfter Melancholie zu ihrem Ohrensessel, setzte sich und wandte ihr Gesicht mit einem Blick tiefster Verehrung einem Gemälde zu, das über dem Kamin hing. »Er war ein guter Mensch«, sagte sie schließlich mit leiser Stimme.

Kommandant van Heerden folgte ihrem Blick und besah sich das Bild. Es stellte einen Mann in langer Robe mit einer Laterne in der Hand dar, der an der Tür eines Hauses stand, und der Kommandant vermutete, es handele sich um ein weiteres Porträt von Sir Theophilus, dieses Mal, der Robe nach zu urteilen, gemalt, als der große Mann in Indien amtierte. Es trug den Titel »Das Licht der Welt«, was selbst dem Kommandanten bei aller Bewunderung für den Vizekönig ein bißchen weit zu gehen schien. Trotzdem fühlte er sich gezwungen, etwas zu sagen.

»Das war er sicherlich«, sagte er wohlwollend, »und auch ein sehr bedeutender Mensch.«

Miss Hazelstone sah den Kommandanten dankbar und mit ungewohnter Hochachtung an.

»Das wußte ich gar nicht«, murmelte sie.

»Oh, ich vergöttere den Mann geradezu«, fuhr der Kommandant fort und fügte als nachträglichen Gedanken hinzu: »Er wußte, wie man mit den Zulus richtig umgeht«, worauf er mit Erstaunen bemerkte, daß Miss Hazelstone plötzlich in ihr Taschentuch zu schluchzen begann. Van Heerden, der ihre Tränen als weiteren Beweis der tiefen Zuneigung zu ihrem Großvater wertete, mühte sich weiter.

»Ich wünschte nur, von seiner Sorte gäbe es heute noch mehr«, sagte er und stellte zufrieden fest, daß Miss Hazelstone ihn noch einmal dankbar über ihr Taschentuch hinweg ansah. »Es gäbe heute nur halb soviel Kummer in der Welt, wenn er wieder da wäre.« Er wollte gerade sagen: »Er würde sie dutzendweise hängen«, aber er sagte sich, daß das Hängen angesichts des voraussichtlichen Schicksals von Miss Hazelstones eigenem Bruder kein taktvolles Thema sei, und begnügte sich mit der Feststellung: »Er würde ihnen schnell das eine oder andere beibiegen.«

Dem stimmte Miss Hazelstone zu. »Das würde er, o ja, das würde er. Ich bin so glücklich, daß gerade Sie, Kommandant, die Dinge so betrachten.«

Kommandant van Heerden sah nicht ganz die Notwendigkeit für diesen Nachdruck ein. Es erschien ihm nur natürlich, daß ein Polizeioffizier sich an Sir Theophilus' Methoden hielt, mit Verbrechern umzuspringen. Schließlich hatte Richter Hazelstone sich seine Vorliebe für das Hängen und Prügeln ja auch nicht aus den Fingern gesogen. Jeder wußte, daß der alte Sir Theophilus es sich zur Aufgabe gemacht hatte, dafür zu sorgen, daß sein Sohn William früh den Sinn für körperliche Züchtigungen entwickele, indem er sie dem Knaben praktisch vom Tag seiner Geburt an zukommen ließ. Dieses Pflichtgefühl erinnerte den Kommandanten an seine eigene unangenehme Aufgabe, und er sagte sich, dieser Augenblick sei so gut wie jeder andere, ihr endlich beizubringen, daß er genau wisse, daß Fünfpenny nicht von ihr, sondern von ihrem Bruder Jonathan ermordet worden sei. Er stand von seinem Sessel auf und fiel in den förmlichen Jargon seines Amtes.

»Ich habe Grund zu glauben ...«, begann er, aber Miss Hazelstone ließ ihn nicht ausreden. Sie erhob sich von ihrem Ohrensessel und blickte hingerissen zu ihm auf, eine Reaktion, die van Heerden kaum erwartet hatte und gewiß nicht bewundern konnte. Schließlich war der Kerl ihr eigener Bruder, und erst vor einer Stunde war sie bereit gewesen, den Mord selber auf sich zu nehmen, bloß um ihn zu decken.

Er begann wieder: »Ich habe Grund zu glauben ...«

»Oh, ich auch. Das hab' ich auch. Haben wir das nicht alle?« Und diesmal nahm Miss Hazelstone die riesigen Pranken des Kommandanten in ihre zierlichen Hände und blickte ihm in die Augen. »Ich wußte es, Kommandant. Ich wußte es die ganze Zeit.«

Kommandant van Heerden brauchte man das nicht zu sagen. Natürlich hatte sie es die ganze Zeit gewußt, sonst hätte sie den Unmenschen ja nicht in Schutz genommen. Zum Teufel, dachte er, mit der ganzen Förmlichkeit. »Ich nehme an, er ist oben im Schlafzimmer«, sagte er.

Der Ausdruck auf Miss Hazelstones Gesicht ließ auf eine gewisse Verwunderung schließen, was wohl, nahm der Kommandant an, darauf zurückzuführen war, daß sie plötzlich sein großes Talent als Detektiv erkannte.

»Oben?« krächzte sie.

»Ja. Im Schlafzimmer mit der rosageblümten Bettdecke.«

Miss Hazelstones Erstaunen war nicht zu übersehen. »Im rosa Schlafzimmer?« stammelte sie und wich von ihm zurück.

»Er bietet leider keinen sehr erfreulichen Anblick«, fuhr der Kommandant fort. »Er ist dun wie der Teufel.«

Miss Hazelstone war nahe am Überschnappen. »Der Teufel?« brachte sie schließlich keuchend hervor.

»Besoffen«, sagte der Kommandant. »Sternhagelvoll und über und über mit Blut beschmiert. Die Schuld steht ihm nicht bloß ins Gesicht geschrieben.«

Miss Hazelstone hielt es nicht mehr. Sie eilte zur Tür, aber Kommandant van Heerden war vor ihr da.

»O nein, das tun Sie nicht. Sie gehen nicht rauf und warnen ihn«, sagte er. »Er muß auslöffeln, was er sich eingebrockt hat.« Kommandant van Heerden hatte im stillen seine Zweifel, ob der Kerl noch oben sei. Selbst einen total Besoffenen mußte die Explosion aus dem Bett gehauen haben. Andererseits war der Mann wahnsinnig, und bei Irren konnte man nie wissen. Was sie taten, war einfach unvorhersehbar. Es gab, bemerkte er jetzt, auch in Miss Hazelstones Verhalten Symptome von Wahnwitz und Unberechenbarkeit und Zeichen dafür, daß sie sich auf eine Art benehmen könne, die weder nett noch vornehm wäre.

»Nun, nun, liebe Miss Hazelstone. In gewisse Dinge müssen wir uns zu schicken lernen«, sagte er beruhigend, und während er das sagte, war Miss Hazelstone nur eines völlig klar, daß nämlich nichts auf Gottes Erdboden sie dazu bringen werde, in der Reichweite dieses schwitzenden Polizisten zu bleiben, der dachte, der

Teufel persönlich liege sternhagelblau und über und über mit Blut beschmiert oben im rosageblümten Schlafzimmer. Es gebe ja vielleicht, räumte sie großzügig ein, gewisse irrationale Züge in ihrem eigenen Seelenleben, aber sie waren nichts gegen die unübersehbaren Zeichen von Irrsinn, die der Kommandant an den Tag legte. Bleich und unverständliches Zeug lallend, sprang sie in einem Satz von ihm zurück, riß einen dekorativen Krummsäbel von der Wand und hielt ihn mit beiden Händen über ihren alten grauhaarigen Schädel.

Kommandant van Heerden war völlig platt. Eben noch hatte er vor einer reizenden alten Dame gestanden, die seine Hände in ihre nahm und ihm sanft ins Auge blickte, und im nächsten Moment war sie ein tanzender Derwisch und offenkundig darauf versessen, ihn mit einem fürchterlichen Messer mittendurch zu säbeln.

»Nun, nun«, sagte er, außerstande, seine Ausdrucksweise seiner neuen, schrecklichen Lage anzupassen. Eine Sekunde später war klar, daß Miss Hazelstone sein »Nun, nun« als Hinweis darauf verstanden hatte, daß er den Tod sofort wünsche. Wie ein Krebs kam sie auf ihn zu.

In Wirklichkeit versuchte Miss Hazelstone zur Tür zu gelangen, die in die Halle führte. »Aus dem Weg«, befahl sie, und der Kommandant, ängstlich bemüht, ihr nicht den leisesten Vorwand zu liefern, ihn mit dem Krummschwert in der Mitte durchzuspalten, sprang zur Seite, wo er mit einer großen chinesischen Vase zusammenprallte, die von ihrem Podest kippte und auf den Boden krachte. Eine Sekunde lang zeigte Miss Hazelstones Gesichtsausdruck jene Fähigkeit, sich rasch zu verändern, die der Kommandant eben schon mal wahrgenommen hatte. Jetzt war sie zweifellos völlig außer sich vor Wut.

»Die Ming! Die Ming!« kreischte sie und ließ den Krummsäbel von oben heruntersausen. Aber Kommandant van Heerden war nicht mehr an dieser Stelle. Die zerschmetterten Kunstschätze aus der jahrtausendealten chinesischen Geschichte hinter sich lassend, stürzte er quer durchs Zimmer.

Während er über die Veranda fegte, hörte er Miss Hazelstone immer noch »Die Ming! Die Ming!« zu ihrem Bruder hochschreien, und da er meinte, die Ming sei eine unbeschreiblich fürchterliche Waffe, die griffbereit oben in der Galerie an der Wand hing, rannte der Kommandant wieder mal durch Jacaranda Park, diesmal aber in die Richtung des Tores, aus der das Getöse wiedererwachten Gewehrfeuers zu hören war, ein Getöse, das er als Zeichen ganz normaler und gesunder Gewalt willkommen hieß. Und wie er so rannte, dankte er seinem Glücksstern, daß die Dämmerung schon in Nacht überging, die den Weg seiner Flucht verdunkelte.

Für Wachtmeister Els, der immer noch über die Auswirkungen seiner Schießkünste schmunzeln mußte, hatte es, als die Dämmerung sich über die zusammengeknäulten Tore des Parks zu senken begann, die ersten Anzeichen dafür gegeben, daß mehrere neue Faktoren in den kleinen Flecken westlicher Kultur eingriffen, den er so mannhaft verteidigte. Er hatte gerade einen kräftigen Schluck Alten Nashornhaut-Brandy gekippt, um sich gegen die Nachtkühle zu schützen, als er draußen ein merkwürdiges Kratzen hörte. Zuerst dachte er, ein Stachelschwein schabe sich an der Panzertür des Bunkers, aber als er sie aufmachte, war nichts zu sehen, während die Geräusche immer näher kamen. Sie schienen aus einer Hecke unten an der Straße zu dringen, und er war gerade zu der Überzeugung gelangt, sie ließen sich nur dadurch erklären, daß ein Nashorn, das an Eiterflechte leide, sich zur Linderung von der Juckerei in einem Weißdorn siele, als er drei bemerkenswert flinke Pflanzengebilde über die Straße hoppeln sah. Offenbar sollte der nächste Angriff beginnen.

Wachtmeister Els lehnte sich zurück und überdachte die Lage. Einen Angriff hatte er mit seinem Revolver zurückgeschlagen, einen zweiten mit der Elefantenbüchse zunichte gemacht. Es sei Zeit, meinte er, zum Gegenangriff überzugehen. In der immer dunkler werdenden Dämmerung verließ Wachtmeister Els den Schutz des Bunkers und kroch, seinen Revolver in der Hand, leise auf seine Angreifer zu, deren polyphones Vorrücken alle leisen Geräusche übertönte, die er möglicherweise machte.

Als Luitenant Verkramp und seine zwei Freiwilligen eine dreiviertel Meile bis zur Spitze des Hügels hinaufgekrochen waren, wünschte Verkramp sich im stillen, er wäre doch einfach mit dem Panzerwagen raufgefahren, vor allem aber begann er, den Sinn der ganzen Unternehmung anzuzweifeln. Es war bereits so dunkel, daß er zwar vielleicht den Busch nicht verfehlte, der ihnen so viel Kummer bereitete, daß er ihn aber eventuell einfach nicht mehr sah. Seine Hände waren zerkratzt und aufgerissen, und er war bis auf Spuckdistanz an zwei Puffottern und eine Kobra herangekommen, was zweifellos ein Kompliment für seine Tarnungskünste war, aber eins, ohne das er sehr gut leben konnte. Es war ihm nie so klar gewesen, welcher Wildreichtum in den Hekken Piemburgs hauste.

Die Spinne, die ihn in die Nase gebissen hatte, als er sich aus ihrem Netz herauszuwinden versuchte, war so groß und bösartig, wie er es nie für möglich gehalten hatte, hätte er es nicht mit einem eigenen Auge gesehen, wobei ihm die Spinne das andere mit drei Füßen zudrückte, mit denen sie sich abstemmte, um sich festen Halt zu verschaffen, während sie ihm 50 ccm Gift ins linke Nasenloch spritzte. An diesem Punkt wäre er beinahe umgekehrt, denn das Gift verteilte sich so schnell und war dermaßen wirkungsvoll, daß er auch, nachdem die Riesenspinne so freundlich gewesen war, sich von seiner Netzhaut zu verabschieden, noch immer nichts sehen konnte. Auf dieser Seite seines Gesichts pochte es alarmierend, und seine Nebenhöhlen schienen mit irgendeiner ätzenden Flüssigkeit gefüllt zu sein. Und da ihm klar war, daß die Expedition mit einiger Eile weiterkommen mußte, ehe seine Atmungsorgane für immer die Arbeit einstellten, rückten Luitenant Verkramp und seine beiden Männer weiter krachend durch das feindselige Unterholz auf ihren Gegner zu.

Wachtmeister Els, der nicht so hastig und weit unbemerkter vorwärtsrobbte, hatte inzwischen Sir Theophilus' furchtbaren Verteidigungsgraben entdeckt und mit erheblicher Befriedigung dessen Wirkung auf die letzten Opfer wahrgenommen. Els streckte sich im Gras aus und überlegte sich, wie er den offenbar unersättlichen Appetit dieses Ergebnisses der Angst Sir Theophilus' noch weiter befriedigen könne. Die Geräusche, die aus dem Unterholz zu ihm drangen, schienen zu besagen, daß seine Feinde bereits an irgendwelchem Gliederzucken litten. Zu dem Knacken der Zweige, das ihr Vorrücken begleitet hatte, trat jetzt ein gelegentliches Wimmern und etwas, das sich anhörte wie chronischer

Katarrh. Wachtmeister Els wartete nicht länger. Er kroch, den mörderischen Graben meidend, lautlos weiter und bezog im Gras neben der Straße Stellung.

Luitenant Verkramp, der in dem Gestrüpp verbissen vorwärtskrabbelte, erschien nichts seltsam oder ungewöhnlich. Seine Nase machte ihm Schwierigkeiten, das war zwar richtig, und das Spinnengift hatte sich beängstigend ausgebreitet, so daß mal seine Augen, mal seine Ohren Sperenzchen machten, aber wenn auch sein Inneres von Blitzen und einem seltsamen Trommelgetöse erfüllt war, außen wirkte alles ruhig und friedlich. Die Nacht war dunkel, aber droben schienen die Sterne, und die Lichter von Piemburg im Tal unter ihm tauchten den Himmel in orangerote Glut. Die Lichter von Jacaranda House blinzelten einladend durch den Park herüber. Grillen sangen, und fernes Verkehrsgemurmel kam von der Straße aus Vlockfontein sanft zu ihm herübergeweht. Nichts in der Welt bereitete Luitenant Verkramp auf den Schrecken vor, der plötzlich über ihn hereinbrechen sollte.

Nicht daß ihn körperlich etwas erschreckt hätte. Es war viel schlimmer. Es war fast etwas Unwirkliches an dem Schrei, der in seinem lädierten Ohr explodierte, und auch an der schrecklich verkrümmten, unheimlichen Gestalt, die plötzlich über ihm auftauchte. Er konnte nicht sehen, was es war. Er spürte bloß ihren ekelhaften Atem und hörte den Geisterschrei, der unsagbar grauenhaft war und, daran zweifelte er kein bißchen, aus den tiefsten Tiefen der Hölle kam. Alle Bedenken, die Luitenant Verkramp gegen die Geschichte mit dem verhexten Busch gehabt hatte, lösten sich im Augenblick in nichts auf, und im nächsten Augenblick fiel Verkramp, als er sich zur Seite warf, genau in den

Höllenrachen, aus dem seiner Meinung nach der Schrei ertönt war. Und während er am Boden des Grabens auf den Eisenspießen steckte und sein Geschrei durch den Park schallte, starrte er, halbtot vor Angst und Schmerzen, nach oben und wußte, daß er in alle Ewigkeit verdammt sei. In seinem Fieberwahn sah er ein Gesicht in sein Grab herunterstarren, ein Gesicht, das satanisch zufrieden aussah: Und das Gesicht war das von Wachtmeister Els. Luitenant Verkramp wurde ohnmächtig.

Seine beiden Gefährten waren unterdessen wieder am Fuß des Hügels angelangt, wobei sie auf ihrer Flucht nicht nur den Luitenant zurückgelassen hatten, sondern auch einen Kometenschweif aus Blättern, Zweigen, Helmen und dem ganzen Drum und Dran ihres Berufes. Sie hätten sich gar nicht so abzuhetzen brauchen. Die Nachricht von der entsetzlichen Begegnung war ihnen vorausgeeilt. Wachtmeister Elsens Schrei, auch *diminuendo* noch grauenhaft, war wie eine fürchterliche Bestätigung des drohenden Untergangs hinunter zu den Wagen gedrungen, die immer noch die Straße aus Vlockfontein blockierten.

Die Polizisten, die in der Nähe der Lastwagen und Schützenpanzer herumlagen, erstarrten. Einige, die damit beschäftigt waren, Tollwut- und Beulenpestschilder aufzustellen, hörten auf zu arbeiten, starrten in die Finsternis und versuchten zu ergründen, welcher neue Horror dem tödlichen Busch entsprungen war. Sogar die Schäferhunde zuckten bei dem Laut zusammen. Und mitten in Jacaranda Park blieb Kommandant van Heerden, in Todesängsten wegen der Ming, unwillkürlich stehen, als er den Schrei hörte. Niemand, der ihn vernommen hatte, würde ihn wohl je vergessen.

Wenn Wachtmeister Els über die Wirkung der Elefantenbüchse schon verblüfft gewesen war, so war er es über die Ergebnisse seines Versuchs, psychologische Kriegsführung anzuwenden, noch viel mehr. Sein Auftritt als auferstandener Toter hatte bei seinen Pflanzenfeinden Früchte getragen, wie er sie nicht für möglich gehalten hätte, aber als er den leiser werdenden Schreien aus dem Graben lauschte, kam ihm vorübergehend der Schatten eines Zweifels. Es war etwas an diesen Schreien, an ihrem Klang, was ihm irgendwie bekannt vorkam. Er ging hinüber zu dem Graben und sah hinunter, und durch die Blätter, die es bedeckten, machte er mühsam ein Gesicht aus, und auch an diesem Gesicht kam ihm irgend etwas bekannt vor. Wenn es nicht so eine knollige Nase und so geschwollene Backen gehabt hätte, hätte er fast gemeint, Luitenant Verkramp sei da unten. Bei dem Gedanken, daß der Luitenant da unten aufgespießt liege, griente er still in sich hinein. Geschähe dem Blödmann recht, wenn er dafür, daß er ihn die ganze Nacht in der Gegend rumrennen ließ, da unten läge, wo er ihn doch schon vor Stunden hätte ablösen müssen, dachte er, als er wieder in seinem Bunker verschwand.

Er nahm noch mal einen kräftigen Schluck Brandy, und als er die Flasche gerade wieder in seine Hosentasche stecken wollte, hörte er ein Geräusch, das ihn auf der Stelle zu der Schießscharte flitzen ließ. Irgend etwas kam die Straße herauf. Irgendein Fahrzeug, und ein Gefühl von Vertrautheit streifte sein Ohr. Es hörte sich genau wie ein Schützenpanzerwagen an. »Wurde auch verdammt noch mal Zeit«, dachte Els, als die Scheinwerfer um die Ecke schwenkten und einen Moment lang die Leichen beleuchteten, die gegenüber auf dem Abhang lagen. Einen Augenblick später fiel ein ganz anderes Licht auf die Szenerie. Ein Suchscheinwerfer drang durch die Nacht und verwandelte die Ligusterhecke in einen leuchtenden Fleck inmitten einer ansonsten finsteren Umgebung.

»Na schön, ihr Sauhunde, allzuviel ist scheißungesund«, schrie Els in die Nacht, aber ehe er noch mehr sagen konnte, löste sich die Ligusterhecke um seinen Bunker herum langsam auf. Als die Kugeln in die Bunkerwände einschlugen und die Schießscharte von Leuchtspurkugeln hell aufflammte, wußte Els, daß es ihm nun an den Kragen ging. Das hier war nicht die Ablösung, auf die er gewartet hatte. In einem letzten verzweifelten Versuch, die Tragödie abzuwenden, richtete Wachtmeister Els die Elefantenbüchse auf den Panzerwagen. Er hielt das Feuer so lange zurück, bis der Panzer nur noch zehn Schritte von der Toreinfahrt entfernt war, dann drückte er ab. Wieder und wieder schoß er, und mit einer Mischung aus Ehrfurcht und Befriedigung sah er als Schattenriß vor dem Suchscheinwerfer, wie das mächtige Panzerfahrzeug rasselnd zum Stehen kam und langsam in seine Bestandteile zerfiel. Seine Geschütze waren verstummt, die Bereifung nur noch Gummifetzen, und seine Besatzung rieselte sanft, doch unaufhörlich durch hundert Löcher, die in seine Seiten gebohrt waren. Nur ein Mann war eben noch zu dem Versuch imstande, aus dem Ding herauszukommen, und als er sich zuckend aus der Turmöffnung wand, erblickte Els mit erschreckender Deutlichkeit die vertraute Uniform und die Mütze der südafrikanischen Polizei. Der Mann plumpste wieder ins Innere des Turms zurück, und Els, dem zum ersten Mal vage die Größe seines Vergehens dämmerte, wußte, daß er nur einen Steinwurf vom Galgen entfernt war. Er feuerte einen letzten Schuß ab. Der Suchscheinwerfer explodierte, und es war finstere Nacht. Mit verzweifelter Kraftanstrengung sammelte Els alle Beweise seiner jüngsten Aktivitäten zusammen, stolperte aus dem Bunker und schlich sich, seinen grauenhaften Komplizen hinter sich herschleifend, durch den Park davon.

7

In Jacaranda House sang Jonathan Hazelstone in seiner Badewanne. Er trug eine Badekappe aus Gummi, um seine empfindlichen Ohren gegen das Wasser zu schützen, und teils wegen der Kappe, teils, weil er ziemlich taub war, sang er erheblich lauter, als er sich das vorstellte. Und so hörte er nichts von dem Schlachtenlärm, der seinen Vortrag von »Vorwärts, ihr christlichen Soldaten« begleitete. Das rosafarbene Wasser um ihn herum wirbelte und strudelte und nahm seltsame und verzwickte Muster an, als es der Knall aus der Elefantenbüchse traf. Aber Jonathan Hazelstone hatte keine Zeit, sich um solche Lappalien zu kümmern. Er war viel zu sehr mit seinen eigenen Schwächen beschäftigt. Die Scham über seine Tat und ein unbewußter Stolz darauf gingen in seinen Gedanken durcheinander, und über beidem hing die schreckliche Erinnerung an vergangene Dinge.

Er versuchte, die entsetzliche Geschichte zu verdrängen, aber sie stellte sich beharrlich immer wieder ein. Trotz seiner Gewissensbisse mußte er immer noch ein bißchen darüber lächeln. Denn schließlich, dachte er, könne es nicht viele noch lebende Menschen geben, die von sich sagen könnten, daß sie getan hätten, was er getan hatte, und ungestraft davongekommen wären. Nicht daß er zum Prahlen geneigt hätte, und sicherlich würde er nicht herumziehen und seine Tat ausposaunen. Andererseits war er so ungeheuer provoziert worden, und letztlich war er der Meinung, sein Handeln sei in gewisser Weise entschuldbar gewesen. »Alte Nashornhaut«, dachte er und erschauerte und wollte sich eben ins Gedächtnis rufen, daß er dem Koch sagen müsse, er solle zum Kochen niemals dieses grauenhafte Zeug verwenden, da erinnerte er sich, daß es gar keinen Koch mehr gab, dem er das sagen konnte.

Traurig betrachtete er die rosa Kringel zu beiden Seiten in der Badewanne, stieg dann eilig aus dem Wasser und ließ es ab. Er spülte die Wanne aus, füllte sie von neuem und streute Badesalz hinein, dann legte er sich wieder in das heiße Wasser, um darüber nachzudenken, was als nächstes zu tun sei, um den Folgen der Ereignisse des Nachmittags aus dem Weg zu gehen. Er sah sich, das wußte er, einem schrecklichen Problem gegenüber. Sicher, seine Schwester hatte versprochen, der Polizei ein volles Geständnis abzulegen, und das war ganz in Ordnung, soweit es jene Angelegenheit betraf, aber es würde *ihm* niemals helfen, ungestraft davonzukommen. Zwangsläufig würde das Auswirkungen nach sich ziehen, und die ganze Geschichte war kaum dazu angetan, ihm bei seiner Karriere behilflich zu sein. Alles in allem war es eine gräßliche Geschichte. Nicht daß er für den verdammten Koch viel Sympathie übriggehabt hätte. Wenn es nicht um ihn gegangen wäre, dann wäre überhaupt nichts von all dem passiert. Außerdem gab es ein paar Sachen, die Jonathan Hazelstone niemals verzieh. Widernatürlichkeit war eine davon.

Kommandant van Heerden hätte alle diese Empfindungen geteilt, wenn er sie gekannt hätte, aber mittlerweile waren seine Kräfte ausschließlich auf einen einzigen simplen Gedanken konzentriert, daß nämlich seine Laufbahn als Polizeioffizier und möglicherweise auch als freier Mensch mit an Sicherheit grenzender Wahrscheinlichkeit dadurch beendet war, wie er den Fall Hazelstone behandelt hatte. Durch die Explosion, die das Ende des Schützenpanzers verkündete, war ihm das sonnenklar geworden. Entehrt, entlassen und bestraft, weil er ein Mitschuldiger war, und zwar vor, während und nach dem Mord an den Polizeibeamten, die zweifellos in Wachtmeister Elsens Kugeltornado am Haupttor gefallen waren, würde er den Rest seines Lebens im Gefängnis mit Leuten zubringen müssen, die ihm zu einer solchen Riesenmenge Undank verpflichtet waren, wie sie keine Qual vergelten konnte. Der Tag, an dem er ins Piemburger Gefängnis käme, wäre vielleicht nicht sein letzter, ganz sicher aber sein schlimmster. Von denen, die Geständnisse unterschrieben hatten, nachdem sie von Wachtmeister Els in den Zellen des Piemburger Polizeireviers gefoltert worden waren, gab es zu viele, als daß ihm die Aussicht auf ihre Gesellschaft im Gefängnis hätte lieb sein können.

Nach einem kurzen Schluchzer versuchte Kommandant van Heerden, darüber nachzudenken, wie er sich aus der Bredouille befreien könnte, in die Els ihn geritten hatte. Nur eines konnte ihn im Augenblick retten, und das war die erfolgreiche Verhaftung des Mörders von Miss Hazelstones Zulu-Koch. Nicht daß er auf diese Leistung große Hoffnungen gesetzt hätte, außerdem würde sie nicht das Blutbad erklären helfen, das Els angerichtet hatte. Els würde wegen Massenmords angeklagt werden, und es gab nur die Chance, daß man ihn überreden könnte, Schwachsinn zu simulieren. Wenn man's recht bedachte, hatte es der Scheißkerl gar nicht nötig zu simulieren. Er war offensichtlich verrückt. Die Tatsachen sprachen für sich selbst.

Von dieser schwachen Hoffnung beflügelt (und ganz sicher nicht von der explodierenden Munition in dem vormals rollenden Verbrennungsofen), erreichte Kommandant van Heerden das Parktor. Er kletterte über den Haufen verknäulten Metalls und sah sich um. Eine schwarze Rauchwolke verdunkelte den Nachthimmel. Sie quoll aus dem offenen Turm des Schützenpanzers und drang aus den Löchern an den Seiten. Sogar der Kommandant in seiner Aufregung nahm den Geruch wahr. Es roch wie sonst nichts auf Erden.

Kommandant van Heerden nahm einen tiefen Atemzug von dem ekelhaften Zeug, dann brüllte er in die Nacht hinaus: »Wachtmeister Els«, schrie er, »Wachtmeister Els, wo in drei Teufels Namen sind Sie?«, und bemerkte die Blödheit seiner Frage, sobald er sie von sich gegeben hatte. Els würde sich in dem Moment wohl kaum zeigen. Eher würde er seinen Kommandeur mit demselben Vergnügen in die Ewigkeit schicken, wie er es mit seinen Kameraden getan hatte. Nach einem kurzen Schweigen, das nur vom Knallen und Pfeifen der Kugeln unterbrochen wurde, die im Innern des Schützenpanzers durch die Gegend flogen, schrie der Kommandant noch mal. »Hier spricht Ihr Kommandeur, ich befehle Ihnen, das Feuer einzustellen.«

Kommandant van Heerdens merkwürdiger Befehl verblüffte die Männer im Konvoi unten auf der Straße und ließ ihre Herzen vor Bewunderung heiß erglühen. Der Kommandant war dort oben am Tor und hatte den Irren offenbar gefaßt, der sie niedergemetzelt hatte. Aber ein Rätsel war ihnen diese Entwicklung doch, denn der Kommandant war nicht bekannt dafür, mutig zu sein. Langsam, aber sicher liefen sie zögernd die Straße entlang auf ihn zu.

Wachtmeister Els machte sich in einer ganz anderen Richtung aus dem Staub, während er sich den Kopf darüber zerbrach, wie er aus der Tinte käme, in der er saß. Vor allem mußte er erst mal die Elefantenbüchse verstecken, und dann würde er sich ein Alibi zusammenbasteln. Wenn er an das Format der Flinte dachte, war er nicht sicher, welche Aufgabe schwieriger wäre, und er überlegte gerade, ob er sie nicht einfach auf die Veranda, wo er sie gefunden hatte, zurückbringen solle oder nicht, als er schon wieder auf eine Ligusterhecke stieß. Aus seiner jüngsten Erfahrung mit Ligusterhekken hatte er gelernt, daß sie sich ideal dazu eigneten, etwas zu verstecken. Els linste durch die Hecke, und nachdem er sich vergewissert hatte, daß das Schwimmbecken genau das war, was es zu sein vorgab, und nicht schon wieder eine von Sir Theophilus' kleinen Fallen, schlüpfte er durch die Einfriedung und schlich hinüber zu einem kleinen, geschmackvollen Pavillon, der an einem Ende der Anlage stand. Einen Moment lang tappte er im Finstern herum, dann zündete er ein Streichholz an. In dessen Lichtschein sah er, daß der Pavillon ein Umkleideraum mit lauter Kleiderhaken an den Wänden war. Zu seinem Schrecken sah er, daß einer der Haken benutzt war. Ein dunkler Anzug hing daran.

Els pustete das Streichholz aus und spähte hinaus zum Schwimmbecken. Der Besitzer des schwarzen Anzugs mußte dort draußen sein und ihn beobachten. Aber in der Wasserfläche des Pools spiegelte sich nichts Unheildrohenderes als die Sterne und der zunehmende Mond, der eben aufging. Die Winkel des Beckens bargen keine seltsamen Schatten, und da wußte Els, daß er hier allein war mit einem dunklen Anzug, einer Elefantenbüchse und der Notwendigkeit, sich ein Alibi auszudenken.

»Ligusterhecken bringen mir anscheinend Glück«, dachte er und nahm sich vor, in seinem Vorgarten eine anzupflanzen, wenn er jemals wieder lebend aus dieser Patsche herauskäme.

Er zündete ein zweites Streichholz an und besah sich die Sachen genauer. Zuerst dachte er, er könnte sie vielleicht als Verkleidung benutzen, aber die Hosen waren viel zu weit für ihn, und das Jackett, das er anprobierte, hätte ihm als Wintermantel dienen können. Die schwarze Weste ohne Knöpfe verwirrte ihn ein bißchen, bis er das Beffchen daran entdeckte. Wachtmeister Els gab jeden Gedanken auf, die Sachen zum Verkleiden zu benutzen. Er hatte zu große Ehrfurcht vor der Religion, um diese Gewänder mit seiner Person zu entweihen. Statt dessen benutzte er sie dazu, seine Fingerabdrücke von der Elefantenflinte zu wischen. Da er ein Fachmann im Beseitigen von wichtigen Beweisen war, gab es, als er fertig war, nichts mehr, was ihn und die Flinte hätte miteinander in Verbindung bringen können.

Zwanzig Minuten später verließ Wachtmeister Els in munterer Stimmung den Pavillon und schlenderte fröhlich durch den Park auf Piemburg zu. Hinter sich ließ er alles zurück, was ihn mit dem Massaker am Haupttor in Beziehung brachte. Die Elefantenbüchse war unter den Kleidern des Pfarrers versteckt. In einer Gesäßtasche der Hose steckte sein Revolver, und die Jackentaschen bauchten sich von den leeren Patronenschachteln, die er sorgfältig vom Bunkerfußboden aufgesammelt hatte. Jedes einzelne Stück war gewissenhaft geputzt. Kein Spurenexperte konnte beweisen, daß Wachtmeister Els sie je benutzt hatte. Schließlich (und schon mit einem

Stich ins Schrullige) hatte er die Alter-Nashornhaut-Brandy-Flasche in die Innentasche des Jacketts gesteckt. Sie war leer gewesen, und für leere Flaschen hatte er nun mal keine Verwendung.

Aber als er die Flasche in die Tasche schob, machte er eine andere nützliche Entdeckung. Die Tasche enthielt eine Brieftasche und einen Kamm. Wachtmeister Els kramte die anderen Taschen durch und fand darin ein Taschentuch und mehrere andere Dinge.

»Es geht nichts über 'ne sauber gemachte Arbeit«, dachte er, steckte die Sachen ein und machte sich auf den Weg, um dem Bunker einen letzten Besuch abzustatten. Als er dort ankam, hatte er sein Selbstvertrauen wiedergewonnen. Polizeibeamte liefen herum und besahen sich den brennenden Schützenpanzer, aber niemand nahm irgendwelche Notiz von dem Wachtmeister, der für eine Sekunde hinter der Ligusterhecke verschwand, ehe er die Straße in Richtung Piemburg hinunterspazierte. Unterwegs hielt er an, um ein Schild zu lesen, das gerade von einer Gruppe Polizisten angenagelt wurde.

Eine Stunde später stand Wachtmeister Els mit Schaum vor dem Mund und allen Symptomen von Tollwut vor der Unfallstation des Piemburger Krankenhauses. Ehe sie ihn ins Bett kriegen konnten, hatte er zwei Schwestern und einen Arzt gebissen.

Am Eingang von Jacaranda Park zeigte Kommandant van Heerden den Männern, die sich unter der Qualmwolke um ihn scharten, ganz ähnliche Symptome. Besonders das Verschwinden von Luitenant Verkramp brachte ihn in Harnisch.

»Vermißt? Was soll das heißen: vermißt?« schrie er Sergeant de Haen an.

»Er kam zur Erkundung hier rauf, Sir«, antwortete der Sergeant.

»Ist er etwa in dem Ding hier gekommen?« fragte der Kommandant etwas hoffnungsvoller und sah auf den ausgebrannten Schützenpanzer.

»Nein, Sir. In Maske.«

»In was?« bellte der Kommandant.

»Er war als Busch verkleidet, Sir.«

Kommandant van Heerden traute seinen Ohren nicht. »Als Busch verkleidet? Was denn für ein Busch?«

»Schwer zu sagen, Sir. Kein sehr großer.«

Kommandant van Heerden wandte sich den Männern zu. »Hat jemand von Ihnen einen kleinen Busch hier in der Gegend gesehen?«

Schweigen senkte sich über die Polizisten. Alle hatten sie einen kleinen Busch hier in der Gegend gesehen.

»Genau hinter Ihnen steht einer, Sir«, sagte ein Wachtmeister.

Der Kommandant drehte sich um und sah auf das, was von der Ligusterhecke übrig war. Das war offenbar nichts, was der verkleidete Verkramp sein konnte oder auch nicht. »Das doch nicht, Sie Dummkopf«, schnauzte er. »Ein herumlaufender Scheißbusch.«

»Ich weiß nichts davon, daß der Busch geschissen hat, Sir«, sagte der Wachtmeister. »Und ich möchte behaupten, er kann auch nicht rumlaufen, aber eins weiß ich, das verfluchte Ding kann verdammt gut schießen.«

»Was zum Teufel quatscht ihr da?« keifte der Kommandant, als ein nervöses Gekicher durch die Menge ging.

Sergeant de Haen klärte ihn auf. »Der Kerl, der den Schützenpanzer außer Gefecht gesetzt hat, saß hinter diesem Busch in Deckung.«

Einen Augenblick später guckte Kommandant van Heerden vorsichtig durch die Tür in den Bunker. Das Innere war immer noch mit dem Qualm verbrannten Pulvers gefüllt, aber trotzdem nahmen die Geruchsnerven des Kommandanten ein ihnen vertrautes, durchdringendes Aroma wahr. Der Bunker stank nach Altem Nashornhaut-Brandy. Am Boden gab es weitere Beweise. Eine Brieftasche, ein Kamm und ein Taschentuch lagen mitten im Bunker. Der Kommandant hob sie auf und hielt sie sich vorsichtig unter die Nase. Sie waren praktisch mit Brandy getränkt. Er öffnete die Brieftasche und erblickte in goldenen Lettern einen Namen, der ihm ebenfalls geläufig war: »Jonathan Hazelstone.«

Kommandant van Heerden vertrödelte keine Sekunde länger. Noch während er den Bunker verließ, gab er seine Befehle. Der Park sei zu umstellen. Straßensperren seien auf allen Straßen in der Nähe zu errichten. Suchscheinwerfer hätten das gesamte Parkgelände zu beleuchten. »Wir gehen rein und holen ihn uns«, sagte er zum Schluß. »Bringen Sie die anderen Schützenpanzer und die Schäferhunde her.«

Zehn Minuten später standen die restlichen fünf Schützenpanzerwagen, hundert mit Maschinenpistolen bewaffnete Männer und die neunundsechzig Spürhunde vor dem Parktor, bereit zum Angriff auf Jacaranda House. Kommandant van Heerden kletterte auf einen Panzer und hielt den Leuten von dessen Turm aus eine Ansprache.

»Ehe wir anfangen«, sagte er, »möchte ich Sie lieber warnen, daß der Mann, hinter dem wir her sind, ein gefährlicher Verbrecher ist.« Er machte eine Pause. Den Polizisten, die den ausgebrannten Panzerwagen und die Leichen auf dem Abhang gesehen hatten, brauchte man das nicht zu sagen. »Das Haus ist praktisch eine Festung«, fuhr der Kommandant fort, »und er verfügt über eine Sammlung tödlicher Waffen. Beim ersten Zeichen von Widerstand haben Sie meine Erlaubnis, das Feuer zu eröffnen. Noch irgendwelche Fragen?«

»Was ist mit dem Schwarzen Tod?« fragte Sergeant de Haen ängstlich.

»Der Schwarze tot? O ja, das waren Schußwunden«, erwiderte der Kommandant geheimnisvoll, verschwand im Innern des Panzers und knallte den Deckel zu. Der Konvoi setzte sich vorsichtig die Auffahrt nach Jacaranda House hinunter in Bewegung.

8

Jonathan Hazelstone war in Nachdenken über seine nächste Predigt versunken, was ihn vom tragischen Tod Fünfpennys abgelenkt hatte. Er hatte sich für eine Kanzelrede über die böse Macht des Alkohols gerade den Titel »Die Nashörner des Zorns sind weißer als die Rosse des Untergangs« ausgedacht und trocknete sich nach seinem Bade ab, als ihm einfiel, daß er seine Kleider im Umkleidepavillon gelassen hatte. Noch ganz wacklig auf den Beinen von dem vielen Brandy, stiefelte er mit der Badekappe auf dem Kopf und nur in ein großes Badetuch gehüllt gedankenversunken die Treppe hinunter. Auf den Stufen zur Haustür blieb er stehen und sog die kühle Nachtluft tief ein. Autoscheinwerfer bewegten sich langsam die Auffahrt herab.

»Besucher«, dachte er bei sich. »Müssen mich in dem Aufzug ja nicht sehen.« Er wickelte das Handtuch fester um sich, trottete über die Auffahrt weg und verschwand eben hinter der Ligusterhecke, als Kommandant van Heerdens Konvoi vor dem Haus hielt. Er ging in den Badepavillon, kam einen Augenblick später wieder heraus und fühlte sich miserabler als vorher. Der Geruch nach Altem Nashornhaut-Brandy in dem Badehäuschen ließ in Wellen den Brechreiz in ihm hochsteigen. Er stand an der Kante des Schwimmbeckens und brachte ein stilles Stoßgebet zum Allmächtigen hervor, er möge ihm helfen, egal, wie drastisch die Mittel auch seien, daß er nie mehr so sündhaft handle, und einen Moment später plumpste der Bischof von Barotseland durch das reflektierte Bild des Mondes in das kalte Wasser des Schwimmbeckens. Er schwamm die ganze Länge des Beckens unter Wasser, tauchte eine Sekunde lang auf und schwamm dann wieder am Boden des Swimmingpools hin und her, und während er so schwamm, schien es dem Bischof, als rufe ihn Gott der Herr. Leise, sehr leise, das stimmte, aber so deutlich, wie er es noch nie erlebt hatte, hörte er durch die Badekappe die Stimme des Herrn: »Jonathan Hazelstone, ich weiß, daß du da bist. Ich wünsche keinen Widerstand. Ergib dich freiwillig.« Und sechs Fuß unter der Wasseroberfläche war Hochwürden Jonathan Hazelstone zum ersten Mal klar, daß er wahrlich zu großen Dingen bestimmt sei. Der Ruf, auf den er so lange gewartet hatte, war endlich zu ihm gedrungen. Er drehte sich auf den Rücken und ergab sich freiwillig und ohne jeden Widerstand seiner Andacht unter dem nächtlichen Himmel. Er wußte jetzt, daß ihm sein Fehltritt vom Nachmittag vergeben war.

»Herr, du weißt, ich wurde provoziert«, murmelte er, während er auf der reglosen Oberfläche des Schwimmbeckens trieb, und ein Gefühl des Friedens, süßen, verzeihenden Friedens, senkte sich auf ihn herab, während er betete.

Frieden hatte sich nicht auf den Rest von Jacaranda House gesenkt. Umringt von einhundert bewaffneten Männern, die mit dem Finger am Abzug ihrer Maschinenpistolen in den Schatten des Gartens hockten, von neunundsechzig deutschen Schäferhunden, die nach Beute knurrten und hechelten, und von fünf Panzerschützenwagen, die rücksichtslos über Blumenbeete und Rasenflächen gefahren waren, um ihre Positionen einzunehmen, lag Jacaranda House still und schweigsam da.

Kommandant van Heerden beschloß, noch einen Versuch zu unternehmen, den Kerl ohne weitere Unannehmlichkeiten aus dem Haus zu bekommen. Eine neue Schießerei war das allerletzte, was er wollte. Er spähte aus dem Turm und hob wieder das Megaphon.

»Jonathan Hazelstone, ich gebe dir eine letzte Chance«, dröhnte seine hundertfach verstärkte Stimme durch die Nacht. »Wenn du friedlich rauskommst, geschieht dir nichts. Wenn nicht, komm ich rein und hol dich.«

Der Bischof von Barotseland, der auf dem Rücken schwimmend friedlich Andacht hielt und in den Nachthimmel hinaufstarrte, an dem ein großer Vogel langsam über ihn hinwegschwebte, hörte die Worte deutlicher als vorher. Gott offenbarte sich ihm auf vielen rätselhaften Wegen, das wußte er, aber an Geier hatte er dabei noch nie gedacht. Nun hatte der Allmächtige wieder und noch klarer gesprochen, viel, viel klarer.

Der erste Teil seiner Botschaft war ganz eindeutig gewesen: »Komm friedlich heraus, und es wird dir nichts geschehen.« Aber der zweite Teil war viel schwieriger zu deuten: »Wenn nicht, komme ich rein und hole dich.« Jonathan Hazelstone schwamm an den Beckenrand und kletterte, wie befohlen, friedlich heraus. Er hielt inne und schaute auf das Wasser zurück, um zu sehen, ob der Herr etwa schon hineingestiegen sei, um ihn rauszuholen, da bemerkte er, wie der Geier drehte und schauerlich mit den Flügeln schlagend über die blauen Gummibäume davonflog.

»Er hetzt mich alle Nächte, alle Tage«, murmelte er

inkorrekt, wobei er an den »Jagdhund des Himmels« dachte, und er wußte, daß er diese Nacht nicht nur Zeuge der Stimme Gottes gewesen war, sondern auch seiner Erscheinung. Wenn Gott als »Tauben und Hunde« kommen konnte, warum nicht auch als Geier? Und während er ein anderes Gedicht vor sich hin murmelte, das ihm sein Großvater beigebracht hatte, als er noch ein Kind war, eins, das er bis vor wenigen Minuten nie begriffen hatte, trocknete er sich langsam ab.

Die Boten sind gekommen. Sieh, sieh ihr Zeichen;
Schwarz ist ihre Farbe, und schau hier! mein Haupt.
Doch müssen sie mein Hirn auch haben? Müssen sie die reichen,
die glänzenden Ideen eröffnen, die ich dort erbaute?
Muß Trübsinn mich zu einem Narren umschmieden?
Du bleibst mein Gott, sie sind von mir geschieden.

Es hieß »Die Vorboten« und war von George Herbert, und während der alte Sir Theophilus etwas verändert hatte, in dem er in der zweiten Zeile weiß durch schwarz ersetzte und so tat, als bezöge sich »glänzende Ideen« auf seinen mörderischen Verteidigungsgraben, erkannte der Bischof jetzt, daß es vollkommen auf den Geier paßte, und stellte voll Dankbarkeit fest, daß der Bote tatsächlich von ihm geschieden war. Mit der stillen Bitte an den Herrn, sich ihm in Zukunft doch in weniger unheilverkündender Gestalt zu zeigen, betrat der Bischof von Barotseland den Pavillon, um sich seine Kleider zu holen.

Fünfzig Meter weiter entschloß sich Kommandant van Heerden soeben, den Befehl zu geben, das Haus zu stürmen, als Miss Hazelstone im Haupteingang erschien.

»Sie brauchen nicht zu schreien«, sagte sie trocken, »wir haben nämlich eine Klingel.«

Der Kommandant war nicht zu Lektionen in korrekten Umgangsformen aufgelegt. »Ich bin wegen Ihres Bruders hier«, schrie er.

»Tut mir leid, er ist im Augenblick beschäftigt. Sie müssen warten. Sie können reinkommen, wenn Sie sich die Stiefel abputzen und versprechen, nichts umzuwerfen.«

Der Kommandant konnte sich genau vorstellen, wie beschäftigt Jonathan Hazelstone gerade sein müsse, und selbstverständlich hatte er die Absicht, einiges umzuwerfen, falls er ins Haus kommen sollte. Er blickte unruhig zu den Fenstern im oberen Stockwerk hinauf.

»Womit ist er denn so beschäftigt?« Als wenn diese Frage nötig gewesen wäre.

Miss Hazelstone gefiel der Ton des Kommandanten ganz und gar nicht. »Mit seinen Waschungen«, schnappte sie zurück und wollte sich gerade umdrehen, als ihr die Scherben wieder einfielen. »Und mit der Ming . . .«, begann sie. Der Turmdeckel knallte zu, und Kommandant van Heerden war verschwunden. Aus dem Innern des Panzerwagens war dumpf seine Stimme zu vernehmen.

»Erzählen Sie mir nichts von dieser Ming«, zeterte er. »Gehen Sie rein, und sagen Sie Ihrem Bruder, er soll das Scheißding hängen lassen und mit erhobenen Händen rauskommen.«

Miss Hazelstone reichte es mit dem, was sie sich gefallen lassen mußte. »Was erlauben Sie sich, so mit mir zu reden«, schnauzte sie. »Gar nichts mache ich«, und drehte sich um und wollte wieder ins Haus zurück.

»Dann mach ich's eben«, schrie der Kommandant und beorderte seine Leute ins Haus. »Holt den Scheißkerl raus«, brüllte er und wartete auf das Krachen der tödlichen Ming. Er wartete vergeblich. Die Männer und die Hunde, die sich über die hingestreckte Miss Hazelstone ergossen, trafen auf keinen weiteren Widerstand. Der Dobermann, dem jetzt klar war, welchen Mangel an Voraussicht er bewiesen hatte, als er sich mit Wachtmeister Els wegen seines Rasenfleckchens in die Haare geraten war, lag auf dem Fußboden im Salon und tat so, als wäre er ein Bettvorleger. Polizisten und Hunde rasten um ihn herum und suchten das Haus nach ihrer Beute ab. Aber den Polizisten, die auf der Suche nach dem Mörder die Treppe rauf und die Korridore entlang und in die Schlafzimmer fegten, stelle sich kein menschliches Hindernis in den Weg. Untröstlich meldeten sie das Ergebnis ihrem Kommandanten, der noch immer in dem Schützenpanzer hockte.

»Er ist nicht da«, schrien sie.

»Sind Sie absolut sicher?« fragte er, bevor er den Deckel hochklappte. Das waren sie, und der Kommandant kletterte heraus. Er wußte, es gab nur noch eines zu tun, eine magere Chance, Jonathan Hazelstone in dieser Nacht zu fangen.

»Die Hunde«, befahl er außer sich. »Bringt die Suchhunde«, und damit sauste er völlig verzweifelt ins Haus und die Treppe hoch, gefolgt von einem Rudel nach Luft schnappender, tatendurstiger Schäferhunde. Das rosageblümte Schlafzimmer sah noch genauso aus, wie es der Kommandant zuletzt gesehen hatte – mit der bemerkenswerten Ausnahme, daß der nackte Mann weg war. Er riß die Decke von dem Bett und hielt sie den Hunden zum Schnuppern hin. Sie rochen an dem Stoff und hetzten los, den Gang entlang: Sie hatten die Botschaft laut und deutlich vernommen. Das Ding stank nach Altem Nashornhaut-Brandy. Sie ignorierten den Duft des Badesalzes auf der Treppe und sprangen in die Halle hinunter und zur Auffahrt hinaus. Einen Augenblick später hatten sie die Spur in der Nase, die Wachtmeister Els hinterlassen hatte, und tobten quer durch den Park davon auf den Bunker zu.

In der Verschwiegenheit des kleinen Pavillons hinter ihnen hatte der Bischof von Barotseland einige Schwierigkeiten, in seine Kleider zu kommen. Vor allem schienen sich die Sachen um irgendwas schweres Metallisches gewickelt zu haben, und als der Bischof das Ding endlich losbekommen und ins Mondlicht hinausgetragen hatte, um zu sehen, was es sei, traf ihn die Erinnerung an Fünfpennys Ermordung, die es bei ihm auslöste, so schwer, daß er es in seiner Erregung fallen ließ, und das gewaltige Gewehr klatschte ins Schwimmbecken und versank. Sich mit dem Gedanken tröstend, daß es da unten keinen Schaden mehr anrichten könne, ging er wieder in das Badehäuschen, um den Rest seiner Sachen anzuziehen.

Mit seinen Hosen hatte er noch größere Schwierigkeiten. Irgend etwas Großes, Schweres war in der hinteren Tasche, und er brauchte etwas Zeit, um es rauszuholen.

»Na ja«, sagte er, während er sich damit abmühte, den Revolver aus der Tasche zu zerren, »solche Dinge werden uns zur Prüfung vom Himmel gesandt.« Er versuchte gerade, sich einen Vers darauf zu machen, wie um alles auf der Welt die Waffe ihren Weg in seine Hosentasche gefunden haben könnte, als er bemerkte, daß er nicht mehr allein war.

Als die Hunde, Wachtmeister Els auf den Fersen, verschwunden waren, sagte sich Kommandant van Heerden, daß er nun etwas Zeit zur Verfügung habe. Mit dem Verschwinden des Mörders war seine gedrückte Stimmung wiedergekehrt, und da er, was eine einsame Nachtwache zu werden versprach, nicht mit der wütenden und unberechenbaren Miss Hazelstone verbringen wollte, verließ er seine Gastgeberin, die sich immer noch von ihrem allerneuesten Erlebnis erholen mußte, nämlich von 200 Nagelschuhen und 276 Hundepfoten als Fußabtreter benutzt worden zu sein, und spazierte bekümmert in den Garten hinaus. Während der Kommandant gemächlich über den Rasen schlenderte und boshaft gegen die Trümmer von Sir Theophilus' zerschmetterter Büste trat, hätte er seinen großen Helden all der vergangenen Jahre fast dafür verflucht, daß er diese Nachkommenschaft in die Welt gesetzt hatte, die seine Karriere ebenso wirksam zu Scherben gehauen hatte wie die Büste von Sir Theophilus selbst.

Er überlegte gerade, was wohl der Vizekönig getan haben würde, wenn er sich in einer ähnlichen Lage befunden hätte, als einer der blauen Gummibäume seine Aufmerksamkeit auf sich zog. Ein merkwürdiges Klopfen und Reißen war von dort zu hören. Kommandant van Heerden spähte in die Dunkelheit. Etwas Seltsames bewegte sich da. Der Kommandant bückte sich, so daß er das sonderbare Wesen gegen das orangerote Glühen, das den Nachthimmel färbte, als Silhouette sehen und seine Form erkennen konnte. Wie die Parodie eines Buntspechts hing der riesige Geier am Stamm des Baumes und labte sich an den Fetzen des seligen Zulu-Kochs.

Ein zweites Mal in dieser Nacht überbrachte der

Geier einem Beobachter im Garten von Jacaranda House eine Botschaft, doch wenn der Bischof von Barotseland den Vogel fälschlicherweise für eine Erscheinung Gottes gehalten hatte, so machte Kommandant van Heerden keinen solchen Fehler. Was er von dem hakennasigen Profil des Aasvertilgers gesehen hatte, erinnerte ihn nur zu genau, um sich behaglich zu fühlen, an mehrere Gefangene im Piemburger Gefängnis, die seine Ankunft mit eben demselben Genuß willkommen heißen würden. Den Kommandanten schauderte es, und er wandte sich hastig von dieser Vision seiner nahen Zukunft ab. Und während er sich umdrehte, hörte er es hinter dem Haus laut platschen. Lautes Platschen kam in den Maßnahmen, die er Jacaranda Park auferlegt hatte, nicht vor. Lautes Geplatsche zu dieser Nachtzeit hatte, das fühlte er, etwas ausgesprochen Sonderbares an sich, eine Ansicht, die offenbar der Geier mit ihm teilte, denn der schwang sich von seinem Hors d'œuvre hoffnungsvoll davon, um nachzusehen, ob der nächste Gang nicht vielleicht was Ertrunkenes wäre.

Kommandant van Heerden folgte ihm etwas weniger optimistisch und befand sich plötzlich an einer Ligusterhecke, auf deren anderer Seite er irgend etwas sich mit einer schwierigen Aufgabe auseinandersetzen hörte. Was es auch war, was hinter der Hecke rumorte, es rezitierte sich bei der Arbeit selbst was vor, bei der große, schwere Dinge, wahrscheinlich mit Blei behängt, in tiefes Wasser geworfen werden mußten. Der Kommandant bekam nicht viel von dem Gedicht mit, weil er hinter sich das Geräusch rennender Füße und ein Hecheln und Schnüffeln durch den Park herankommen hörte, das jeden Augenblick lauter wurde. Er blickte sich über die Schulter um und sah das Rudel Suchhunde und Dutzende von Polizisten auf sich zustürmen. Wenige Sekunden später hatten sie ihn erreicht, und er sah, gegen die Hecke gequetscht, wie die Sturzflut aus Tieren und Menschen an ihm vorbei und um die Ecke schwappte. Er seufzte erleichtert auf und lief ihr nach.

Der Bischof von Barotseland hatte weniger Glück. Sein schlechtes Gehör und der Umstand, daß er immer noch die Badekappe aufhatte, waren schuld daran, daß er die Hunde nicht kommen hörte. Er stand am Swimmingpool, sah auf den Revolver in seiner Hand, rezitierte Stellen aus seines Großvaters Lieblingsgedicht. Im nächsten Augenblick befand er sich mitten in einem Knäuel von Hunden. Schnauzen stiegen hoch, Fangzähne entblößten sich, mit geifernden Kiefern kamen sie heran, und der Bischof, von ihrem Ansturm überwältigt, stürzte rückwärts in den Swimmingpool, den Revolver noch immer fest in der Hand. Beim Fallen drückte er aus Versehen auf den Abzug, und ein einzelner Schuß entlud sich harmlos in den Nachthimmel. In der Mitte des Schwimmbeckens tauchte der Bischof wieder auf und sah sich um. Der Anblick war nicht sehr ermutigend. Das ganze Becken war voller strampelnder Schäferhunde, und er sah, wie noch mehr Hunde vom Rand ins Wasser sprangen und sich dem Gewühl anschlossen. Ein besonders bissiges Vieh genau vor ihm riß die Schnauze auf, und der Bischof hatte eben noch Zeit, tief Luft zu holen und wegzutauchen, ehe der Hund ihn beißen konnte. Er schwamm unter Wasser bis ans Ende des Pools und tauchte wieder auf. Ein Hund schnappte nach ihm, und er schwamm zurück. Über ihm schlugen Hundepfoten das Wasser zu Schaum, während der Bischof über diese neuerliche Erscheinung des Allmächtigen nachdachte. Offenbar war er das erste Mal nicht friedlich genug aus dem Schwimmbecken gestiegen, und Gott war in der Gestalt von Dutzenden von Hunden ins Wasser gekommen, um ihn rauszuholen. Er fragte sich gerade, wie sich diese Kollektiverscheinung wohl mit dem Gedanken verbinden ließe, daß Gott eins und unteilbar sei, da wurde er auch schon von mehreren Polizeibeamten am Arm gepackt und aus dem Schwimmbassin gezogen. Dankbar für seine Errettung und viel zu durcheinander, um darüber nachzudenken, wie auch noch Polizeibeamte in diese göttliche Kundgabe passen könnten, starrte er auf das Wasser zurück. Kaum eine Handbreit der Wasseroberfläche im Pool war ohne Hunde.

Im nächsten Moment wurden ihm die Hände mit Handschellen auf den Rücken gefesselt, und kräftige Fäuste drehten ihn herum.

»Das ist das Schwein, sehr gut. Bringt ihn ins Haus«, sagte der Kommandant, und der Bischof wurde von mehreren Wachtmeistern über die Auffahrt ins traute Heim geschleppt. Nackt und klatschnaß stand Jonathan Hazelstone zwischen den Topfpflanzen in der großen Halle, immer noch die Badekappe auf dem Kopf. Aus weiter Ferne und von jenseits der Grenzen geistiger Zurechnungsfähigkeit hörte er den Kommandanten flüstern: »Jonathan Hazelstone, ich beschuldige Sie der vorsätzlichen Ermordung eines Zulu-Kochs und Gott weiß wie vieler Polizisten, der absichtlichen Zerstörung von Staatseigentum und des unrechtmäßigen Besitzes von Waffen, die geeignet sind, Leib und Leben Schaden zuzufügen.«

Er war zu verdattert und zu taub, um zu hören, wie der Kommandant zu Sergeant de Haen sagte, er solle ihn in den Keller schaffen und bis zum nächsten Morgen in sicherem Gewahrsam halten.

»Wäre er unten im Polizeirevier nicht besser aufgehoben?« schlug der Sergeant vor.

Aber Kommandant van Heerden war zu erschöpft, um Jacaranda House zu verlassen, und außerdem freute er sich schon darauf, die Nacht in einem Haus zu verbringen, das in ganz Südafrika für seinen feinen Lebensstil berühmt war.

»Das Anwesen ist von Polizei umstellt«, sagte er, »und außerdem hat's sowieso schon Klagen von den Nachbarn wegen des Geschreis aus den Zellen gegeben. Hier oben hört ihn niemand, wenn er schreit. Ich nehme ihn morgen früh ins Gebet.«

Und während der Bischof von Barotseland in den Keller von Jacaranda House geschafft wurde, stieg Kommandant van Heerden müde die Treppe nach oben, um sich ein nettes, gemütliches Zimmer zum Schlafen zu suchen. Seine Wahl fiel auf eines mit einer blauen Tagesdecke auf einem riesigen Doppelbett, und als er nackt zwischen die Laken schlüpfte, betrachtete er sich als glücklichen Menschen.

»Wenn ich mir überlege, daß ich mir das Haus gekapert habe, das mal dem Vizekönig von Matabeleland gehört hat«, dachte er, drehte sich zwischen den auffallend glatten Laken auf die Seite und schlief augenblicklich ein.

9

Wenige Menschen in Piemburg schliefen an diesem Abend so leicht ein. Zu vieles Störendc geschah um sie herum, als daß ihr Schlaf hätte anders als löcherig sein können. Im oberen Teil von Piemburg schwenkten die Suchscheinwerfer gemächlich hin und her und strahlten mit ganz erstaunlicher Helligkeit die großen Anschlagtafeln an, die den nahenden Tod in zwei seiner schrecklichsten Möglichkeiten verkündeten. Doch taten die Suchscheinwerfer, die ursprünglich für die Armee bestimmt gewesen waren, bevor sie der Polizei überlassen wurden, noch eine ganze Menge mehr als das. Wenn sie durch den Park, die umliegenden Vororte und die Stadt selbst schwenkten, machten sie die Nacht zum strahlendhellen Tag, und das mit einigen bemerkenswerten Resultaten, besonders im Fall einer Anzahl von Hühnerfarmen, deren Legehennen an den Rand des Wahnsinns gerieten, weil ihre sowieso schon kurze Nacht plötzlich auf ungefähr vier Minuten schrumpfte.

Über die Familien, die zur Vorsicht ihre Hunde im Hinterhof eingeschlossen und ihre Bettlaken mit DDT eingesprüht hatten und deren Schlafzimmer auf der Leuchtbahn der Suchscheinwerfer lagen, brach das Morgengrauen mit einer Geschwindigkeit und Helligkeit herein, wie sie es noch nie erlebt hatten, um sofort darauf von einer dämmerungslosen Nacht abgelöst zu werden, und das wiederholte sich ohne Ende, während sie sich in ihren juckenden Betten herumwälzten und -drehten. Draußen rumpelten die Schützenpanzer und

Polizeilastwagen über die Straßen, und Schüsse unterbrachen die Stille der Nacht, denn die Mannschaften befolgten die Anweisungen des Kommandanten, auf jeden kleinen Busch zu schießen, der Luitenant Verkramp ähnlich sah. Die Telefonzentrale im Krankenhaus von Piemburg erstickte in Anrufen aufgeregter Leute, die wissen wollten, wie die Symptome von Tollwut und Beulenpest aussähen und wie man diese Krankheiten behandelte. Schließlich weigerte sich die halb durchgedrehte Telefonistin, überhaupt noch Anrufe entgegenzunehmen, eine Pflichtverletzung, die bei zwei Fällen von Herzattacken tödliche Folgen hatte.

Nur Wachtmeister Els schlief tief und gesund in der Isolierstation des Krankenhauses. Gelegentlich zuckte er im Schlaf, aber nur, weil er von Kampf und plötzlichem Tod träumte. Auf der Straße aus Vlockfontein schleppten sich Familien, deren Autos in der langen Wagenschlange zusammengebrochen waren, mühsam auf Piemburg zu. Es war eine heiße Nacht, und die Leute schwitzten beim Laufen.

Kommandant van Heerden schwitzte auch, aber aus einem ganz anderen Grund. Als er zu Bett ging, war er viel zu müde gewesen, um von seiner Umgebung groß Notiz zu nehmen. Ihm war aufgefallen, daß sich die Laken merkwürdig anfühlten, aber er hatte sich ihre Glätte damit erklärt, daß Miss Hazelstones Bettwäsche selbstverständlich von allerfeinster Qualität sei und ganz was anderes als seine ordinären Laken.

Eine Stunde schlief Kommandant van Heerden wie ein Säugling. Als er aufwachte, stellte er fest, daß das Bett vor Nässe tropfte. Peinlichst berührt und schrecklich verlegen kletterte er heraus.

»Ich hab doch gar nicht so viel gesoffen«, murmelte er, als er sich ein Handtuch vom Waschbecken holte, das Bett trockenzutupfen begann und sich vergeblich fragte, wie er das Mißgeschick am Morgen Miss Hazelstone erklären solle. Er hatte die sarkastischen Bemerkungen, die sie vom Stapel lassen würde, schon im Ohr.

»Gott sei Dank sind die Laken ja wohl wasserdicht«, sagte er und stieg wieder ins Bett, um sie trockenzuliegen. »Das ist aber auch eine entsetzlich heiße Nacht«, dachte er, während er sich drehte und wendete. Er fand einfach nicht die richtige Lage. Beim Wegdösen und Wiederaufwachen und Wiederwegdösen setzte sich bei ihm der Eindruck fest, daß das Bett kein bißchen trokkener wurde. Im Gegenteil, es wurde immer nasser. Er fühlte den Schweiß an seinem Rücken herunterrinnen, während er in den höllisch glitschigen Laken von einer Seite zur anderen rutschte.

So allmählich fragte er sich, ob er nicht vielleicht auf die Anstrengungen des Tages hin Fieber bekommen hätte. Ganz ohne Frage fühlte er sich fiebrig, und seine Gedanken trugen alle Kennzeichen von Fieberphantasien. Im Zweifel darüber, ob er träume oder sich an wirklich Vorgefallenes erinnere, verfolgt von Elefantenbüchsen, Miss Hazelstone mit einem Krummsäbel, von Mings und einem übergeschnappten Wachtmeister Els, wälzte sich Kommandant van Heerden im eigenen Saft weiter durch die Nacht.

Früh um zwei warf er die Decken aus dem Bett. Um drei wischte er es schon wieder trocken. Um vier wankte er, überzeugt, daß er an einer wütenden Seuche sterbe und mindestens 45 Fieber habe, ins Badezimmer, um nach einem Thermometer zu suchen. So allmählich kam er zu der Überzeugung, daß er eine bemerkenswerte Weitsicht gezeigt habe, als er befahl, die Seuchenschilder rund um den Park aufzustellen. Ganz gleich, welche Krankheit er sich eingefangen hatte, er hatte keinen Zweifel, daß sie so ansteckend wie tödlich sein müsse. Aber als er seine Temperatur gemessen hatte, stellte er fest, daß sie unter normal war.

»Merkwürdig«, dachte er, »sehr merkwürdig.« Und nachdem er gierig mehrere Zahnputzbecher Wasser in sich hineingegossen hatte, ging er in sein Zimmer zurück und stieg wieder in das Bett. Um fünf gab er jeden Gedanken an Schlaf auf, ging hinüber ins Badezimmer und nahm ein kaltes Bad. Immer noch im unklaren darüber, was wohl mit ihm nicht stimme, zog er sich langsam an. Er bemerkte, daß es im Zimmer irgendwie komisch roch, und einen Augenblick beäugte er argwöhnisch seine Socken. »So riecht es aber nicht«, sagte er sich, ging zum Fenster und zog die Vorhänge auf.

Die Sonne war schon aufgegangen, und die Jacarandabäume leuchteten in ihrer Blütenpracht im Morgenlicht. Aber Kommandant van Heerden schenkte dem Blick aus seinem Fenster keine Beachtung. Die Vorhänge interessierten ihn viel mehr. Sie fühlten sich genauso wie die Laken an. Er befühlte sie noch einmal. »Das verdammte Zeug dehnt sich ja«, dachte er, und dann stellte er fest, daß auch die Laken elastisch waren. Er beroch sie genau, und nun erkannte er den Geruch. Die Laken und Vorhänge waren aus Gummi. Alles in dem Zimmer war aus dünnem, blauem Gummi.

Er machte den Kleiderschrank auf und befühlte die Anzüge und Kleider, die da hingen. Auch sie waren aus Gummi. Kommandant van Heerden setzte sich erstaunt aufs Bett. Noch nie in seinem Leben war ihm etwas Ähnliches begegnet. Seine alljährliche Bekanntschaft mit Gummi hatte ihn natürlich auf diese Begegnung kaum vorbereitet, und während er da saß, dämmerte ihm die Erkenntnis, daß das ganze Zimmer was ausgesprochen Sinistres an sich habe. Schließlich untersuchte er den Inhalt der Kommode und fand darin die gleichen Dinge. Hemden, Hosen, Strümpfe – alles war aus Gummi. In einer kleinen Schublade fand er mehrere Gummikappen und zwei Paar Handschellen. Ganz ohne Zweifel diente das Zimmer einem finsteren Zweck, dachte er, dann ging er hinunter, um etwas zu frühstücken.

»Wie geht's dem Gefangenen?« fragte der Kommandant Sergeant de Haen, als er mit Toast und Kaffee fertig war.

»Wirkt auf mich ziemlich durchgedreht. Redet die ganze Zeit von Tieren. Scheint zu denken, Gott ist ein Schäferhund oder ein Geier oder was weiß ich«, sagte der Sergeant.

»Wird ihm auch nicht viel nützen. Wie viele Leute haben wir gestern verloren?«

»Einundzwanzig.«

»Einundzwanzig und einen Zulu-Koch. Also einundzwanzig ein Viertel. Wer einundzwanzig Polizisten abknallt, kann nicht so tun, als wäre er wahnsinnig.«

Sergeant de Haen war nicht überzeugt. »Wer einundzwanzig Polizisten abknallt und seine Brieftasche auf dem Schauplatz des Verbrechens liegenläßt, der muß nicht ganz dicht sein.«

»Wir machen alle Fehler«, sagte der Kommandant und ging nach oben, um mit seinem Kreuzverhör zu beginnen.

Unten im Keller hatte der Bischof von Barotseland die Nacht an ein Rohr gekettet zugebracht. Er hatte noch weniger als der Kommandant geschlafen und war obendrein von vier Polizisten und zwei Hunden bewacht worden. In all den schlaflosen Stunden hatte er mit dem geistigen und moralischen Problem seiner schrecklichen Lage gerungen und war schließlich zu dem Schluß gelangt, daß er dafür bestraft werde, daß er nicht schnell genug aus dem Schwimmbecken gestiegen war. Eine Zeitlang hatte er auch die Möglichkeit erwogen, daß all das, was ihm anscheinend widerfuhr, nur ein Vorzeichen des Deliriums tremens sei, das er sich auf den Hals geladen hatte, als er eine Flasche schlechten Brandy auf einen Zug austrank. Als er schließlich auf die Füße gezerrt und die Treppe nach oben und den Korridor entlang ins Arbeitszimmer seines Vaters geschafft wurde, hatte er keinen Zweifel mehr, daß er unter Halluzinationen litt.

Kommandant van Heerden hatte sich für das Verhör des Gefangenen nicht zufällig Richter Hazelstones Arbeitszimmer ausgesucht. Sein untrügliches Gefühl für Psychologie hatte ihm gesagt, daß das Arbeitszimmer, das richterliche Strenge und die Erinnerungen an Jonathans Kindheit atmete, den Bischof so recht auf die scharfe Befragung vorbereiten werde, die der Kommandant mit ihm zu veranstalten gedachte. Er setzte sich hinter dem Schreibtisch in einen mächtigen Ledersessel und nahm eine Haltung und Miene an, die den Gefangenen, da war er ganz sicher, an seinen Vater erinnern werde. Zu diesem Zweck spielte er auch mit einem messingenen Miniaturgalgen herum, komplett mit Falltür und baumelndem Opfer, den er auf dem

Schreibtisch entdeckt hatte, wo er als Briefbeschwerer diente. Er war ein Geschenk, stellte er fest, »vom Henker als Dank für die vielen Gunstbeweise Richter Hazelstones«. Überzeugt, daß er genauso aussehe, wie es der große Gesetzgeber getan haben müsse, wenn er seinen Sohn wegen irgendwelcher Kindersünden in die Mangel nahm, befahl der Kommandant, den Gefangenen hereinzubringen.

Egal, welche Ähnlichkeit zwischen dem Kommandanten und Richter Hazelstone vom Obersten Gerichtshof bestanden haben mochte (und praktisch war keine vorhanden) – absolut keine bestand zwischen der gefesselten, nackten Kreatur, die, immer noch die Badekappe auf dem Kopf, in das Arbeitszimmer gehumpelt kam, und einem hohen kirchlichen Würdenträger. Mit wilden Augen auf den Kommandanten starrend, bot der Bischof ein Bild äußerster Demoralisierung.

»Name?« fragte der Kommandant, stellte den Briefbeschwerer hin und griff nach einem Federhalter.

»Ich höre schwer«, sagte der Bischof.

»Ich auch«, sagte der Kommandant. »Kommt von der verdammten Elefantenbüchse.«

»Ich sagte, ich verstehe nicht, was Sie sagen.«

Kommandant van Heerden sah vom Schreibtisch auf. »Warum zum Henker tragen Sie denn diese Kappe?« fragte er und gab einem Wachtmeister ein Zeichen, sie dem Bischof vom Kopf zu nehmen. Der Wachtmeister legte die Badekappe auf den Schreibtisch, und Kommandant van Heerden besah sie sich mißtrauisch. »Haben Sie die Angewohnheit, Gummisachen zu tragen?« erkundigte er sich.

Der Bischof zog es vor, die Frage zu überhören. Sie erinnerte ihn zu sehr an die Alpträume, von denen er wegkommen und wieder zur Welt des Alltäglichen zurückfinden wollte.

»Ich muß energisch gegen die Angriffe auf meine Person protestieren«, begann er und war sehr überrascht über die Reaktion, die dieser simplen Feststellung folgte.

»Was wollen Sie tun?« brüllte der Kommandant.

»Ich bin von mehreren Ihrer Männer angegriffen worden«, fuhr der Bischof fort. »Sie haben mich absolut schauderhaft behandelt.«

Kommandant van Heerden traute seinen Ohren nicht. »Und was verdammt noch mal haben Sie gestern nachmittag mit ihnen gemacht? Vielleicht ›Verwechsel, verwechsel das Scheißbäumelein‹ gespielt? Sie schlachten die Hälfte meiner verfluchten Leute ab, ruinieren einen fabelhaften Schützenpanzer und bringen den verdammten Zulu-Koch Ihrer Schwester um, und dann besitzen Sie die Unverschämtheit, hier reinzukommen und dagegen zu protestieren, daß man Sie ...« Kommandant van Heerden fehlten die Worte. Als er sich wieder eingekriegt hatte, stellte er die nächste Frage etwas ruhiger: »Verlangen Sie vielleicht noch was von mir?«

»Ja«, sagte der Bischof. »Ich verlange, meinen Rechtsanwalt zu sprechen.«

Der Kommandant schüttelte den Kopf. »Erst das Geständnis«, sagte er.

»Ich habe das Recht, meinen Anwalt zu sprechen.«

Kommandant van Heerden mußte lächeln. »Das haben Sie nicht.«

»Ich habe dem Gesetz nach das Recht, meinen Anwalt zu konsultieren.«

»Als nächstes wollen Sie mir wohl was von der Habeas-Corpus-Akte vornörgeln.«

»Natürlich, es sei denn, Sie bringen mich innerhalb von achtundvierzig Stunden vor einen Richter.«

Kommandant van Heerden lehnte sich in seinem Sessel zurück und grinste fröhlich. »Sie glauben wohl, Sie kennen Ihre Rechte, was? Bloß weil Sie der Sohn eines Richters sind, wissen Sie wohl alles darüber, was?«

Der Bischof ließ sich nicht aufs Glatteis locken. »Ich kenne meine Grundrechte«, sagte er.

»Na schön, da werde ich Ihnen mal was sagen. Ich halte Sie hier aufgrund des Terroristenerlasses fest, und das bedeutet, Sie können keinen Anwalt sprechen, und es gibt auch keine Habeas-Corpus-Akte, gar nichts.« Er machte eine Pause und ließ das sich setzen. »Ich kann Sie in Haft behalten bis ans Ende Ihrer Tage, und Sie kriegen einen Anwalt nicht mal von weitem zu riechen, und daß ich Sie einem Richter vorführe, das kann achtundvierzig Jahre warten oder vierhundertachtzig, mir ganz egal.«

Der Bischof versuchte, etwas zu sagen, aber der Kommandant fuhr fort: »Ich werde Ihnen noch was sagen. Nach dem Terroristenerlaß haben Sie zu beweisen, daß Sie unschuldig sind. Ich brauche mich nicht mit dem Beweis rumzuärgern, daß Sie schuldig sind. Wirklich ziemlich bequem, finde ich«, und der Kommandant nahm den Briefbeschwerer mit einer, wie er hoffte, inhaltsschweren Geste in die Hand.

Der Bischof suchte nach Worten. »Aber der Terroristenerlaß trifft auf mich nicht zu. Ich bin kein Terrorist.«

»Und wie würden Sie jemanden nennen, der in der Gegend rumläuft und einundzwanzig Polizisten umlegt, wenn nicht einen Scheißterroristen?«

»Ich habe keine Ahnung, wovon Sie reden.«

»Ich werd's Ihnen sagen, wovon ich rede«, schrie der Kommandant. »Ich werd's Ihnen Wort für Wort erklären. Gestern am frühen Nachmittag haben Sie versucht, die Spuren eines bestialischen Verbrechens zu verwischen, das auf die Person des Zulu-Kochs Ihrer Schwester verübt wurde, indem Sie mit einer monströsen Elefantenbüchse auf ihn schossen. Dann zwangen Sie Ihre Schwester, das Verbrechen zu gestehen, damit Sie Ihre Haut retten könnten, und in der Zeit gingen Sie zum Haupttor rauf und schossen einundzwanzig meiner Männer nieder, als sie versuchten, in den Park zu gelangen.«

Der Bischof sah sich wie von Sinnen im Zimmer um und versuchte, nicht die Nerven zu verlieren.

»Das haben Sie alles falsch verstanden«, sagte er endlich. »Fünfpenny habe ich nicht getötet . . .«

Kommandant van Heerden unterbrach ihn rasch. »Vielen Dank«, sagte er und begann zu schreiben. »Gesteht, einundzwanzig Polizeibeamte getötet zu haben.«

»Das habe ich nicht gesagt«, rief der Bischof. »Ich sagte, ich habe Fünfpenny nicht getötet.«

»Leugnet, Zulu-Koch umgebracht zu haben«, fuhr der Kommandant fort und schrieb es sorgfältig nieder.

»Ich leugne auch, einundzwanzig Polizisten umgebracht zu haben«, schrie der Bischof.

»Zieht früheres Geständnis zurück«, sagte der Kommandant.

»Es gibt kein früheres Geständnis. Ich habe nie was davon gesagt, daß ich Polizisten getötet habe.«

Kommandant van Heerden sah die beiden Wachtmeister an. »Leute, ihr habt doch gehört, daß er gestanden hat, einundzwanzig Polizeibeamte umgebracht zu haben, oder?« sagte er. Die beiden Wachtmeister waren sich nicht sicher, was sie gehört hatten, aber sie waren nicht so dämlich, anderer Meinung als ihr Kommandant zu sein. Sie nickten.

»Da haben Sie's«, fuhr der Kommandant fort. »Meine Männer haben's gehört.«

»Ich hab's aber nicht gesagt«, kreischte der Bischof. »Warum sollte ich denn einundzwanzig Polizisten umbringen?«

Der Kommandant dachte über diese Frage nach. »Um das Verbrechen zu vertuschen, das Sie gegen den Zulu-Koch begangen haben«, sagte er schließlich.

»Wieso sollte einundzwanzig Polizisten umzubringen helfen, den Mord an Fünfpenny zu vertuschen?« jammerte der Bischof.

»Darüber hätten Sie vor der Tat nachdenken sollen«, sagte der Kommandant selbstgefällig.

»Aber ich habe sie nicht begangen, das sagte ich Ihnen doch. Ich bin gestern nachmittag überhaupt nicht in die Nähe des Haupttors gekommen. Ich war viel zu betrunken, um überhaupt irgendwohin zu gehen.«

Der Kommandant fing wieder zu schreiben an. »Behauptet, unter Einfluß von Alkohol gehandelt zu haben«, sagte er.

»Nein, das tue ich nicht. Ich sagte, ich wär zu betrunken gewesen, um irgendwohin zu gehen. Ich wäre gar nicht bis zum Haupttor gekommen, selbst wenn ich gewollt hätte.«

Kommandant van Heerden legte seinen Federhalter hin und sah den Gefangenen an. »Dann sind Sie vielleicht so reizend und erzählen mir«, sagte er, »wie es möglich war, daß neunundsechzig Suchhunde, als sie auf Ihre Fährte angesetzt wurden, Ihrer Spur bis zum Haupttor folgten und dann wieder zurück bis zum

Swimmingpool, wo Sie sich gerade der Mordwaffen entledigten?«

»Das weiß ich nicht.«

»Fabelhafte Zeugen, Spürhunde«, sagte der Kommandant. »Und vielleicht erklären Sie mir, wie Ihre Brieftasche und ein Taschentuch von Ihnen ins Innere eines Bunkers gelangt sind, aus dem meine Leute erschossen wurden?«

»Keine Ahnung.«

»Fein, wenn Sie dann bloß noch hier unterschreiben würden«, sagte der Kommandant und hielt dem Bischof das Geständnis hin.

Der beugte sich vor und las es. Darin stand, er habe Fünfpenny und einundzwanzig Polizeibeamte getötet.

»Das unterschreibe ich natürlich nicht«, sagte er, als er sich endlich wieder aufrichtete. »Keins der Verbrechen, die Sie hier erwähnen, hat irgendwas mit mir zu tun.«

»Nein? Na, dann erzählen Sie mir doch, wer sie begangen hat.«

»Meine Schwester hat Fünfpenny erschossen . . .«, fing der Bischof an und bemerkte, daß er dabei war, einen Fehler zu machen. Das Gesicht des Kommandanten war dunkelrot geworden.

»Du gemeiner Schweinehund«, brüllte er. »Nennst dich einen englischen Gentleman, was, und versuchst, die Verantwortung für einen Mord auf deine arme Schwester abzuwälzen. Was für ein Mensch bist du eigentlich? Ist dir der gute Name deiner Familie denn keinen Scheißpfifferling wert?«

Auf ein Zeichen des Kommandanten packten die beiden Wachtmeister den Bischof und stießen ihn zu Boden. In einem Wirbel aus Stiefeln und Polizeiknüppeln rollte der Bischof über den Fußboden des Arbeitszimmers. Als er eben dachte, nun müsse er sterben, wurde er vor dem Schreibtisch wieder unsanft auf die Füße gestellt.

»Wir setzen diese Unterhaltung fort, wenn Sie sich ihr gewachsen fühlen«, sagte der Kommandant etwas ruhiger, und der Bischof dankte dem lieben Gott, daß er ihm einen zweiten Zusammenstoß mit Kommandant van Heerden ersparte. Er wußte, dem würde er sich nie gewachsen fühlen. »Inzwischen schicke ich nach Luitenant Verkramp. Das hier ist klar und deutlich ein politischer Fall, und in Zukunft wird er Sie verhören.« Und mit dieser schrecklichen Drohung gab der Kommandant den beiden Wachtmeistern den Befehl, den Gefangenen wieder in den Keller zu schaffen.

Während Kommandant van Heerden darauf wartete, daß Miss Hazelstone zu ihm hereingeführt würde, betastete er gedankenvoll die Badekappe und fragte sich, was wohl Luitenant Verkramp passiert sei. Er hatte keine große Hoffnung, daß der Luitenant tot sei. »Der durchtriebene Saukerl ist wahrscheinlich irgendwo versackt«, dachte er und bohrte geistesabwesend seinen Finger in die Badekappe. So allmählich wünschte er sich, der Luitenant wäre da und er könne ihn wegen des Falles zu Rate ziehen. Kommandant van Heerden war kein großes Licht in theoretischen Fragen, und das Kreuzverhör hatte sich auch nicht so einfach in ein Geständnis verwandelt, wie er das erwartet hatte. Er mußte zugeben, wenn auch nur sich selber, daß es bestimmte Dinge in Jonathans Geschichte gab, die sich wahr anhörten. Er hatte sternhagelbesoffen auf dem Bett in Jacaranda House gelegen. Der Kommandant hatte ihn dort mit eigenen Augen gesehen, und dennoch hatte die Schießerei am Haupttor nur wenige Minuten später begonnen. Dem Kommandanten wollte es nicht in den Kopf, wie ein Mann, der total betrunken eine halbe Meile von dem Bunker entfernt in einem Bett lag, in der nächsten Minute mit bemerkenswerter Zielgenauigkeit auf die Kriminalbeamten schießen konnte. Und wohin zum Kuckuck war eigentlich Els verschwunden? Die ganze Geschichte war ein verdammtes Rätsel.

»Na ja, einem geschenkten Gaul sieht man nicht ins Maul«, dachte er. »Schließlich steht meine ganze Karriere auf dem Spiel, und da ist man halt nicht wählerisch.«

Der Kommandant hatte Luitenant Verkramps Lage gar nicht so falsch eingeschätzt. Er war wirklich »versackt«. Von allen Leuten, die diese Nacht in Piemburg schliefen, war Luitenant Verkramp vielleicht der am wenigsten unruhige, aber ganz sicher der am wenigsten erfrischte Schläfer, als die Morgendämmerung hereinbrach. Sein Schlaf war gestört gewesen, sehr gestört, aber trotz seiner unbequemen Lage hatte er nicht gewagt, sich zu bewegen. Die schrecklichen Spitzen unter ihm, und in einigen Fällen sogar in ihm, ließen die leiseste Bewegung zu einem absolut entmutigenden Erlebnis werden.

Über ihm schwenkte der Lichtfinger eines riesigen Scheinwerfers durch eine mächtige Wolke aus öligem Rauch drohend hin und her. Der ekelerregende Gestank brennenden Fleisches erfüllte die Luft, und Luitenant Verkramp glaubte in seinen Fieberträumen allmählich an die Hölle, die sein Großvater in seinen Predigten den Sündern verheißen hatte. Immer wieder wachte er während der langen Nacht auf und überlegte, was er getan hatte, um dieses grauenhafte Schicksal zu verdienen, und sein Kopf war angefüllt mit dem Anblick von Gefangenen, die er gefoltert hatte, indem er ihnen Plastiktüten über die Köpfe gebunden oder sie mit Elektroschocks an den Genitalien behandelt hatte. Wenn ihm im Leben doch nur noch einmal eine Chance gegeben würde, versprach er, niemals wieder würde er einen Verdächtigen foltern, aber noch während er das Versprechen gab, wurde ihm klar, daß er es niemals werde halten können.

Es gab nur einen einzigen Körperteil, den er ohne allzu große Schmerzen bewegen konnte. Sein linker Arm war frei, und während er dalag und in den Rauch und die Höllenflammen hinaufstarrte, tastete er mit der Hand um sich herum. Er fühlte die Eisenspitzen und entdeckte unter sich steif und kalt den Leichnam einer anderen verdammten Seele. Luitenant Verkramp beneidete den Mann. Der war offenbar schon zu einem anderen, erfreulicheren Ort unterwegs: dem Vergessen, und er beneidete ihn noch mehr, als wenig später weiter hinten im Graben ein entsetzlich unerfreuliches Geräusch seine Aufmerksamkeit auf neue und noch gräßlichere Möglichkeiten lenkte.

Er dachte zuerst, es werde jemand in großer Eile ausgezogen, und zwar von jemandem, der auf die Kleidung wenig Rücksicht nahm. Ganz gleich, wer dahinten herumrumorte, er machte sich absolut nicht die Mühe, Knöpfe sorgfältig aufzuknöpfen. Es hörte sich an, als würden einem armen Teufel die Sachen einfach ungeniert vom Leib gerissen. Luitenant Verkramp war sich sicher, daß kein Mensch sie jemals wieder tragen könne. »Vielleicht wird da ein armer Kerl zum Rösten vorbereitet«, dachte er und hoffte, daß seine Tarnung ihn einige Zeit davor bewahren werde, daß sie ihn fänden.

Er hob den Kopf Zentimeter für Zentimeter und sah den Graben hinunter. Zunächst war es zu dunkel, um etwas zu erkennen. Das Ausziehgeräusch war verstummt, und ihm folgten Laute, die grauenhafter waren als alles, was er je gehört hatte. Was auch immer dahinten vor sich ging, er wollte nicht darüber nachdenken, aber es faszinierte ihn trotzdem so entsetzlich, daß er weiter in die Dunkelheit stierte. Über ihm schwenkte das helle Suchlicht wieder langsam zu dem Graben zurück, und als es über ihm vorbeizog, wußte Luitenant Verkramp, daß sein Techtelmechtel mit der freien Wildbahn in Gestalt der Riesenspinne im Dornengebüsch nichts gewesen war im Vergleich zu den entsetzlichen Qualen, die der Tod für ihn bereithielt. Hinten im Graben steckte ein Geier bis zum Hals in einem Kriminalbeamten. Luitenant Verkramp wurde wieder ohnmächtig.

Als es über den verschiedenen Überbleibseln von Wachtmeister Els' mannhafter Verteidigung von Jacaranda Park hell wurde, entdeckten die Polizisten, die das Tor bewachten, den Verteidigungsgraben mit seinen lebenden und toten Bewohnern und stiegen vorsichtig hinunter, um aufzusammeln, was nicht bereits vollgefressen davongeflattert war. Zuerst hatten sie einige Schwierigkeiten, Luitenant Verkramp unter seiner Pflanzentarnung zu erkennen, und als sie zu dem Schluß gelangt waren, daß er zumindest teilweise menschlich sei, hatten sie noch größere Schwierigkeiten festzustellen, ob er am Leben oder tot war. Zweifellos wirkte das Wesen, das sie nach oben ins Gras hievten, mehr tot als lebendig, und es litt deutlich an ausgesprochenem Verfolgungswahn.

»Bratet mich nicht, bitte, bratet mich nicht. Ich verspreche, ich tu's nie wieder«, kreischte Luitenant Verkramp, und er schrie noch immer, als er in den Krankenwagen geschoben und hinunter ins Krankenhaus gefahren wurde.

10

Als Luitenant Verkramp ins Piemburger Krankenhaus eingeliefert wurde, wurde Wachtmeister Els gerade entlassen.

»Ich sage Ihnen doch, ich hab die Tollwut«, brüllte Els den Arzt an, der im eben gesagt hatte, körperlich sei alles mit ihm in Ordnung. »Ich bin von einem tollwütigen Hund gebissen worden und muß sterben.«

»Das Glück haben wir leider nicht«, sagte der Arzt. »Sie bleiben leben und beißen irgendwann später ins Gras«, und damit ließ er Els auf der Treppe stehen, der die Schlampigkeiten des Arztberufs verfluchte. Er versuchte gerade, zu einem Entschluß zu kommen, was er als nächstes machen solle, als ein Polizeiauto, das den Krankenwagen mit Luitenant Verkramp begleitet hatte, neben ihm anhielt.

»Hallo, Els, wo zum Teufel hast du denn gesteckt?« fragte der Sergeant neben dem Fahrer. »Der Alte hat schon Zeter und Mordio nach dir geschrien.«

»Ich war im Krankenhaus«, sagte Els. »Tollwutverdacht.«

»Steig lieber ein. Wir fahren am Revier vorbei und laden dein kleines Spielzeug ein.«

»Welches kleine Spielzeug denn?« fragte Els, der hoffte, es sei nicht die Elefantenbüchse.

»Den Elektroschock-Apparat. Wir haben oben in Jacaranda House einen Patienten für dich.«

Während sie den Hügel hinauffuhren, saß Els da und schwieg. Er freute sich überhaupt nicht darauf, dem

Kommandanten zu begegnen und ihm erklären zu müssen, warum er seinen Posten verlassen hatte. Als sie an dem ausgebrannten Schützenpanzer vorbeikamen, konnte Els sich ein leises Kichern nicht verkneifen.

»Ich weiß gar nicht, was es da zu lachen gibt«, sagte der Sergeant ärgerlich. »Du hättest ja auch da drin sein können.«

»Ich nicht«, sagte Els. »Du wirst mich nie in einem von diesen Dingern finden. Die ziehn das Unglück ja an.«

»Sind normalerweise sicher genug.«

»Nicht, wenn man's mit einem guten Mann mit der richtigen Waffe zu tun kriegt«, sagte Els.

»Du redest, als hättest du was damit zu tun, du weißt so viel darüber.«

»Wer? Ich? Hab nichts damit zu tun. Warum sollte ich denn einen Panzer knacken?«

»Weiß der Himmel«, sagte der Sergeant, »aber das ist genau die Sorte Scheiß, die du dir ausdenken könntest.«

Wachtmeister Els verfluchte sich, daß er sein Maul aufgemacht hatte. Mit dem Kommandanten würde er vorsichtiger sein müssen. Er begann sich zu überlegen, wie wohl die Symptome der Beulenpest aussähen. Als letzte Ausflucht würde er sie vielleicht produzieren müssen.

Kommandant van Heerdens Verhör von Miss Hazelstone war gleich von Anfang an nicht richtig gelaufen. Nichts, was er sagte, konnte sie davon überzeugen, daß sie Fünfpenny nicht umgebracht hatte.

»Na schön, nehmen wir mal einen Moment lang an,

Sie haben ihn erschossen«, sagte er zum zigsten Mal, »was war denn dann Ihr Motiv?«

»Er war mein Geliebter.«

»Die meisten Leute lieben ihre Geliebten, Miss Hazelstone, und trotzdem sagen Sie, Sie hätten ihn erschossen.«

»Genau. Das hab ich getan.«

»Kaum eine normale Reaktion.«

»Ich bin kein normaler Mensch«, sagte Miss Hazelstone. »Das sind auch Sie nicht. Oder der Wachtmeister vor der Tür. Keiner von uns ist normal.«

»Ich hätte gedacht, ich wäre einigermaßen normal«, sagte der Kommandant selbstgefällig.

»Das ist genau die eselhafte Bemerkung, die ich von Ihnen erwartet hatte, und sie beweist nur zu gut, wie unnormal Sie sind. Die meisten Menschen lieben den Gedanken, einzigartig zu sein. Das tun Sie ganz offensichtlich nicht, und da Sie anzunehmen scheinen, die Normalität liege darin, zu sein wie andere Menschen auch, so sind Sie, da Sie Eigenschaften besitzen, die Sie von anderen Leuten unterscheiden, unnormal. Habe ich mich klar ausgedrückt?«

»Nein«, sagte der Kommandant, »das haben Sie nicht.«

»Dann will ich es anders formulieren«, sagte Miss Hazelstone. »Normalität ist eine Idee. Können Sie mir folgen?«

»Das versuche ich«, sagte der Kommandant verzweifelt.

»Gut. Wie ich also sagte, ist Normalität eine Idee. Sie ist kein Daseinszustand. Sie verwechseln sie mit dem Wunsch, sich anzupassen. Sie haben ein starkes Verlangen, sich anzupassen. Ich nicht.«

Kommandant van Heerden versuchte mühsam, ihr zu folgen. Er begriff kein Wort von dem, was sie sagte, aber es hörte sich nicht sehr schmeichelhaft an.

»Wie steht's mit dem Motiv?« fragte er, um wieder auf vertrauteres Gelände zurückzugelangen.

»Ja, wie steht's denn damit?« konterte Miss Hazelstone.

»Wenn Sie Fünfpenny töteten, müssen Sie ein Motiv gehabt haben.«

Miss Hazelstone dachte einen Augenblick nach. »Das ist nicht logisch«, sagte sie schließlich, »obgleich man wahrscheinlich argumentieren könnte, daß eine motivlose Tat unmöglich ist, weil sie zwangsläufig die Absicht voraussetzt, ohne Motiv zu handeln, was in sich schon wieder ein Motiv ist.«

Kommandant van Heerden blickte sich verzweifelt im Zimmer um. Die Frau redete ihn um den Verstand.

»Sie hatten also keins?« fragte er, nachdem er langsam bis zwanzig gezählt hatte.

»Wenn Sie unbedingt darauf bestehen, daß ich eines hatte, dann werde ich ja wohl eins liefern müssen. Man könnte sagen, es war Eifersucht.«

Der Kommandant atmete auf. Das hörte sich schon viel besser an. Er bekam wieder wohlbekannten Boden unter die Füße.

»Und auf wen waren Sie eifersüchtig?«

»Auf niemand.«

»Niemand?«

»Ich sagte es.«

Kommandant van Heerden blickte über den Rand eines Abgrunds. »Niemand«, schrie er beinahe. »Wie in drei Teufels Namen kann man denn auf niemand eifersüchtig sein?« Er hielt inne und sah sie argwöhnisch an.

»Niemand ist doch nicht etwa der Name von einem andern Nigger, oder?«

»Natürlich nicht. Es bedeutet genau, was es besagt. Ich war auf niemand eifersüchtig.«

»Man kann nicht auf niemand eifersüchtig sein. Das geht nicht. Man muß auf jemanden eifersüchtig sein.«

»Ich nicht, verstehen Sie?« Miss Hazelstone sah ihn mitleidig an.

Unter sich fühlte der Kommandant den Abgrund gähnen. Es war der Abgrund aller Abgründe.

»Niemand. Niemand«, wiederholte er beinahe pathetisch und schüttelte den Kopf. »Das soll mir mal jemand klarmachen, wie man auf niemanden eifersüchtig sein kann.«

»Ach, das ist wirklich ganz einfach«, fuhr Miss Hazelstone fort, »ich war einfach eifersüchtig.«

»Einfach eifersüchtig«, wiederholte der Kommandant langsam.

»Stimmt. Ich wollte den lieben Fünfpenny nicht verlieren.«

Über die unermeßliche Leere des Abstrakten hinwegschwankend, klammerte sich der Kommandant an Fünfpenny. Der Zulu-Koch hatte einstmals was Greifbares an sich gehabt, und der Kommandant brauchte etwas Greifbares, woran er sich festhalten konnte.

»Sie hatten Angst, ihn zu verlieren?« dachte er laut nach, und dann bemerkte er den schrecklichen Widerspruch, in den er hineintappte. »Aber Sie behaupten doch, Sie hätten ihn erschossen. Ist das nicht der beste Weg, den Kerl zu verlieren?« Er war fast außer sich.

»Es war der einzige Weg, den ich hatte, um sicherzugehen, daß ich ihn behielt«, erwiderte Miss Hazelstone.

Kommandant van Heerden zog sich vor der gähnenden Leere zurück. Das Verhör entglitt seiner Kontrolle. Er fing wieder von vorne an.

»Wollen wir mal für den Augenblick vergessen, daß Sie Fünfpenny erschossen haben, damit Sie ihn nicht verlieren«, sagte er langsam und sehr geduldig. »Fangen wir mal auf der anderen Seite an. Was war denn der Grund für Sie, sich in ihn zu verlieben?« Das war zwar kein Thema, dem er besonders auf den Grund zu gehen wünschte, und er glaubte auch keine Sekunde lang, daß sie überhaupt in den Schweinehund verliebt gewesen war, aber das war besser, als immer nur auf Niemand rumzureiten. Außerdem hatte er das ziemlich sichere Gefühl, daß sie sich jetzt irgendwie verraten werde. Die Hazelstones konnten sich einfach nicht in Zulu-Köche verlieben.

»Fünfpenny und ich teilten miteinander gewisse Interessen«, sagte Miss Hazelstone langsam. »Zum Beispiel hatten wir denselben Fetisch.«

»Ach, wirklich? Denselben Fetisch?« In seiner Phantasie beschwor sich der Kommandant die kleinen Negergötzen herauf, die er in Piemburg im Museum gesehen hatte.

»Natürlich«, sagte Miss Hazelstone, »das knüpfte starke Bande zwischen uns.«

»Ja, das muß es getan haben, und ich nehme an, Sie opferten dem Fetisch Ziegen«, sagte der Kommandant sarkastisch.

»Was Sie für sonderbare Sachen sagen.« Miss Hazelstone blickte verdutzt drein. »Natürlich taten wir das nicht. Es war nicht so ein Fetisch.«

»Ach nein? Was war's denn für einer? Holz oder Stein?«

»Gummi«, sagte Miss Hazelstone kurz und bündig.

Kommandant van Heerden lehnte sich ärgerlich in seinem Sessel zurück. Von Miss Hazelstones Foppereien hatte er jetzt so ziemlich die Nase voll. Falls die alte Schachtel allen Ernstes annahm, er werde irgendein Ammenmärchen von einem Gummigötzen glauben, da mußte sie sich schon was Besseres einfallen lassen.

»Nun hören Sie mir mal gut zu, Miss Hazelstone«, sagte er sehr ernst, »ich weiß zu würdigen, was Sie zu tun versuchen, und ich muß bekennen, ich bewundere Sie dafür. Familientreue ist was Schönes, und zu versuchen, den Bruder zu retten, ist auch was Schönes, aber ich habe meine Pflicht zu tun, und nichts, was Sie sagen, wird mich daran hindern, sie zu erfüllen. Wenn Sie jetzt so nett sind und zur Sache kommen und zugeben, daß Sie nicht das geringste mit dem Mord an Ihrem Koch zu tun hatten und niemals auch nur andeutungsweise in ihn verliebt waren, dann lasse ich Sie laufen. Wenn nicht, bin ich gezwungen, ein paar drastische Maßnahmen gegen Sie zu ergreifen. Sie stellen sich dem Lauf der Gerechtigkeit in den Weg und lassen mir keine andere Wahl. Also bitte, seien Sie vernünftig und geben Sie zu, daß das ganze Gequatsche über Fetische Blödsinn ist.«

Miss Hazelstone blickte ihn eisig an.

»Sind Sie leicht erregbar?« fragte sie. »Sexuell, meine ich.«

»Das hat doch mit Ihnen absolut nichts zu tun.«

»Es hat eine Menge mit diesem Fall zu tun«, sagte Miss Hazelstone und zögerte. Kommandant van Heerden rutschte in seinem Sessel unbehaglich hin und her. Ihm war klar, daß Miss Hazelstones Zögern wahrscheinlich wieder irgendeine neue, empörende Enthüllung ankündigte.

»Ich muß zugeben, daß ich nicht leicht erregbar bin«,

sagte sie schließlich. Der Kommandant hörte es mit Freuden. »Ich brauche Gummi zur Reizung meiner sexuellen Lust.«

Der Kommandant hätte beinahe gesagt, in seinem Falle habe Gummi genau die entgegengesetzte Wirkung, aber er besann sich eines Besseren.

»Ich bin eine Gummifetischistin, verstehen Sie?« fuhr Miss Hazelstone fort.

Kommandant van Heerden versuchte, hinter die Bedeutung dieser Bemerkung zu kommen.

»Ach ja?« sagte er.

»Ich bin verrückt nach Gummi.«

»Ach so.«

»Ich kann nur mit jemandem schlafen, wenn ich Gummisachen anhabe.«

»Ach nein.«

»Es war Gummi, was Fünfpenny und mich zueinander zog.«

»Ach tatsächlich?«

»Fünfpenny hatte die gleiche Neigung.«

»Ach was.«

»Als ich ihn zum ersten Mal sah, vulkanisierte er in einer Garage Reifen.«

»Ach je.«

»Ich hatte meine Reifen zum Vulkanisieren gebracht, und Fünfpenny arbeitete dort. Sofort erkannte ich in ihm den Mann, nach dem ich mein ganzes Leben gesucht hatte.«

»Ach wirklich?«

»Ich möchte fast sagen, unser Liebesverhältnis wurde über einem Michelin X beschlossen.«

»Ach Gott.«

Miss Hazelstone verstummte. Die Unfähigkeit des

Kommandanten, mehr als zwei Worte auf einmal zu sagen, wovon eins obendrein immer das gleiche war, ärgerte sie langsam.

»Haben Sie eigentlich irgendeine Vorstellung, wovon ich rede?« fragte sie.

»Nein«, sagte der Kommandant.

»Ich weiß nicht, was ich noch tun soll, um mich verständlich zu machen«, sagte Miss Hazelstone. »Ich habe versucht, Ihnen so einfach wie möglich zu erklären, was ich an Fünfpenny anziehend fand.«

Kommandant van Heerden machte den Mund zu, der ihm die ganze Zeit offengestanden hatte, und versuchte, seinen Grips auf etwas Faßbares einzustellen. Was Miss Hazelstone ihm gerade so einfach wie möglich erklärt hatte, das war, mußte er zugeben, nicht im geringsten unverständlich gewesen, aber wenn er kurz zuvor noch über die Leere unbegreiflicher Abstraktionen hinweggeschwankt war, so waren die simplen Tatsachen, die sie ihm nun mitgeteilt hatte, so weit entfernt von allem, worauf er seiner Erfahrung nach vorbereitet sein mußte, daß er allmählich zu dem Schluß kam, er zöge alles in allem den abstrakten Abgrund vor. Bemüht, seinen Sinn für das Wirkliche wiederzugewinnen, nahm er Zuflucht zu gesunder Gewöhnlichkeit.

»Wollen Sie mir damit sagen«, begann er, griff zur Badekappe und ließ sie ein paar Zentimeter vor Miss Hazelstones Gesicht an seinem Finger hin und her baumeln, »daß diese Gummikappe in Ihnen das unbezähmbare Verlangen weckt, mit mir zu bumsen?«

Miss Hazelstone nickte.

»Und wenn ich sie tragen sollte, wären Sie nicht in der Lage, Ihre sexuellen Regungen zu bremsen«, fuhr er fort.

»Nein«, sagte Miss Hazelstone völlig außer sich. »Nein, dazu wäre ich nicht imstande. Ich meine, doch, das wäre ich.« Zwischen einem tobenden Ausbruch der Lust und einer kolossalen Abneigung gegen den Kommandanten hin- und hergerissen, wußte sie kaum, was ihr geschah.

»Und ich nehme an, Sie wollen mir erzählen, Ihr Zulu-Koch hätte dieselbe Vorliebe für Gummi gehabt?«

Miss Hazelstone nickte wieder.

»Und all die Gummiklamotten, die ich oben in dem Schlafzimmer gefunden habe, gehören wohl auch Ihnen?« Miss Hazelstone gab das zu. »Und Fünfpenny zog dann wohl immer einen Gummianzug an und Sie ein Gumminachthemd? Stimmt's?«

Kommandant van Heerden sah an Miss Hazelstones Gesicht, daß er zu guter Letzt doch wieder die Initiative an sich gerissen hatte. Sie saß schweigend da und starrte ihn wie hypnotisiert an.

»War's so normalerweise?« bohrte er unbarmherzig nach.

Miss Hazelstone schüttelte den Kopf. »Nein«, sagte sie, »es war umgedreht.«

»Ach wirklich? Was war umgedreht?«

»Na, die Sachen.«

»Die Sachen waren umgedreht?«

»Ja.«

»Von innen nach außen? Oder von vorn nach hinten?«

»So könnte man sie auch anziehen.«

Nach Kommandant van Heerdens Erfahrungen mit Gummikleidern während der letzten Nacht fand er sie weder so noch so in irgendeiner Weise anziehend.

»Also wie?« fragte er.

»Ich trug die Herrenanzüge, und Fünfpenny trug die Kleider«, sagte Miss Hazelstone. »Wie Sie vielleicht bemerkt haben werden, habe ich einige ausgesprochen maskuline Eigenschaften, und Fünfpenny, der Ärmste, war Transvestit.«

Der Kommandant, der sie mit wachsendem Abscheu anstarrte, verstand, was sie meinte. Maskuline Eigenschaften, das stimmte! Die Vorliebe für übertriebene, widerliche Geschichten zum Beispiel. Und wenn er für einen Augenblick wirklich glaubte, daß ein fetter Zulu-Koch sich in die Fummel seiner Herrin geschmissen hatte, dann war er ein sehr glücklicher Zulu, wenn er den Weg gegangen war, den er nun mal gegangen war. Der Kommandant wußte, was er mit jedem seiner Hausburschen machen würde, den er beim Herumhopsen in Damenkleidern ertappte, seien sie aus Gummi oder nicht, und er würde es nicht bloß dabei bewenden lassen, ihm die Höschen strammzuziehen.

Er schob diese fürchterlichen Aussichten beiseite und versuchte, über den Fall nachzudenken. Er hatte es ja gewußt, daß an dem Schlafzimmer mit den Gummilaken etwas nicht koscher war, und nun hatte ihm Miss Hazelstone ihren Zweck erläutert.

»Es hat keinen Sinn, daß Sie weiter versuchen, Ihren Bruder zu decken«, sagte er. »Wir haben schon genug Beweise, um ihn an den Galgen zu bringen. Was Sie mir über die Gummisachen gesagt haben, bestätigt nur, was wir bereits wissen. Als Ihr Bruder letzte Nacht verhaftet wurde, trug er diese Kappe hier.« Er hielt sie ihr wieder vor die Nase.

»Natürlich hatte er sie auf«, sagte Miss Hazelstone. »Das muß er, wenn er schwimmen geht. Er hat Kummer mit seinen Ohren.«

Kommandant van Heerden lächelte. »Manchmal, wenn ich Ihnen zuhöre, Miss Hazelstone, bilde ich mir ein, mit meinen Ohren ist auch was nicht in Ordnung, aber ich renne nicht die ganze Zeit mit einer Badekappe auf dem Kopf herum.«

»Das tut Jonathan auch nicht.«

»Nein? Na, dann erklären Sie mir vielleicht mal, wie es kam, daß er sie immer noch aufhatte, als er heute morgen zu mir reingeführt wurde. Ihr Bruder liebt es offensichtlich, Gummisachen zu tragen.«

»Vielleicht hat er vergessen, sie abzunehmen«, sagte Miss Hazelstone. »Er ist sehr zerstreut, verstehen Sie? Er vergißt immer, wo er Sachen liegenläßt.«

»Das habe ich schon bemerkt«, sagte der Kommandant. Er schwieg und lehnte sich weit in seinem Sessel zurück. »Der Fall scheint mir ungefähr so zu liegen. Ihr Bruder kommt aus Rhodesien nach Hause, wahrscheinlich, weil ihm der Boden dort zu heiß wurde.«

»Quatsch«, unterbrach ihn Miss Hazelstone. »In Barotseland wird es sehr heiß, das weiß ich, aber Jonathan ist Wärme gewöhnt.«

»Das kann man wohl behaupten«, sagte der Kommandant. »Na, aus welchem Grund auch immer, er kommt heim. Er bringt alle Gummisachen mit, die er so gern hat, und macht sich daran, Ihren Zulu-Koch zu verführen.«

»Was für ein unglaublicher Blödsinn«, sagte Miss Hazelstone. »Jonathan fiele so was nicht mal im Traume ein. Sie vergessen, daß er Bischof ist.«

Der Kommandant vergaß nichts von alledem, zumal er es nie gewußt hatte.

»Das hat er Ihnen vielleicht erzählt«, sagte er. »Nach unseren Informationen ist er ein notorischer Verbrecher. Wir haben sein Strafregister unten im Polizeirevier. Luitenant Verkramp weiß alle Einzelheiten.«

»Das ist doch Schwachsinn. Jonathan ist der Bischof von Barotseland.«

»Das ist vielleicht sein Deckname«, sagte der Kommandant. »Schön. Wir sind jetzt an dem Punkt, wo er Fünfpenny zu vögeln versucht. Der Koch weigert sich, rennt hinaus auf den Rasen, und Ihr Bruder schießt ihn nieder.«

»Sie sind ja verrückt«, schrie Miss Hazelstone und erhob sich. »Sie sind ja völlig verrückt. Mein Bruder war im Schwimmbad, als ich Fünfpenny erschoß. Er kam angelaufen, als er den Schuß hörte, und versuchte, ihm die Letzte Ölung zu geben.«

»Letzte Ölung, tja, so kann man's auch ausdrücken«, sagte der Kommandant. »Und dabei beschmierte er sich wohl auch mit Blut?«

»Genau.«

»Und Sie erwarten allen Ernstes, daß ich glaube, daß eine nette alte Dame wie Sie ihren Koch erschossen hat und daß Ihr Bruder, den ich total betrunken, nackt und von oben bis unten mit Blut beschmiert auf einem Bett finde, Bischof ist und nichts mit dem Mord zu tun hat? Wirklich, Miss Hazelstone, Sie müssen mich für einen Idioten halten.«

»Stimmt«, sagte Miss Hazelstone schlicht.

»Und noch etwas«, fuhr der Kommandant eilig fort, »irgendein Wahnsinniger hat gestern nachmittag am Parktor einundzwanzig von meinen Männern niedergeschossen. Sie wollen mir doch jetzt wohl nicht weismachen, daß Sie sie auch umgebracht haben, oder?«

»Wenn der Wunsch der Vater des Gedankens wäre, ja«, sagte Miss Hazelstone.

Kommandant van Heerden lächelte. »Das ist er nicht, tut mir leid. Ich wünschte, ich könnte diesen ganzen Fall irgendwie vertuschen, und wenn's bloß um den Tod Ihres Kochs ginge, möchte ich sagen, wär das auch möglich, aber nun kann ich leider nichts mehr machen. Die Gerechtigkeit muß ihren Gang gehen.«

Er drehte den Sessel herum und wandte das Gesicht den Bücherregalen zu. Er fühlte sich recht zufrieden mit sich. Alles hatte sich jetzt in seinem Kopf geordnet, und er hatte nicht den geringsten Zweifel, daß er den Staatsanwalt werde überzeugen können. Kommandant van Heerdens Karriere war gerettet. Miss Hazelstone hinter ihm handelte rasch. Sie ergriff sowohl die Gelegenheit, die ihr der Hinterkopf des Kommandanten bot, als auch den messingenen Briefbeschwerer und brachte beide mit aller Kraft, die sie aufbieten konnte, zusammen. Der Kommandant plumpste zu Boden.

Miss Hazelstone lief schnell zur Tür hinüber. »Der Kommandant hat einen Schlag erlitten«, sagte sie zu den beiden dort auf Posten stehenden Wachtmeistern. »Helfen Sie mir, ihn in sein Schlafzimmer raufzutragen«, und sie ging voran, die Treppe hinauf. Als die beiden Wachtmeister Kommandant van Heerden auf das Bett gelegt hatten, schickte sie sie runter, damit sie nach einem Krankenwagen riefen, und die beiden Männer, gewohnt, ohne zu fragen Befehlen zu gehorchen, fegten die Galerie hinunter und erstatteten Sergeant de Haen Bericht. Kaum waren sie weg, trat Miss Hazelstone vor die Schlafzimmertür und pfiff. Ein Dobermannpinscher, der im Salon auf dem Teppich gelegen und geschlafen hatte, hörte den Pfiff und verließ sein Allerheiligstes. Leise stieg er die Treppe nach oben und schlich den Gang hinunter zu seinem Frauchen.

Als Sergeant de Haen im Piemburger Krankenhaus angerufen und alles in die Wege geleitet hatte, daß ein Krankenwagen zum Haus raufgeschickt würde, ein Anruf, bei dem übrigens die Telefonistin die Auskunft verlangte, ob Kommandant van Heerden ein Weißer sei und keinen nichtweißen Krankenwagen brauche, war nicht zu übersehen, daß van Heerdens Lage eine Wendung zum Schlechteren genommen hatte.

Der Sergeant fand Miss Hazelstone am Ende der Galerie auf ihn wartend. Reserviert und von jenem Hauch Melancholie umgeben stand sie da, wie es der Kommandant tags zuvor so bewundert hatte, und in der Hand hielt sie etwas, das ganz entschieden melancholisch und nicht im geringsten reserviert aussah. Es war nicht von der Größe der Elefantenbüchse, und ganz zweifellos konnte es nicht auf tausend Meter einen angreifenden Elefanten außer Gefecht setzen, doch auf seine eigene kleine Weise war es für den Zweck geeignet, den Miss Hazelstone ganz deutlich im Sinn hatte.

»So ist's recht«, sagte sie, als der Sergeant auf dem Treppenabsatz stehenblieb. »Bleiben Sie ganz ruhig stehen, und Ihnen wird kein Haar gekrümmt. Das hier ist eine Schrotflinte, und wenn Sie herausfinden möchten, wie viele Patronen in ihrem Magazin sind, dann schlage ich vor, Sie versuchen, mich im Sturm zu überrumpeln. Sie werden 'ne Menge Leute brauchen.« Der große Dobermann neben ihr knurrte zustimmend. Er hatte offenbar für den Rest seines Lebens von Polizisten genug. Sergeant de Haen stand auf dem Treppenabsatz sehr still. Es war dem Ton von Miss Hazelstones Stimme deutlich zu entnehmen, daß, ganz gleich, welche Fähigkeiten ihre Schrotflinte auch hätte, die alte Dame nicht gewohnt war, irgendwas zweimal zu sagen.

»So ist's recht«, fuhr sie fort, während der Sergeant sie anstarrte. »Gucken Sie sich alles gut an, und wenn Sie schon mal dabei sind, gucken Sie sich auch die Waffen an den Wänden hier gut an. Sie funktionieren alle prächtig, und ich habe genug Munition in meinem Schlafzimmer, um damit 'ne ganze Weile zu reichen.« Sie machte eine Pause, und der Sergeant besah sich gehorsam die Gewehre. »Also, traben Sie jetzt die Treppe runter, und versuchen Sie ja nicht, wieder raufzukommen. Toby sagt mir sonst sofort Bescheid.« Wieder knurrte der Hund verständig. »Und wenn Sie nach unten gehen«, fuhr sie fort, »lassen Sie gefälligst meinen Bruder frei. Ich gebe Ihnen zehn Minuten, dann erwarte ich, ihn frei und unbehindert die Auffahrt hinaufspazieren zu sehen. Wenn nicht, erschieße ich Kommandant van Heerden. Falls Sie irgendwelche Zweifel an meinen Fähigkeiten zu töten haben, empfehle ich Ihnen, mal einen Blick auf die blauen Gummibäume im Garten zu werfen. Ich denke, dort finden Sie alle Beweise, die Sie brauchen.« Sergeant de Haen brauchte keine solchen Beweise. Er war überzeugt, daß sie töten konnte. »Gut, anscheinend verstehen Sie mich. Ich bleibe jetzt mit Kommandant van Heerden so lange in Tuchfühlung, bis ich von meinem Bruder aus Barotseland angerufen werde. Sobald ich den Anruf erhalte, lasse ich den Kommandanten frei. Sollte ich innerhalb von achtundvierzig Stunden von Jonathan nichts hören, überlasse ich Ihnen den Kommandanten tot. Haben Sie verstanden?«

Der Sergeant nickte.

»Also, raus mit Ihnen.«

Sergeant de Haen flitzte die Treppe hinunter, und während er rannte, feuerte Miss Hazelstone als Warnung einen Schuß die Galerie hinunter. Das Ergebnis bestätigte alle Erwartungen, die der Sergeant hinsichtlich der tödlichen Eigenschaften der Flinte gehabt hatte. Vierundsechzig große Löcher erschienen plötzlich in der Badezimmertür.

Miss Hazelstone musterte die Löcher voll Zufriedenheit und ging wieder ins Schlafzimmer. Als sie dann dem Kommandanten mit den Handschellen, die er in der Kommode bemerkt hatte, die Hände ans Kopfende des Bettes gefesselt hatte, spazierte sie in aller Seelenruhe noch mal über die Galerie. Fünf Minuten später hatte sie ein kleines Waffenarsenal von den Wänden zusammengesammelt und zwei ungeheure Barrikaden errichtet, die lange genug jedem Versuch, ihre Festung zu erstürmen, standhalten würden, bevor sie mit dem Einsatz der Schrotflinte und anderer ausgewählter Waffen, die sie vor ihrer Schlafzimmertür aufgestapelt hatte, beginnen müßte. Endlich und um das Maß voll zu machen, schleifte sie mehrere Matratzen und eine Chaiselongue die Galerie hinunter und baute sich daraus eine kugelsichere Deckung.

Als sie fertig war, besah sie sich ihr Werk und lächelte. »Ich glaube, wir werden wohl nicht ausgerechnet jetzt gestört werden, Toby«, sagte sie zu dem Dobermann, der auf die Chaiselongue gesprungen war. Sie gab dem Hund einen kleinen Klaps auf den Kopf, ging ins Schlafzimmer und begann, Kommandant van Heerden zu entkleiden.

11

Eine Treppe tiefer hatte Wachtmeister Els eine hitzige Auseinandersetzung mit Sergeant de Haen.

»Ich sage Ihnen«, schrie er immer wieder, »ich sehe genausowenig wie ein fanatischer Bischof aus wie . . .«

»Wie der da?« schlug der Sergeant vor und zeigte auf den gefesselten Jonathan. »Der sieht auch nicht wie ein Bischof aus.«

Das mußte Wachtmeister Els zugeben. »Ist mir schnuppe. Ich spaziere trotzdem nicht in seinen Klamotten die Auffahrt rauf. Die Alte würde mich auf eine Meile erkennen.«

»Na und? Sie ist doch bloß 'ne alte Frau, die würde nicht treffen, selbst wenn sie's versuchte«, sagte der Sergeant.

»Sind Sie verrückt?« schrie Els. »Ich habe gesehen, was die alte Krähe mit 'ner Flinte anstellen kann. Mann, die hat ohne mit der Wimper zu zucken ihren Zulu-Koch in Fetzen geschossen. Ich weiß, wovon ich rede. Ich hatte den Mistkerl aufzusammeln.«

»Hören Sie mal zu, Els«, sagte der Sergeant, »sie wird gar nicht die Zeit haben, auch nur 'n Zufallsschuß auf Sie abzugeben. Sie geht ans Fenster, um einen Blick rauszuwerfen, und . . .«

». . . und im nächsten Moment liege ich in Form von kleinen Stückchen über den halben Scheißpark verstreut. Nein, besten Dank. Wenn irgend jemand irgendwelche Stückchen hinterher aufsammeln muß, dann ich Ihre. Ich hab da mehr Erfahrung drin.«

»Lassen Sie mich doch mal ausreden«, sagte der Sergeant. »Sobald sie ans Fenster tritt, überrumpeln wir sie über die Galerie. Sie wird keine Zeit haben, auf Sie zu schießen.«

»Warum lassen wir in dem Fall nicht ihn die Auffahrt raufgehen?« fragte Els. »Ich halte ihn in Schach, und sobald Sie seine Schwester haben, sperren wir ihn ein.«

Sergeant de Haen wollte sich nicht überzeugen lassen. »Der Kerl hat schon einundzwanzig Männer umgelegt. Ich würde ihm nicht mal die Handschellen abnehmen, wenn Sie mir's bezahlten«, sagte er.

Wachtmeister Els hatte hierauf zwar eine Antwort, aber er zog es vor, sie nicht auszusprechen.

»Was wird bloß mit dem Kommandanten in der Zeit passieren?« fragte er. »Sie bringt ihn doch sicher um.«

»Du lieber Gott«, sagte der Sergeant. »Er hat sich in ihre Klauen begeben, nun muß er sehen, wie er wieder rauskommt.«

»Warum bleiben wir dann nicht einfach still sitzen und hungern die alte Schachtel aus?«

Sergeant de Haen lächelte. »Den Kommandanten wird's freuen, wenn er hört, daß Sie wollten, daß die Alte ihn abmurkst. Also hören Sie auf, Menkenke zu machen, und steigen Sie in seine Kleider.«

Wachtmeister Els bemerkte seinen Fehler. Ohne Kommandant van Heerdens totale Unfähigkeit müßte er sich wahrscheinlich gegen die Anklage verteidigen, einundzwanzig Kameraden getötet zu haben. Els beschloß, lieber dafür zu sorgen, daß der Alte doch nicht über die Klinge springen müsse. Er wollte nicht, daß ein fähiger Polizeibeamter die Stelle van Heerdens einnähme. Er begann, sich die Sachen des Bischofs anzuziehen.

Oben hatte Miss Hazelstone fast die gleichen Schwierigkeiten, Kommandant van Heerden aus seinen Kleidern zu bekommen, wie der Sergeant sie hatte, Wachtmeister Els in die Kleider des Bischofs zu kriegen. Es war nicht so, daß der Kommandant sich sträubte, aber sein Umfang und die unbewußt fehlende Kooperation waren wenig hilfreich. Als er endlich nackt war, ging sie an den Kleiderschrank, nahm ein rosa Gumminachthemd mit passender Haube heraus und zwängte ihn hinein. Sie gab gerade ihrem eigenen Ensemble den letzten Schliff, da hörte sie, wie sich's auf dem Bett bewegte. Kommandant van Heerden kam wieder zu sich.

Später pflegte der Kommandant stets zu sagen, es sei dieses neuerliche gräßliche Erlebnis gewesen, das seinen Herzfehler verursachte. Als er das Bewußtsein wiedererlangte, war der erste Gedanke, der durch das verworrene Labyrinth seines Gehirns schoß, der, daß er nie wieder einen Tropfen anrühren werde. Nur mit mindestens einer ganzen Flasche Altem Nashornhaut-Brandy konnte er sich die Schmerzen in seinem Kopf und das schauderhafte Gefühl von etwas Heißem, Zähem und eng an seinem Gesicht Anliegendem erklären. Es war sogar noch schlimmer, wenn er die Augen aufmachte. Offenbar hatte er sich endgültig das Delirium tremens geholt, oder das Fieber, das er in der Nacht schon geargwöhnt hatte, hatte ihn mit seinen Wahnsinnsträumen gepackt. Er schloß die Augen und versuchte herauszufinden, was ihm fehle. Seine Arme waren anscheinend an etwas über seinem Kopf festgebunden, und sein Körper steckte in etwas Engem und Elastischem. Er versuchte, den Mund aufzumachen und zu sprechen, aber irgendein fürchterliches Zeug verhinderte jeden Laut. Unfähig, sich zu bewegen oder zu sprechen, hob er den

Kopf und starrte auf die Erscheinung, die auf dem Bett neben ihm saß.

Es handelte sich offenbar um einen älteren Herrn mit unsagbar femininem Äußerem, der einen lachsrosa Gummizweireiher mit gelben Nadelstreifen trug. Als ob das noch nicht schlimm genug gewesen wäre, hatte das Wesen ein Hemd aus grauweißem Lastex an, zu dem es einen hellvioletten Gummischlips mit Punkten umgebunden hatte. Einen Moment lang glotzte der Kommandant dieses Wesen an und stellte mit Entsetzen fest, daß es ihn neckisch von der Seite anschielte. Der Kommandant schloß die Augen und versuchte, die gräßliche Erscheinung zu bannen, indem er über seine Kopfschmerzen nachdachte, aber als er sie wieder öffnete, war der Kerl noch immer da und äugelte nach Kräften. Kommandant van Heerden konnte sich nicht entsinnen, wann er das letzte Mal derart verführerisch von einem alten Knaben angestarrt worden war, aber er wußte, daß es schon lange her sein mußte, und als und falls es zuletzt geschehen war, hatte es bestimmt nicht solchen Abscheu wie jetzt in ihm erregt. Er wollte die Augen gerade zum zweiten Mal zumachen, da riß er sie schnell und voller Entsetzen wieder auf. Eine Hand hatte sich sanft auf sein Knie gelegt und begann, ihn am Schenkel zu kitzeln. Voller Ekel vor dieser Berührung warf der Kommandant die Beine in die Luft und konnte bei der Gelegenheit zum ersten Mal einen raschen Blick auf das werfen, was er anhatte und was er nicht mehr anhatte. Er trug ein rosafarbenes Gumminachthemd mit Fransen um den Saum. Der Kommandant erschauderte, und als ihm klarwurde, daß er mit seinem Ohnmachtsanfall dem widerlichen alten Mann die Gelegenheit zu jeder Schweinerei geboten hatte, die ihm in den Sinn kommen mochte, streckte er die Beine aus, so schnell er konnte, und schwor, keine Verführung der Welt werde ihn dazu bringen, sie wieder zu spreizen. Die Erscheinung äugelte und kitzelte immer weiter, und der Kommandant drehte den Kopf hastig von diesen Blicken weg zur Wand.

Direkt vor seinem Gesicht stand ein kleiner Tisch, und darauf lag etwas, das ihm die Schmachtblicke vergleichsweise angenehm, wenn nicht gar verlockend erscheinen ließ und das den Kommandanten zu dem Versuch zu schreien zwang. Er machte den Mund auf, aber nichts, was einem Schrei ähnlich war, kam heraus. Statt dessen saugte er eine Handvoll dünnes Gummi ein, das gleich darauf wie eine Blase wieder herausgequollen kam, und er lag keuchend da und erholte sich gerade ein bißchen von diesem Versuch, als ein Knurren auf der Galerie die Aufmerksamkeit des Alten neben ihm auf sich zog. Er stand von dem Bett auf, nahm ein Gewehr zur Hand und ging zur Tür.

Kommandant van Heerden ergriff die Gelegenheit zu dem Versuch, sich vom Bett loszureißen. Er schlug und hieb ohne Rücksicht auf seine Kopfschmerzen um sich, und wie er so riß und zerrte, sah er, daß der Lauf des Gewehrs um die Tür herum auf ihn gerichtet war. Angesichts dieser Bedrohung blieb er mucksmäuschenstill liegen und versuchte zu vergessen, was er auf dem Tischchen am Bett gebrauchsfertig hatte liegen sehen. Das waren eine Injektionsspritze und eine Ampulle mit der Aufschrift »Novocain«.

Die Schwierigkeiten, die von Anfang an bestanden hatten, Wachtmeister Els in die Kleider des Bischofs zu bekommen, waren durch die Entdeckung, daß sie nicht ganz seiner Größe entsprachen, nicht geringer geworden. Das Jackett war immer noch derselbe Wintermantel wie in der Nacht zuvor, und in den Hosen sah er wie ein Seehund aus. Sie machten seinen Plan, die Auffahrt hinaufzurennen, absolut undurchführbar. Das war kein Plan, von dem er dem Sergeant etwas gesagt hatte, der ihn, das fühlte er, mißbilligt hätte, aber jetzt, wo er dort Flossen hatte, wo er eigentlich hätte Stiefel haben sollen, war an Rennen endgültig nicht mehr zu denken. Unter diesen Umständen wäre er schon froh gewesen, wenn er hätte watscheln, geschweige denn rennen können, und Els, der einmal die Ehre gehabt hatte, einen Kaffer mit einem Holzbein abzuknallen, wußte, daß watschelnde Ziele so gut wie tote Ziele waren. Genau an diesem Punkte geschah es, daß Wachtmeister Els seinen zweiten Tollwutanfall bekam.

Der verlief genauso wirkungslos wie der erste, und nachdem er sich Fußtritte für einen Biß in Sergeant de Haens Wade eingehandelt hatte und ihm ein paar Zähne lose um den Mund rumhingen, weil er sie in ein schmiedeeisernes Tischbein zu schlagen versucht hatte, das er irrtümlich für ein hölzernes hielt, gab er den Täuschungsversuch auf und ließ sich hinausführen, um seinen Auftritt als Bischof zu beginnen.

»Spielen Sie ihn nur halb so gut wie einen tollwütigen Hund, und man macht Sie zum Erzbischof, Els«, sagte der Sergeant und gab ihm einen Schubs mit auf den Weg. Und während der Sergeant und seine Männer still und heimlich die Treppe hinaufstiegen, wackelte Els jämmerlich davon, zu seinem letzten Gang, das wußte er. Auch der Hut war ihm zu groß und machte es ihm schwer zu sehen, wo er hintrat, und als er trotzdem loszurennen versuchte, hatte das nur den Erfolg, daß er platt auf sein Gesicht fiel. Er gab alle Versuche auf, die wahrscheinlich noch zu schrecklicheren Folgen führten als das Watscheln. Hinter sich hörte er einen Polizisten kichern. Els fühlte sich gekränkt. Er wußte, daß er wie eine große schwarze Ente aussah. Es war ihm klar, daß er bald eine kalte Ente wäre.

Vom Knurren des Dobermanns gewarnt, spähte Miss Hazelstone die Galerie hinunter und lauschte auf das Stiefelknarren auf der Treppe. Hinter ihr warf sich der Kommandant, offenbar vor Begeisterung über all die Freuden, die auf ihn warteten, auf seinem Bett wild hin und her. Sie richtete hinter der Tür hervor die Flinte auf ihn, und das erwartungsfrohe Gerangele hörte abrupt auf. Von der Treppe rief eine Stimme: »Er ist unterwegs. Der Bischof geht jetzt die Auffahrt rauf.«

»Ich geh mal eben und seh mir's an«, rief Miss Hazelstone zurück und blieb stehen, wo sie war.

Es war schwer zu sagen, wen das Folgende am meisten erstaunte. Zweifellos war Sergeant de Haen äußerst verblüfft darüber, daß er sich noch im Land der Lebenden befand, nachdem Miss Hazelstone ihre erste Salve abgefeuert hatte, als der Sturmtrupp versuchte, ihre erste Barrikade zu nehmen. Es blieb ihm verborgen, daß sie über die Köpfe hinweggeschossen hatte, weniger, um Opfer zu vermeiden, als um ihre Verteidigungsanlagen zu schonen. Diesmal erschienen vierundsechzig große Löcher in der Decke, und die Galerie füllte sich mit feinem Nebel aus pulverisiertem Gips. Unter dem Schutz dieser Nebelwand zogen sich der Sergeant und seine Männer dankbar zurück und sammelten sich zwischen den Topfpflanzen in der Halle.

Auf der anderen Seite besah sich Miss Hazelstone

zufrieden ihr Werk, dann ging sie ans Schlafzimmerfenster, um zu sehen, um was es sich wohl handele, was da die Auffahrt hinaufzulaufen versuchte.

Daß es alles andere als ihr Bruder war, war auf den ersten Blick klar. Mit dem riesigen Hut, der ihm über die Ohren gerutscht war und ihn daran hinderte zu sehen, wo er hinlief, und den langen Hosenbeinen, die er bei jedem Schritt hinter sich herschleifte, hoppelte Els durch den Park. Miss Hazelstone brach in Gelächter aus, und Wachtmeister Els, der das Lachen hörte, verdoppelte seine Anstrengungen, das Sackhüpfen zu gewinnen. Als Miss Hazelstone schoß, fiel er unwillkürlich um. Er hätte sich keine Sorgen zu machen brauchen. Miss Hazelstone lachte viel zu sehr, um richtig zu zielen. Ihre Kugeln sausten in einiger Entfernung durch das Laub eines Baumes und verwundeten lediglich einen riesigen, vollgefressenen Geier, der dort gerade sein Frühstück hatte verdauen wollen. Als der Geier neben ihn auf die Erde geflattert kam und rülpste, lag Wachtmeister Els hilflos auf dem Rasen und sah ihn nachdenklich an. Er vermochte in der Welt nichts zu entdecken, worüber man lachen konnte.

Kommandant van Heerden hatte diesem Gelächter gegenüber die gleiche Empfindung. Es trug zu viele Merkmale der Expertin für die feine Lebensart an sich, um ihn im Zweifel darüber zu lassen, wer das Wesen in dem lachsrosa Anzug war. Niemand anderer von seinen Bekannten lachte so, schoß so oder hatte eine so ausgesprochene Neigung dazu, intramuskuläre Novocaininjektionen zu verabreichen.

Miss Hazelstone kehrte zum Bett zurück und griff zur Spritze. »Sie werden nichts spüren«, sagte sie und zog die Spritze auf. »Ganz und gar nichts.«

»Das weiß ich«, schrie der Kommandant in seiner Gummihaube. »Das ist es ja, was mich so beunruhigt.« Aber Miss Hazelstone hörte ihn nicht. Die Grunzer und gedämpften Schreie, die unter der Haube hervordrangen, waren als Worte nicht zu verstehen.

»Erst mal nur ein kleines Piekerchen«, sagte Miss Hazelstone besänftigend. Sie hob den Saum des Nachthemds hoch, und der Kommandant versuchte, seins noch kleiner zu machen. Die Nadel zu fixieren, war der beste Weg, fand er, es schön schlapp zu behalten, und er starrte die Spritze mit grimmiger Entschlossenheit an.

»Sie sind doch zu viel Größerem imstande«, sagte Miss Hazelstone, nachdem sie einen Moment lang nachgegrübelt hatte und offensichtlich überlegte, ob der Kommandant sie unabsichtlich falsch verstand.

In seiner Haube gab der Kommandant den Versuch nicht auf, ihr zu erklären, daß er nicht an derselben Schwäche leide wie der Zulu-Koch.

»Es ist genau das Gegenteil bei mir«, kreischte er. »Bei mir dauert's Stunden und Stunden.«

»Sie sind ein sehr zurückhaltender Mensch«, sagte Miss Hazelstone und überlegte einen Augenblick. »Vielleicht fänden Sie ein bißchen Peitschen ganz hilfreich. Manche Männer tun das, nicht?« Und damit stand sie vom Bett auf, kramte in dem Kleiderschrank herum und tauchte schließlich mit einer besonders furchterregenden Reitpeitsche auf.

»Nein, das fände ich nicht«, schrie der Kommandant, »das fände ich überhaupt nicht hilfreich.«

»Ja oder nein?« fragte Miss Hazelstone, als die gedämpften Schreie verstummten. »Nicken Sie für ja, und schütteln Sie den Kopf für nein.«

Kommandant van Heerden schüttelte den Kopf so heftig, wie er nur konnte.

»Ist wohl nicht Ihr Bier, was?« sagte Miss Hazelstone. »Na schön, wie steht's denn dann mit ein paar schweinischen Bildern?« Diesmal holte sie ein Album aus dem Schrank, und der Kommandant entdeckte, daß er fasziniert auf irgendwelche Fotos starrte, die offenbar ein Irrer mit einer Vorliebe für Kautschukmenschen und Zwerge aufgenommen hatte.

»Nehmen Sie das widerliche Zeug weg«, schrie er, als sie ihm mit einem besonders perversen Bild zusetzte.

»Aber das hier gefällt Ihnen doch, oder?« fragte Miss Hazelstone. »Das ist eine Stellung, die Fünfpenny ganz besonders liebte. Ich sehe mal, ob ich Sie nicht in die richtige Position bekomme.«

»Nein, ich will nicht«, zeterte der Kommandant, »ich hasse das. Es ist ekelerregend.« Aber ehe er den Kopf schütteln konnte, um seinen Wunsch anzuzeigen, daß er nicht das Rückgrat gebrochen haben wollte, hatte Miss Hazelstone bereits mit einer Hand die Haube gepackt und mit der anderen eins seiner Beine und versuchte, sie zusammenzubiegen. In einer verzweifelten Kraftanstrengung riß er sich los und wirbelte Miss Hazelstone quer durchs Zimmer.

Draußen im Park hatte Wachtmeister Els seine Fassung wieder. Als er erst mal festgestellt hatte, daß er nicht drauf und dran war, Teil der täglichen Proteinaufnahme des Geiers zu werden, beschloß er, daß sein Auftritt als Bischof lange genug gedauert hatte. Er stand auf, hatschte zu einem Baum hinüber und befreite sich aus der lächerlichen Hose. Nur mit Unterhemd und Unterhose bekleidet, ging er wieder in das Haus zurück, wo er

Sergeant de Haen mit weißem Staub bedeckt und mit allen Anzeichen eines erlittenen Schocks vorfand.

»Ich weiß nicht, was ich machen soll«, sagte der Sergeant. »Sie hat Barrikaden gebaut, und nichts und niemand kann die überwinden.«

»Ich weiß etwas, das es kann«, sagte Els. »Wo ist denn diese Elefantenbüchse?«

»Das verdammte Mistding werden Sie nicht benutzen«, sagte Sergeant de Haen. »Damit bringen Sie ja das ganze Gebäude über uns zum Zusammenkrachen, und außerdem ist die Flinte ein Beweisstück.«

»Was macht das schon, wenn wir damit die alte Schachtel kriegen?«

»Es geht mir ja nicht um sie, aber wenn Sie mit dem Gewehr hier in dem Haus rumballern, fetzen Sie damit die Seitenwand raus und bringen möglicherweise auch noch den Kommandanten um.«

Els setzte sich und überlegte. »Okay«, sagte er schließlich, »geben Sie mir die Maschinengewehre aus den Schützenpanzertürmen, damit kriege ich sie mit Sicherheit.«

Sergeant de Haen war noch immer nicht überzeugt. »Seien Sie vorsichtig, Els«, sagte er, »und versuchen Sie, den Kommandanten nicht zu erschießen.«

»Ich werd's versuchen, aber ich kann nichts versprechen«, sagte Els, und nachdem die vier Browning-Maschinengewehre aus den Panzerwagen geholt worden waren, stahl er sich damit leise die Treppe hoch. Er legte sie, mit der Mündung auf das Ende der Galerie gerichtet, auf einen kleinen Teetisch und band sie fest. Wachtmeister Els hatte den Wert überwältigender Feuerstärke oben im Bunker kennengelernt, und nun setzte er seine Erfahrungen nutzbringend ein. Sicher, die

Brownings hatten lange nicht dieselbe Stärke wie die Elefantenflinte, aber was ihnen an Kaliber abging, das machten sie an Schnelligkeit wieder wett.

»Fünftausend Schuß pro Minute in die Galerie gepumpt, macht Kleinholz aus allen Möbeln und Hackfleisch aus dem alten Mädchen«, dachte er glücklich und ging hinunter, um noch mehr Patronengurte zu holen. Dann befestigte er an den Abzügen der Gewehre eine Schnur und bereitete sich auf den nächsten Schritt vor.

Der Dobermann, der auf der Chaiselongue lag und schlief und von seinem Kampf mit Els träumte, roch, daß sich der Wachtmeister näherte. Lange hatte er die Hoffnung gehabt, daß er den Fehdehandschuh, den Els ihm auf dem Rasen zugeworfen hatte, aufnehmen könne, und jetzt fühlte er, daß die Gelegenheit gekommen war. Er streckte sich träge und sprang von der Couch. Ohne warnendes Geknurre und so heimlich, still und leise, daß er darin sogar den Wachtmeister übertraf, kroch er die Galerie hinunter und schlängelte sich durch die Möbelbarrikaden.

Miss Hazelstone war nicht im geringsten durch den Widerstand des Kommandanten verärgert, der sich gegen ihre Versuche zur Wehr setzte, ihn in eine interessante Stellung zu biegen. Im Gegenteil, die Kraft und Stärke seiner Anstrengungen steigerten ihre Bewunderung für ihn noch.

»Was sind Sie doch für ein starker Junge«, sagte sie und rappelte sich wieder vom Fußboden hoch. »Ganz der kleine Judo-Crack.« Und die nächsten paar Minuten hatte sich der Kommandant gegen die Ermunterungen zu wehren, die Miss Hazelstone seiner Männlichkeit offenbar eigenhändig zu spenden gedachte. Indem er sich auf Wachtmeister Els als Lustobjekt konzentrierte, gelang es dem Kommandanten dennoch, sich sein mangelndes Interesse zu bewahren, und endlich mußte sich Miss Hazelstone geschlagen geben.

»Da sieht man doch gleich, daß Sie als Frauenheld keine große Nummer sind«, sagte sie zum Kommandanten, und ehe er mit wenig mehr als einem bedeutungslosen Grunzen entgegnen konnte, daß sie auch nicht mehr erwarten dürfe, wenn sie sich unbedingt als Mann anziehen müsse, da hatte sie schon wieder zu der Spritze gegriffen. »Vielleicht kriegen wir mit einer Novocaininjektion etwas Blei in Ihren Stift«, sagte sie. »Sie werden sich wahrscheinlich hinterher wie ein neuer Mensch fühlen.«

»Ich fühle mich schon jetzt wie ein neuer Mensch«, brüllte der Kommandant durch seine Haube und wand sich wie wahnsinnig, aber Miss Hazelstone war zu versessen auf das, was sie vorhatte, um von seinen Protesten irgendwelche Notiz zu nehmen. Als die Nadel näher kam, schloß der Kommandant die Augen und wartete, schon jetzt starr vor Angst vor dem Stich, und in dem Moment ging auf dem Treppenabsatz die Hölle los. Miss Hazelstone ließ die Spritze fallen, packte ihre Flinte und sprang zur Tür. Die Laute, die aus der Galerie zu vernehmen waren, deuteten darauf hin, daß soeben irgendein schrecklicher Tierkampf begonnen hatte, und der Kommandant, zur Tat gereizt von der Spritze, die Miss Hazelstone in ihrer Eile hatte fallen lassen und die wie ein Pfeil in seiner Leistengegend gelandet war, wo sie Novocain in die eine oder andere Arterie verströmte, unternahm einen letzten, verzweifelten Versuch zu entkommen. In einer herkulischen Kraftanstrengung gelang es ihm, die Beine auf den Boden zu bekommen, dann sprang er, das Bett hinter sich herschleifend, aus dem Fenster.

Wenn Kommandant van Heerden und Miss Hazelstone über die außergewöhnliche Wende, die die Dinge genommen hatten, erstaunt waren, dann war Wachtmeister Els noch viel überraschter. Er war gerade damit fertig, letzte Hand an das zu legen, wovon er hoffte, daß es Miss Hazelstones Exekution sein werde, als er vage den Eindruck hatte, daß etwas Unvorhergesehenes in der Luft sei. Wie eine dunkle Vorahnung sah er einen schwarzen Klecks auf sich zufliegen, als der Dobermann durch den Gipsnebel, der die Galerie füllte, auf ihn zusprang. Der Hund hatte sein Maul schon weit aufgesperrt, und sein Auge war voller Vorfreude auf Elsens Halsschlagader gerichtet. Es drückte sein Kinn fest auf die Brust, und der Hund donnerte mit der Schnauze gegen seine Stirn. Die Zähne des Hundes, die ihr Ziel verfehlt hatten, gruben sich in Elsens Schulter, und einen Augenblick später hatten sich die beiden Bestien von neuem in ihren unterbrochenen Kampf um die Vorherrschaft verbissen.

Als sie über den Treppenabsatz rollten und links und rechts und in der Mitte Stühle und Tische umschmissen, als Miss Hazelstone das Feuer mit der Schrotflinte eröffnete und sich die Barrikaden über ihnen allmählich auflösten, da begannen die Browning-Maschinengewehre, die umgekippt waren und nun zur Decke hochzeigten, Leuchtkugeln in einer Geschwindigkeit von 5000 Schuß pro Minute durch das Dach von Jacaranda House zu jagen. Ein lahmer Geier, dem es erst wenige

Minuten zuvor gelungen war, sich endlich aufzuschwingen, nachdem er einen langen und schmerzhaften Anlauf hatte nehmen müssen, und der gerade schwerfällig über das Haus wegflog, das ihm bereits Abendbrot und Frühstück verschafft hatte und sehr bald ihm wohl auch zu einem Mittagessen verhelfen würde, verpuffte in dem Kugelhagel in einer Explosion aus Federn und Stückchen und Teilchen. Er war das einzige Opfer der Schießerei, die in Jacaranda House tobte.

Der einzige Mensch, der um ein Haar eine Salve in seine lebenswichtigen Teile abbekommen hätte, war Kommandant van Heerden. Während des plötzlichen Gewaltausbruchs auf dem Treppenabsatz, der ihm die Gelegenheit bot, sich mit dem Doppelbett auf dem Rücken aus dem Schlafzimmerfenster zu stürzen, hatte Sergeant de Haen, voller Hoffnung, die Chance zu bekommen, von unten Miss Hazelstone den Fangschuß zu geben, im Garten gestanden und gewartet. Der Sergeant hatte gerade seine Entscheidung bedauert, Wachtmeister Els zu gestatten, die Maschinengewehre zu benutzen, und erwartete nichts anderes, als daß der Plan mit einer Katastrophe ende. Als das Krachen des Gewehrfeuers im Haus losging, warf sich der Sergeant zu Boden, und da lag er auch, als er genau über sich das Klirren von Glas, gefolgt von einem fürchterlichen dumpfen Aufprall, hörte. Er sprang auf und starrte zu dem Ding hoch, das über ihm baumelnd aus dem Fenster hing.

Der Sergeant war absolut kein zimperlicher Mensch und hatte keineswegs etwas dagegen, auf Frauen zu schießen. Viele Zulu-Witwer konnten das bezeugen. Und wenn er sich einen Augenblick lang hätte vorstellen können, daß das fette Wesen in dem rosa Nachthemd, das in einer Höhe von etwa sechs Metern an der Hauswand herumzappelte, Miss Hazelstone sei, er hätte sie, ohne einen Moment zu überlegen, abgeknallt. Aber es war nur allzu offensichtlich, daß das, was da baumelte, nicht die alte Dame war. Sie war nicht so fett, sie war nicht so behaart, und vor allem, da war er sicher, hatte sie keine solchen Fortpflanzungsorgane. Es fiel dem Sergeant sowieso schon schwer zu glauben, daß überhaupt irgend etwas so aussehen könne. Sergeant de Haen stand da und rang mit dem Problem, was das Ding wohl sei. Er lugte hinauf nach dem Gesicht und sah, daß es eine Maske trug.

Von allen Perversitäten, die Sergeant de Haen seit seiner Ankunft in Jacaranda House hatte kommen und gehen sehen, war die hier fraglos die perverseste. Und pervers war das Wort, das ihm wie selbstverständlich dazu einfiel. Was immer da oben hing, nur teilweise bekleidet und maskiert, es stellte sich in einer Art und Weise vor ihm aus, die so schamlos und unanständig war, wie man's einfach nicht für möglich hielt. Der Sergeant mochte, selbst wenn er gut gelaunt war, keine Tunten, und ganz zweifellos verabscheute er es, von einer auf diese ekelhafte Tour angemacht zu werden. Er war eben entschlossen, dieser unzüchtigen Zurschaustellung mit einem Feuerstoß aus seiner Maschinenpistole ein Ende zu bereiten, als ihm etwas, was aus heiterem Himmel auf ihn herunterfiel, die ganze Sache verleidete. In einer Federwolke eingehüllt und mit etwas drapiert, das offenbar der halbverdaute Inhalt eines Magens war, der vor kurzem eine riesige Mahlzeit aus rohem Fleisch aufgenommen hatte, wankte Sergeant de Haen wie vom Schlag getroffen im Garten herum.

Während er verzweifelt versuchte, sich aus dem Kuddelmuddel aus Federn und Innereien zu befreien, verlor er zeitweise jeden Gedanken daran, die Welt von dem rasenden Transvestiten zu erlösen, der zuckend unter dem Schlafzimmerfenster hing. Als er in dem Unflat, der ihn bedeckte, ein paar Messingknöpfe und ein Mützenabzeichen der südafrikanischen Polizei entdeckte, fragte er sich ratlos, was in drei Teufels Namen ihn eigentlich getroffen habe. Er dachte noch immer darüber nach, als neuerliches Artilleriefeuer über ihm zu erkennen gab, daß die Schießerei absolut noch nicht vorüber war. Er blickte nach oben und sah, wie die Matratzen über der Gestalt mit dem Häubchen sich in eine kolossale Federwolke auflösten, und als die Federn herabgeschwebt kamen und auf der Masse aus Blut und Gedärmen, die ihn bedeckte, klebenblieben, drehte sich Sergeant de Haen um und rannte los. Hinter ihm schrie eine dumpfe Stimme: »Haenchen!«

12

Als es ihr mit ihrem Schnellfeuer ans andere Ende der Galerie so gar nicht gelungen war, wenigstens für einen Augenblick das Getöse der Maschinengewehre und das Schreien und Knurren zum Schweigen zu bringen, das ein wesentlicher Bestandteil von Wachtmeister Elsens Keilerei mit dem Dobermann war, mußte Miss Hazelstone sich notgedrungen eingestehen, daß ihre Pläne nicht ganz wie gedacht verliefen. Während wiederholt Salven durch ihre Louis-XV-Barrikaden fetzten und mit ungewohntem Nachdruck mehrere pseudojakobäische Möbelstücke und ein unersetzliches, einstmals mit Elfenbeinintarsien geschmücktes Schreibpult aus dem achtzehnten Jahrhundert durchlöcherten, nahm der Kampflärm auf dem Treppenabsatz zu. Über ihr schoß unter dem Anprall der Maschinengewehrkugeln eine Fontäne aus Dachziegeln in die Luft und prasselte wie riesige Hagelkörner wieder auf das Dach zurück. Miss Hazelstone gab den Versuch auf, durch den Gipsnebel irgend etwas zu erkennen, und ging ins Schlafzimmer zurück.

Es war sofort zu sehen, daß auch hier irgendwas schiefgelaufen war. Im Zimmer war es stockfinster, und irgendein großer Gegenstand vor dem Fenster versperrte vollständig die Aussicht auf den Park, die sie vorher so genossen hatte. Sie knipste das Licht an und starrte auf die Unterseite des Bettes, auf dem sie nur wenige Minuten zuvor gesessen und Kommandant van Heerden ermutigt hatte, ein Mann zu sein. Und während sie noch so das enorme Bett betrachtete, wurde ihr zum ersten Male klar, was für ein wahnsinnig starker Mann der Kommandant war. Zehn Leute waren nötig gewesen, das Bett die Treppe hinauf und durch die Galerie zu bugsieren, und nun hatte ein Mann ganz allein es hochgehoben und zum Fenster getragen, wo er offenbar auf dem Fensterbrett stand und es vor sich hielt, eine Kraftleistung, die sie nie für möglich gehalten hätte. Während sie guckte und staunte, hörte man gedämpftes Geschrei durch die Matratze.

»Laßt mich runter«, brüllte der Kommandant, »laßt mich runter, laßt mich runter. Das verdammte Weib ist noch mein Grab.« Miss Hazelstone lächelte still in sich hinein. »Ganz wie Sie sagen«, murmelte sie und zielte mit der Schrotflinte auf die Sprungfedern. Beim Abdrücken sagte sie sich, wie passend es doch sei, daß der Kommandant in einem Gumminachthemd und auf eine Matratze der Marke »Ruhe sanft« gebunden vor seinen Schöpfer trete, und als die Sprungfedern jaulten und die Bettfedern flogen, wandte Miss Hazelstone sich ab und trat mit einem Schluchzer auf die Galerie.

Es war aller Wahrscheinlichkeit nach dieser Schluchzer, der zum Tode ihres geliebten Toby führte. Der Dobermann, der sich bis dahin ganz sicher in dem Griff gefühlt hatte, mit dem er Wachtmeister Els' Gesicht gepackt hielt, ließ für eine fatale Sekunde nach. Er hob den Kopf und spitzte ein letztes pflichtbewußtes Mal die Ohren, und in der Sekunde nutzte Els, der halb erstickt war, weil ihm der Hund andauernd die Nase zugebissen hatte, die Gelegenheit und schloß seine Kiefer um die Kehle des Hundes. Mit einer Hand drückte er den Hund an sich, und mit der anderen packte er ihn bei den Hoden und quetschte zu.

»Quetschte« war kaum das richtige Wort für die enorme Kraft, die er gebrauchte.

Der Hund war dank Elsens Druck auf seine Luftröhre außerstande, gegen diese Verletzung der Queensberry-Regeln zu protestieren, warf sich zur Seite und strampelte wie wild mit allen vieren, um sich zu befreien. Den klettenartigen Els mit sich schleifend, unternahm der Hund einen fliegenden Start, stürzte auf die oberste Treppenstufe los, und einen Moment später segelten die beiden tollwütigen Viecher mehrere Fuß hoch über der großen Treppe. Als sie in die Halle runterdonnerten, blickten die Porträts von Sir Theophilus und Richter Hazelstone grimmig auf das unedle Schauspiel. Nur das Wildschwein, selber an ein unnachgiebiges Eisengerüst gefesselt, kann ermessen haben, was sein modernes Gegenstück zu leiden hatte.

Drei Minuten später wußte Wachtmeister Els, auf dem Marmorboden der Diele liegend, daß er gesiegt hatte. Der Dobermann lag totenstill da, und Els lokkerte seinen Griff um die Kehle des Hundes und kam schwankend auf die Füße. Die Köpfe der ausgestopften Warzenschweine und Büffel um ihn herum waren sein einziges Publikum in diesem triumphalen Augenblick. Den Hund am Schwanz hinter sich herziehend, ging Wachtmeister Els in den Park hinaus, um nach dem Geier zu suchen. Der hatte ihn derart freßgierig angesehen, und er dachte, dem Vogel könne vielleicht eine Kostveränderung zusagen. Er hatte einige Schwierigkeiten, ihn zu finden, aber als er ihn gefunden hatte, sah selbst Wachtmeister Els, daß der Geier nicht Hungers gestorben war.

Die Schüsse, die indirekt zum Tode Tobys geführt hatten, waren sehr nahe daran gewesen, auch den Tod von Kommandant van Heerden zu verursachen. Nahe daran, aber um etliches zu hoch, denn der Kommandant hatte das Glück, an seinen Handgelenken von dem Teil des Bettes herunterzuhängen, das jetzt das Fußende war. Er hatte sich durch die Haube durchgebissen und äugte auf Sergeant de Haen herunter, der aussah, als habe er gerade einen grauenhaften Unfall in einer Hühnerschlachterei hinter sich. Das schien ihm keine glaubwürdige Erklärung für den Zustand des Sergeants zu sein, aber nach seinen jüngsten Erfahrungen mit Perversitäten hätte es den Kommandanten nicht im geringsten überrascht, wenn er gehört hätte, daß der Sergeant soeben irgendeine mit seinem Namen zusammenhängende schweinische Zwangsvorstellung spazierengeführt habe.

Er dachte gerade über diese Sache nach, als seine Überlegungen im Geballere eines Gewehrs genau über seinem Kopf untergingen und ihm plötzlich eine Federwolke die Aussicht auf den Garten versperrte. »Haenchen«, rief er, als der Sergeant um die Hausecke verschwand, und er schrie noch immer Zeter und Mordio, als der Sergeant ein paar Minuten später mit einigen Polizisten wieder auf der Bildfläche erschien. Es hatte den Anschein, daß seine Stimme, die durch das Loch tönte, das er hatte in die Gummihaube beißen können, weniger Autorität als normal verbreitete. Die kleine Gruppe von Polizisten, die sich unter ihm versammelt hatten, schien von seinen Befehlen jedenfalls mehr amüsiert zu sein als geneigt, ihnen zu gehorchen.

»Laßt mich runter«, kreischte der Kommandant. »Laßt mich runter.« Vor dem Hintergrund dieser ignorierten Anweisung erläuterte Sergeant de Haen den jungen Polizeibeamten die schlüpfrigen Tatsachen des Lebens.

»Was Sie hier vor sich sehen«, sagte er mit unheilschwangerer Stimme, »ist ein Transvestit.«

»Was bedeutet das denn, Sergeant?« fragte ein Wachtmeister.

»Das ist ein Mann, der gerne Frauenkleider anzieht. Dieser Transvestit hier ist dazu noch ein Perverser.«

»Laß mich runter, du Dreckskerl«, schrie der Kommandant.

»Er ist ein Perverser«, fuhr der Sergeant fort, »weil er homosexuell ist, und er ist doppelt pervers, weil er auch noch ein Gummifetischist ist.«

»Ich degradiere Sie, wenn Sie mich nicht runterlassen.«

»Was ist denn ein Gummifetischist, Sergeant?«

»Das ist jemand, der sich Gummiklamotten anzieht, aus anderer Leute Schlafzimmerfenster raushängt und darunter stehende Leute anmacht«, sagte der Sergeant und zupfte sich Federn und Kaldaunen von seiner Uniform. »Das ist auch so ein Produkt freizügiger Gesellschaften, und wie Sie alle wissen, ist Südafrika keine freizügige Gesellschaft. Was diese Sau da tut, ist gegen unser Gesetz, und deshalb schlage ich vor, wir schießen ihm ein, zwei Kugeln in den Arsch und verschaffen ihm den Schauer, der alle Schauer beendet.«

Der Vorschlag wurde mit zustimmendem Kopfnikken von den Polizisten und noch lauterem Geschrei von der baumelnden Gestalt mit der Gummihaube begrüßt. Nur ein ganz naiver Beamter widersprach.

»Aber wäre das nicht Mord, Sergeant?« fragte er.

Sergeant de Haen sah ihn streng an. »Wollen Sie mir etwa erzählen«, sagte er, »daß Sie der Meinung sind, es sollte solchen Kerlen erlaubt sein, in Weibernachthemden in der Gegend rumzurennen?«

»Nein, Sergeant. Das ist gegen das Gesetz.«

»Genau das sagte ich ja eben. Also täten wir bloß unsere Pflicht, wenn wir ihm eins auf den Pelz brennen.«

»Könnten wir ihn nicht einfach verhaften?« fragte der Wachtmeister.

»Ich bin Ihr Kommandeur, und ich befehle Ihnen, mich runterzulassen.«

»Jetzt macht er sich noch eines Verbrechens schuldig, Sergeant«, sagte ein anderer Polizist. »Er gibt sich als Polizeibeamter aus.«

»Verehrte junge Kollegen, Sie kennen das Vorgehen, oder Sie sollten's verdammt noch mal kennen«, fuhr der Sergeant fort. »Falls Sie einen Verbrecher in flagranti erwischen, was tun Sie da?«

»Ihn verhaften«, erwiderten die Polizisten im Chor.

»Und wenn Sie ihn nicht verhaften können? Wenn er zu entkommen versucht?«

»Da gibt man einen Schreckschuß auf ihn ab.«

»Und was ist, wenn er weiter zu entkommen versucht?«

»Da erschießt man ihn, Sergeant.«

»Richtig«, sagte der Sergeant. »Wollen Sie mir jetzt etwa weismachen, daß der Scheißkerl da kein in flagranti erwischter Verbrecher ist und daß er nicht zu entkommen versucht?«

Die Polizisten mußten zugeben, daß der Sergeant recht hatte, und genau an diesem Punkt waren sie in ihren Überlegungen angelangt, als Wachtmeister Els mit dem toten Dobermann im Schlepptau triumphierend um die Ecke gehumpelt kam.

»Kuckt mal, was ich habe«, sagte er stolz.

Das Grüppchen um Sergeant de Haen war nicht beeindruckt. »Kuck mal, was wir haben«, sagten sie, und Wachtmeister Els mußte zugeben, daß neben dem, was da zappelnd aus dem Fenster hing, seine Trophäe ziemlich nichtssagend aussah.

»Machen grad 'ne Tunte fertig«, sagte Sergeant de Haen. »Machen Sie mit, Els, das ist doch was nach Ihrem Geschmack?«

»Nicht mein Geschmack«, sagte Els, der zu der Gestalt hochsah. »Aber das da oben schmeckt ganz nach Kommandant van Heerden, das will ich Ihnen mal sagen. Ich würde das überall rausschmecken.«

Während das Exekutionskommando auf die Nachricht, daß das der Kommandant sei, was da oben hing, verwirrt auseinanderstob, überlegte diejenige, die weitgehend für seine mißliche Lage verantwortlich war, was als nächstes zu tun sei. Sie dachte, letztlich müsse sie es wohl in den Dickschädel des Kommandanten hineinbekommen haben, daß sie imstande war, Fünfpenny zu töten, aber da sie sich bewußt war, daß Kommandant van Heerdens Meinung nicht länger zählte, hoffte sie nur, daß sein Nachfolger genug Verstand besäße, sie auf der Stelle zu verhaften.

Sie ging nach unten, um nach einem Polizisten zu suchen, der sie in ihre Zelle im Piemburger Polizeirevier begleitete, aber das Haus schien völlig ausgestorben.

»Ich hab sie wohl weggegrault«, dachte sie und machte sich auf den Weg, um ihren Wagen zu holen. Auf halbem Weg zur Garage fiel ihr ein, daß Fünfpenny die Schlüssel bei sich hatte, und so kletterte sie statt dessen in einen der Polizei-Landrover und ließ den Motor an.

Als die Polizisten auf der anderen Seite von Jacaranda House dem Kommandanten die Leiter runterhalfen, achtete keiner auf den Landrover, der unsicher die Auffahrt hinaufstockerte. Am Tor winkte der Posten den Wagen vorbei, und er verschwand um die Ecke und die Straße hinunter nach Piemburg.

Die meisten Ereignisse des Tages waren über den Kopf des Bischofs von Barotseland vollkommen hinweggegangen. Nackt und gefesselt lag er im Keller und versuchte, sich auf geistige Fragen zu konzentrieren, weil sie ihm weniger schmerzhaft als die Dinge des Fleisches vorkamen. Er war in seinen Bemühungen aber nicht besonders erfolgreich: Hunger und Schmerzen wetteiferten mit der Furcht um einen Platz in seinem Bewußtsein, und über allen dreien hing die fürchterliche Angst, wahnsinnig zu werden. Und es war weniger die Angst, er könne wahnsinnig werden, als vielmehr die, er sei es bereits. In vierundzwanzig Stunden hatte er die unumstößlichen Grundsätze seines Lebens in einer Weise geschändet gesehen, die, das mußte er sich eingestehen, alle Zeichen des Irrsinns an sich trug.

»Ich bin Bischof, und meine Schwester ist eine Mörderin«, sagte er sich zur Beruhigung. »Wenn meine Schwester keine Mörderin ist, besteht die Möglichkeit, daß ich kein Bischof bin.« Diese logische Folgerung erschien ihm nicht sehr hilfreich, und er gab sie auf, weil sie ihm sonst auch noch das bißchen geistige Gleichgewicht durcheinandergebracht hätte, das ihm geblieben war. »Irgend jemand ist verrückt«, schloß er und überlegte dann, ob die Stimmen, die er am Grunde des Swimmingpools vernommen hatte, nicht schließlich doch Anzeichen von Wahnsinn seien, an dem er vielleicht leide.

Auf der anderen Seite führte ihn sein fester Glaube an das Eingreifen Gottes ins Weltgetriebe dazu, sich zu fragen, inwiefern er so entsetzlich gesündigt habe, um die Strafe zu verdienen, die ihn getroffen hatte. Er kam zu dem Schluß, er habe sich der Selbstüberhebung schuldig gemacht. »Hochmut kommt vor dem Fall«, sagte er, aber er konnte sich nicht vorstellen, welche Höhe an Hochmut die Tiefe, in die er gestürzt war, rechtfertigen könne. Sicherlich schrie das kleine bißchen Eigenlob, das er sich anläßlich seiner Berufung nach Barotseland gestattet hatte, kaum nach der schrecklichen Strafe, die er nun durchmachte. Da neigte er eher zu der Annahme, daß seine gegenwärtigen Leiden eine Vorbereitung auf Besseres in der Zukunft und eine Prüfung seiner Standfestigkeit im Glauben seien. Er tröstete sich bei dem Gedanken, daß es in der Welt sicherlich einige Leute gäbe, die in einer noch größeren Misere steckten, aber er konnte sich nicht vorstellen, wer sie wären oder was sie erduldeten.

»Ich werde meine Trübsal mit Freuden tragen, und meine Seele wird sich daran aufrichten«, sagte er selbstgefällig und überließ sich frommer Andacht.

Kommandant van Heerden war zu ganz anderen Schlußfolgerungen gelangt. Er hatte in den vergangenen vierundzwanzig Stunden genug Trübsal erduldet, daß es ihm für sein Leben reichte. Er wußte jetzt, daß es drei Dinge gab, die er nie wiedersehen wollte: Gumminachthemden, Sergeant de Haen und Jacaranda House. Alle drei hatten jeglichen Reiz, den sie einst in seinen Augen besessen hatten, eingebüßt, und im Falle der ersten beiden war der vorher schon Null gewesen.

Was Jacaranda House betraf, so mußte er zugeben,

daß er das Anwesen einst sehr gemocht hatte, aber ihm wurde jetzt klar, daß seine Gefühle nicht erwidert wurden. Das Haus behielt sich seine Gunst offenbar für Leute von untadeligem gesellschaftlichem Rang und britischer Abkunft vor. Für geringere Sterbliche hielt es nur Schrecken bereit. Hierbei setzte er in der Reihenfolge von oben nach unten erst sich ein, gefolgt von Els, dem Dobermann, Fünfpenny und dem Geier. Er selbst war aufgeknüpft, geängstigt und mit dem Tode bedroht worden. Els war bei zwei getrennten Gelegenheiten äußerst brutal überfallen worden. Der Dobermann war totgebissen worden. Fünfpenny lag über den ganzen Garten verstreut, und der Geier über den ganzen Sergeant de Haen. Kurz, diese Demütigungen standen in zu enger Beziehung zur Rangstufe der Empfänger, als daß es irgendeinen Zweifel geben konnte, daß der snobistische Ruf, dessen sich die Hazelstones erfreuten, nicht seinen Grund in den Tatsachen hätte. Im großen und ganzen, dachte er, war Els ziemlich leicht davongekommen, wenn man sich seine Herkunft und seine gesellschaftliche Stellung vor Augen führte.

Auf der anderen Seite hatte er Grund zu der Annahme, daß Els seinen Teil am Pech noch vor sich habe. Sicher, er hatte zweimal dazu beigetragen, das Leben des Kommandanten zu retten. Kommandant van Heerden mußte zugeben, daß Wachtmeister Elsens Dazwischenfunken auf dem Treppenabsatz ihm Zeit gegeben hatte, aus dem Fenster zu springen, und als er da erst mal hing, war es Els gewesen, der Sergeant de Haen davon abgehalten hatte, seine Dienstpflichten überzuerfüllen. Aber dann gab es da auch wieder diese kleine Sache mit dem Gemetzel am

Haupttor. Sie enthielt zu viele Elssche Merkmale, als daß sie ganz und gar ignoriert werden durften. Els würde ihm ein paar Erklärungen zu geben haben.

Als Kommandant van Heerden sich im Arbeitszimmer anzog, beobachtete er Els vorsichtig von der Seite. Der Wachtmeister tupfte sich ein Wundmittel auf die Nase und spielte mit dem Briefbeschwerer. Als der Kommandant die Hose anhatte, war er zu einigen endgültigen Schlüssen gekommen. Miss Hazelstone hatte ihren Kopf durchgesetzt, und der Kommandant war überzeugt, daß sie höchstwahrscheinlich Fünfpenny getötet hatte. Unglücklicherweise konnte sie, das war ihm klar, nicht auch noch die Polizisten am Haupttor niedergemetzelt haben. Jemand anderer war dafür verantwortlich, und obwohl alle Beweise auf Jonathan Hazelstone deuteten, hatte der Kommandant ihn, kurz bevor die Schießerei begann, auf dem Bett liegen und schlafen sehen. Daraus folgte, wenn Jonathan unschuldig wäre, dann wäre Els der Schuldige. Von dieser Schlußfolgerung zur Frage, wer die Verantwortung zu tragen habe, war es nur ein Schritt. Wer, so würde man fragen, hatte einem gewalttätigen Irren wie Els erlaubt, sich in den Besitz einer mehrläufigen Elefantenbüchse zu bringen, und wer hatte ihm die Erlaubnis gegeben, sie zu benutzen?

Der Kommandant wog, was er Wachtmeister Els im einzelnen schuldig war, und die fürchterlichen Aussichten seiner Karriere gegeneinander ab und kam zu einer schnellen Entscheidung.

»Els«, sagte er ruhig und nahm hinter dem Schreibtisch Platz, »bitte denken Sie gründlich nach, ehe Sie meine nächste Frage beantworten. Und zwar sehr gründlich.«

Wachtmeister Els blickte nervös auf. Den Ton in der Stimme des Kommandanten mochte er nicht.

»Wie spät war es, als Sie gestern nachmittag Ihren Posten am Haupttor verließen?« fuhr der Kommandant fort.

»Ich habe meinen Posten nicht verlassen, Sir«, sagte Els.

Den Kommandanten schauderte. Das war schlimmer als erwartet. Der Idiot war drauf und dran zu behaupten, er sei den ganzen Nachmittag dort geblieben.

»Ich glaube, Sie haben Ihren Posten verlassen, Els«, sagte er. »Tatsächlich weiß ich, daß Sie das getan haben. Und zwar um halb vier, um genau zu sein.«

»Nein, Sir«, sagte Els, »ich wurde abgelöst.«

»Abgelöst?«

»Ja, Sir, von einem langen, schwarzhaarigen Wachtmeister, der seinen Revolver auf dem Revier vergessen hatte.«

»Von einem langen, schwarzhaarigen Wachtmeister, der seinen Revolver auf dem Revier vergessen hatte?« wiederholte der Kommandant langsam und fragte sich, wo die Falle steckte.

»Das stimmt. Das hat er mir jedenfalls erzählt, Sir. Daß er seinen Revolver auf dem Revier vergessen hätte. Er bat mich, ihm meinen zu leihen.«

»Er bat Sie, ihm Ihren zu leihen?«

»Ja, Sir.«

Kommandant van Heerden grübelte über diese Behauptung nach, ehe er weiterfragte. Er mußte zugeben, daß sie sich sehr brauchbar anhörte.

»Würden Sie diesen langen, schwarzhaarigen Wachtmeister wiedererkennen, wenn Sie ihn sähen?« fragte er.

»O ja, Sir«, sagte Els. »Er sitzt unten im Keller.«

»Sitzt unten im Keller. Soso.« Kommandant van Heerden blickte aus dem Fenster und überlegte. Draußen patrouillierte Sergeant de Haen auf einem Parkweg hin und her. Und wie er so auf den Sergeant blickte, dachte der Kommandant, schließlich und endlich könne er vielleicht doch noch eine Verwendung für ihn haben. Er ging ans Fenster und rief.

»Sergeant de Haen«, befahl er, »reinkommen. Marsch, Marsch.«

Einen Augenblick später stand der Sergeant vor dem Schreibtisch des Richters und bereute, daß er den Kommandanten jemals für einen Transvestiten gehalten hatte.

»Wie viele Male habe ich Ihnen gesagt, Sergeant«, sagte der Kommandant streng, »daß ich es nicht dulde, daß meine Männer in schlampigen Uniformen rumlaufen. Gerade auch von Ihnen wird ein Beispiel erwartet. Nun sehen Sie sich Ihre Uniform an, Mann. Das ist ja widerlich. Sie sind eine Schande für die südafrikanische Polizei.«

»Habe mich in Ausübung der Pflicht beschmutzt«, sagte der Sergeant. »Flatternder Geier starb auf mir.«

»Gleich und gleich, Sergeant de Haen, gesellt sich gern«, sagte der Kommandant.

»Sehr komisch, ganz bestimmt, Sir«, sagte der Sergeant unfreundlich.

»Hm«, sagte der Kommandant. »Schön, was mich betrifft, ich finde es unentschuldbar.«

»Ich hatte mir nicht ausgesucht, dort zu stehen.«

»Keine Ausflüchte. Ich hatte mir auch nicht ausgesucht, dort zu sein, wo ich gerade war, aber ich habe Ihrerseits keine Rücksicht auf meine Lage bemerkt. Also brauchen Sie auch meinerseits keine zu erwarten. Ziehen Sie sofort diese dreckige Uniform aus. Wachtmeister Els, holen Sie den Gefangenen.«

Während sich der Sergeant auszog, las ihm der Kommandant weiter die Leviten, und als er sich schließlich aus der Uniform gepellt hatte, hatte er eine Menge Dinge über sich erfahren, über die er lieber unaufgeklärt geblieben wäre.

»Und was soll ich Ihrer Meinung nach auf der Fahrt in die Kaserne tragen«, fragte er.

Kommandant van Heerden schob ihm das Gumminachthemd rüber. »Versuchen Sie, ob Ihnen das paßt«, fauchte er.

»Sie erwarten doch nicht etwa, daß ich in diesem Ding hier in die Stadt runterfahre?« fragte de Haen ungläubig. Der Kommandant nickte.

»Was gut ist für das Huhn . . .«, sagte er süffisant.

»Ich laß mich nicht zur Spottfigur der Kaserne machen«, beharrte der Sergeant.

»Niemand wird wissen, wer Sie sind. Denn Sie werden auch das tragen«, und der Kommandant reichte ihm die Haube.

Sergeant de Haen zögerte entmutigt. »Ich weiß nicht . . .«, sagte er.

»Aber ich weiß es, verdammt noch mal«, schrie der Kommandant. »Steigen Sie in diese Sachen. Das ist ein Befehl«, und während der Sergeant seine Wut runterschluckte, sich in die widerlichen Gewänder zwängte und sich fragte, wie er den Auftritt seiner Frau erklären solle, fuhr der Kommandant fort: »Sie sind jetzt inkognito, Sergeant, und vorausgesetzt, Sie halten Ihre Klappe, dann bleiben Sie es auch. «

»Das werde ich weiß Gott bestimmt nicht«, sagte der

Sergeant. »Ich bin aus diesen Scheißsachen so schnell wieder draußen wie möglich. Ich weiß nicht, wie Sie verdammt noch mal erwarten, daß ich Disziplin bewahre, wenn Sie mich so verflucht lächerlich machen.«

»Unsinn«, sagte der Kommandant. »Diese Haube ist eine perfekte Maske. Sie sollten das doch wissen. Und noch etwas: Sie halten den Mund über das, was Sie gesehen haben, und ich halte meinen über Sie. In Ordnung?«

»So wird's wohl sein müssen.«

In den nächsten fünf Minuten erfuhr Sergeant de Haen, daß er nie so was wie einen Geier gesehen und Jacaranda Park nicht besucht habe. Er war, so schien es, zu einem Sonderurlaub verreist, um seine kranke Mutter zu besuchen. Daß seine Mutter schon vor zehn Jahren gestorben war, schien keiner Erwähnung wert. Wohl wissend, daß er für den Rest seines Lebens als Gummi-Haenchen bekannt sein würde, wenn er nicht machte, was man ihm sagte, hatte der Sergeant obendrein das Gefühl, daß er sich nicht in der Situation befand, in der er mit dem Kommandanten streiten dürfe.

Der Bischof von Barotseland war zu einem ganz ähnlichen Schluß gelangt. Die ganze Sache sei ein Versehen, und die Polizei werde bald ihren Irrtum entdecken, sagte er sich, als Wachtmeister Els ihn nach oben in das Arbeitszimmer brachte. Erfreut stellte er fest, daß sich der Kommandant in viel freundlicherer Verfassung befand als früher an diesem Tag.

»Sie können ihm die Handschellen abnehmen, Els«, sagte der Kommandant. »Tja, also«, fuhr er fort, als das geschehen war, »wir wollen nur ein kleines Experiment machen. Es geht um diese Uniform.« Er hielt Sergeant de Haens blutbekleckerte Sachen in die Höhe. »Wir haben Grund zu der Annahme, daß der Mann, der für die gestrigen Morde verantwortlich ist, diese Uniform trug. Ich möchte nur, daß Sie sie eben mal anprobieren. Wenn sie Ihnen nicht paßt, und ich glaube nicht eine Sekunde lang, daß sie das tut, steht es Ihnen frei, das Zimmer zu verlassen.«

Zweifelnd besah sich der Bischof die Uniform. Sie war ohne Frage mehrere Nummern zu klein für ihn.

»Da komm ich wohl nicht rein«, sagte er.

»Na, ziehen Sie sie einfach mal an, und dann sehen wir weiter«, sagte der Kommandant aufmunternd, und der Bischof kletterte in die Uniform. In der Ecke stand eine grimmige Gestalt in Nachthemd und Haube und lächelte still in sich hinein. Sergeant de Haen dämmerte es langsam.

Endlich war der Bischof soweit, seine Unschuld zu beweisen. Die Hose war an die dreißig Zentimeter zu kurz, der Hosenschlitz ließ sich nicht schließen, und die Ärmel der Uniformjacke bedeckten eben seine Ellbogen. Es war deutlich zu sehen, daß er die Uniform niemals getragen hatte. Er konnte sich in dem Ding kaum bewegen.

Frohgestimmt drehte er sich zu dem Kommandanten um. »Da haben Sie's«, sagte er, »ich habe Ihnen ja gesagt, sie würde nicht passen.«

Kommandant van Heerden setzte ihm die Mütze des Sergeants auf den Kopf, von wo sie jeden Augenblick wieder runterrutschen konnte. Dann trat er zurück und betrachtete ihn anerkennend.

»Nur noch eins«, sagte er. »Wir müssen eine kleine Gegenüberstellung machen.«

Fünf Minuten später stand der Bischof mit zwanzig

Polizeibeamten in einer Reihe nebeneinander, und Wachtmeister Els spazierte langsam daran entlang. Um der Wahrscheinlichkeit willen richtete Els es so ein, daß er vor mehreren anderen Männern zögerte, ehe er endgültig vor dem Bischof stehenblieb.

»Das ist der Mann, der mich abgelöst hat, Sir«, sagte er mit Nachdruck. »Den würde ich überall wiedererkennen. Ich vergesse nie ein Gesicht.«

»Sind Sie sich da auch ganz sicher?« fragte der Kommandant.

»Absolut, Sir«, sagte Els.

»Genau, wie ich's mir gedacht habe«, sagte der Kommandant. »Legen Sie dem Dreckskerl Handschellen an.«

Bevor er wußte, was ihm geschah, wurde der Bischof wieder gefesselt und in den Fond eines Polizeiwagens verfrachtet. Neben ihm saß, maskiert und erhitzt, die grimmige Gestalt aus dem Arbeitszimmer.

»Das ist eine Lüge. Das ist ein Versehen!« schrie der Bischof, als sich der Wagen langsam in Bewegung setzte. »Man hat mich reingelegt.«

»Das kann man wohl sagen«, murmelte die Gestalt mit der Haube. Der Bischof sah ihn an. »Wer sind Sie?« fragte er.

»Der Henker«, sagte der maskierte Mann und kicherte. Im Fond des Polizeiwagens schwanden dem Bischof die Sinne.

Auf der Vordertreppe von Jacaranda House erteilte Kommandant van Heerden seine Befehle. Sie waren völlig eindeutig. Suchen Sie Miss Hazelstone, verhaften und bringen Sie sie ins Irrenhaus Fort Rapier. Machen Sie jede tödliche Waffe in Jacaranda House ausfindig, und schaffen Sie sie zum Polizeiarsenal. Spüren Sie jedes Stückchen Gummi auf, auch Badematten und Regenmäntel, und bringen Sie sie ins Polizeirevier in Piemburg. Kurz, tragen Sie alle Beweisstücke zusammen, und dann nix wie weg! Nein, die Beulenpest- und Tollwutschilder könnten stehenbleiben. Sie seien sehr brauchbar und deuteten die Gefahren, die Jacaranda Park für Besucher bereithalte, gewissermaßen zurückhaltend an. Von nun an werde Kommandant van Heerden den Fall von einer sicheren Einsatzbasis aus leiten. Sein Hauptquartier befände sich direkt im Piemburger Gefängnis, aus dem Jonathan Hazelstone nicht rauskäme und, wichtiger noch, in das seine Schwester nicht reinkäme. Und schafft mir diese verdammte Injektionsspritze aus den Augen. Er hatte genug Spritzen gesehen, daß es ihm für sein ganzes Leben reichte.

Als die Leute verschwanden, um seine Befehle auszuführen, rief der Kommandant Wachtmeister Els zurück.

»Sehr gut, Els«, sagte er mild, »nur ein einziger kleiner Fehler ist Ihnen unterlaufen.«

»Ein Fehler? Was denn für einer?«

Der Kommandant lächelte. »Es war kein Wachtmeister, der Sie am Haupttor abgelöst hat, es war ein Sergeant.«

»Ja, natürlich, so war's. Jetzt besinne ich mich. Ein Sergeant.«

13

Das Piemburger Gefängnis liegt am Rand der Stadt. Es ist alt und sieht von außen durchaus nicht reizlos aus. Ein Hauch verblichener Macht weht um seine stuckverzierten Mauern. Über dem gewaltigen Eisentor stehen die Worte »Kerker und Gefängnis Piemburg«, und das Tor selbst ist in heiterem Schwarz gestrichen. Auf jeder Seite unterbrechen die Gitterfenster des Verwaltungstrakts die Eintönigkeit der Mauern, deren Zinnen gefällig von schmiedeeisernen Kakteen bekrönt sind, die dem ganzen Gebäude einen leichten Zug ins Gartenbauliche verleihen. Der Besucher in Piemburg, der an dem großen rechteckigen Steinbau vorbeigeht, könnte sich sehr wohl vorstellen, in der Nähe eines riesigen Gemüsegartens zu sein, wären da nicht die Schreie, die oft und anhaltend über die ornamentale Eisenkonstruktion herüberdringen und die Vermutung nahelegen, daß etwas Gefräßigeres als eine *Dionae muscipula* sich über einem Opfer geschlossen hat.

Drinnen ist der Eindruck weniger irreführend. Als das Gefängnis 1897 von Sir Theophilus eröffnet wurde, gratulierte der Vizekönig in seiner Rede zur Enthüllung des Auspeitschplatzes dem Architekten dazu, »in diesem Gebäude ein Gefühl der Sicherheit zum Ausdruck gebracht zu haben, wie es in der heutigen Welt schwer zu finden ist«, eine Feststellung, die, da sie von einem Manne kam, in dem ein Gefühl der Unsicherheit so offenkundig zutage trat, für sich selbst sprach. Sir Theophilus' Begeisterung wurde von den meisten Leuten, die das Piemburger Gefängnis betraten, nicht geteilt. In ganz Südafrika wegen der Strenge seines Vorstehers, Direktor Schnapps, berüchtigt, besaß es den Ruf, ausbruchssicher zu sein und die wenigsten Rückfälle zu haben.

Wenn das Gefängnis schon ausbruchssicher war, dann war es der Hochsicherheitstrakt erst recht. Dieser Trakt war gleich neben der Hinrichtungsbaracke errichtet worden, die den passenden Spitznamen »Kopf« trug, duckte sich halb unter die Erde und war unter dem Namen »Hintern« bekannt.

Der Bischof fand an dem Namen nichts auszusetzen. »Das merke ich, daß man mir an den Hintern will«, sagte er zu dem Wärter, der ihn in seine winzige Zelle stieß. »Das muß man mir nicht erst sagen.«

»Ich könnte Ihnen noch ein paar andere Dinge erzählen«, sagte der Gefängniswärter durch das Türgitter.

»Das bezweifle ich nicht«, sagte der Bischof rasch. Sein Erlebnis mit dem Maskierten in dem Polizeiwagen hatte ihn gelehrt, keine unnötigen Fragen zu stellen.

»Ich habe diese Zelle immer für Mörder reserviert«, fuhr der Wärter fort. »Sie liegt hübsch nahe zu der Tür, nicht wahr?«

»Ich hätte gedacht, das wäre ein Nachteil bei Gefangenen, die so triftige Gründe haben zu fliehen«, sagte der Bischof, der sich mit dem Gedanken abfand, ein obligater Zuhörer sein zu müssen.

»O nein. Sie sind nicht entkommen. Von hier aus war's halt leicht, sie rüber zum ›Kopf‹ zu schaffen. Wir scheuchten sie den Gang entlang und die Treppe rauf, und weg waren sie, ehe sie's wußten.«

Der Bischof war erleichtert, als er das hörte. »Es freut mich, daß Sie eine so starke Betonung auf die Vergangenheit legen«, sagte er. »Ich schließe daraus, daß schon einige Zeit niemand mehr gehenkt worden ist.«

»Schon zwanzig Jahre nicht mehr. Das heißt, hier in Piemburg. Heute hängen sie sie alle in Pretoria. Den einzigen Spaß im Leben haben sie einem genommen.«

Der Bischof sann gerade über die Trostlosigkeit eines Lebens nach, in dem das Hängen ein Spaß war, als der Wärter fortfuhr: »Wohlgemerkt, in Ihrem Fall ist das ja anders. Sie sind ein Hazelstone und haben gewisse Vorrechte«, sagte der Wärter neidisch.

Einmal in seinem Leben war der Bischof dankbar dafür, ein Hazelstone zu sein. »Inwiefern denn?« fragte er hoffnungsvoll.

»Sie haben das Recht, in Piemburg gehenkt zu werden. Das hat irgendwas mit Ihrem Großvater zu tun. Weiß nicht, was, aber ich kuck mal, ob ich das für Sie rauskriege«, und damit ging er den Korridor hinunter, und der Bischof saß da und verfluchte sich, weil er schon wieder eine törichte Frage gestellt hatte. Als er in seiner Zelle hin und her stiefelte, hörte er draußen Fahrzeuge ankommen, und als er durch das winzige Gitterfenster nach draußen spähte, sah er, daß der Kommandant eingetroffen war.

Der Kommandant war zur Vorsicht in einem Schützenpanzer von Jacaranda House heruntergekommen und war eifrig dabei, Direktor Schnapps zu erklären, daß er sein Büro übernähme.

»Das können Sie nicht«, protestierte der Direktor.

»Das kann und werde ich«, sagte der Kommandant. »Habe Ausnahmebefugnisse. Also dann, wenn Sie so reizend wären, mir zu zeigen, wo Ihr Büro ist, lasse ich mein Feldbett reinschaffen, und wir können uns an die Arbeit machen.«

Und während der Direktor einen Beschwerdebrief nach Pretoria schrieb, richtete sich der Kommandant in Schnappsens Büro ein und ließ Wachtmeister Els kommen.

»Wo ist Luitenant Verkramp?« fragte er. »Das möchte ich wirklich mal wissen.«

Ausnahmsweise war Wachtmeister Els einmal besser informiert. »Er liegt im Krankenhaus«, sagte er. »Wurde oben am Haupttor verwundet.«

»Der Kerl hat ihn wohl getroffen, oder? Er verdient einen Orden.«

Els staunte. Was er von Luitenant Verkramps Mut mitgekriegt hatte, schien ihm keinen Orden zu verdienen.

»Wer? Verkramp?« fragte er.

»Nein, natürlich nicht. Der Kerl, der auf ihn geschossen hat.«

»Er hat keine Kugel abgekriegt«, sagte Els. »Stürzte sich in einen Graben.«

»Typisch«, sagte der Kommandant. »Na, egal, ich möchte, daß Sie hinfahren und ihn aus dem Krankenhaus holen. Sagen Sie ihm, er muß den Gefangenen verhören. Ich will ein volles Geständnis, und zwar schnell.«

Wachtmeister Els zögerte. Es lag ihm nicht viel daran, seine Bekanntschaft mit dem Luitenant zu erneuern.

»Er wird von mir keine Befehle annehmen«, sagte er. »Außerdem hat er sich vielleicht ernsthaft verletzt, als er in den Graben fiel.«

»Ich wollte, ich hätte Ihren Optimismus, Els«, sagte der Kommandant, »aber das bezweifle ich. Der Schweinehund simuliert doch bloß.«

»Warum ihn nicht dort lassen, wo er ist? Es macht mir nichts aus, aus dem Gefangenen ein Geständnis rauszuholen.«

Der Kommandant schüttelte den Kopf. Der Fall war zu wichtig, als daß man ihn sich von Els mit seinen gräßlichen Methoden verhunzen lassen durfte.

»Sehr freundlich von Ihnen, sich anzubieten«, sagte er, »aber ich denke, wir überlassen den Fall Luitenant Verkramp.«

»Das wirst du noch bedauern«, dachte Els, als er losfuhr, um Verkramp aus dem Krankenhaus zu holen.

Er traf den Luitenant an, als der gerade auf dem Bauch liegend Nahrung durch einen Strohhalm aufnahm. Verkramps Rücken, so schien es, machte es ihm unmöglich, in irgendeiner anderen Lage zu essen.

»Na?« fragte er mürrisch, als Wachtmeister Els sich bei ihm melden ließ. »Was wollen Sie?«

»Wollte bloß mal sehen, wie's Ihnen geht«, sagte Els taktvoll.

»Das sehen Sie ja, wie's mir geht«, antwortete Verkramp und betrachtete mißbilligend Elsens dreckige Stiefel. »Ich bin schwer verwundet. «

»Das merke ich«, sagte Els, dankbar, daß der Luitenant sein Gesicht nicht sehen konnte. Jetzt bereute er, in den Graben hinuntergesehen zu haben. »Hat Sie am Rücken erwischt, was?«

»Ging von hinten auf mich los«, sagte der Luitenant, der die Unterstellung nicht mochte, daß er wohl gerade versucht habe, Reißaus zu nehmen.

»Übel. Sehr übel. Na, da werden Sie ja mit Freuden

hören, daß wir den Scheißkerl haben. Der Kommandant will, daß Sie mit seinem Verhör sofort beginnen.«

Verkramp erstickte fast an seinem Strohhalm. »Was will er?« schrie er die Stiefel des Wachtmeisters an.

»Er sagt, Sie sollen sofort kommen.«

»Also, sagen kann er, was er will, aber ich rühr mich nicht vom Fleck. Außerdem«, setzte er hinzu, »würden mich die Ärzte gar nicht lassen.«

»Hätten Sie was dagegen, es ihm selber zu sagen«, fragte Els. »Er wird es mir nicht glauben.«

Schließlich wurde dem Luitenant ein Telefon ans Bett gebracht, und der Kommandant hatte ein Wörtchen mit ihm zu reden. Es war vielleicht etwas mehr als bloß ein Wörtchen, und Luitenant Verkramp war schließlich überzeugt, daß er sich zum Dienst zurückzumelden habe. Angesicht der Drohung, wegen Feigheit, wegen Fahnenflucht im Angesicht des Feindes und wegen Unfähigkeit, weil er es zugelassen habe, daß einundzwanzig Polizeibeamte unter seinem Kommando über die Klinge springen mußten, vor ein Kriegsgericht gestellt zu werden, konnte er wohl kaum viel unternehmen, um im Krankenhaus zu bleiben. Verkramp war sehr schlecht gelaunt und alles in allem nicht ganz klar im Kopf, als er im Gefängnis eintraf, um Jonathan Hazelstone zu vernehmen.

Er war wohl kaum schlechter gelaunt als Kommandant van Heerden. Nach einem kurzen Anfall von Optimismus darüber, daß der Fall nun so gut wie abgeschlossen sei, da der Gefangene im »Hintern« saß, war der Kommandant einem Zustand äußersten Pessimismus' erlegen, als er erfuhr, daß Miss Hazelstone noch immer auf freiem Fuße sei. Seit sie Jacaranda Park verlassen hatte, war sie nicht mehr gesehen worden. Den Polizei-Landrover hatte man verlassen aufgefunden, aber von Miss Hazelstone gab es keine Spur, und wenn der Kommandant auch ziemlich sicher war, daß sie nicht ins Gefängnis einbrechen werde, um ihre Bekanntschaft zu erneuern, so hatte er doch keinen Zweifel, daß das, was sie draußen vielleicht anstellte, ebenso geeignet wäre, seine Zukunft zu gefährden.

Vor allen Dingen konnte er es sich nicht leisten, sie in der Gegend rumlaufen und Hinz und Kunz erzählen zu lassen, daß sie ihn in einem rosa Gumminachthemd auf ein Bett gebunden habe und er nicht Manns genug gewesen sei, sich eine Spritze geben zu lassen. Er tröstete sich gerade mit dem Gedanken, daß Miss Hazelstones Freundeskreis ja doch ziemlich exklusiv sei, als er sich erinnerte, daß die Familie Hazelstone neben anderen Aktiva wie Goldminen auch die Piemburger Zeitung besaß, deren Chefredakteur der Polizei nie viel Achtung bewiesen hatte. Kommandant van Heerden hatte nicht die geringste Lust, als Stoff für den *Natal Chronicle* zu dienen, und der Gedanke an Schlagzeilen wie: »Das winzige Piekerchen. Kommandant in Gumminachthemd sagt nein zur Nadel« ließ sein Blut erstarren.

Er gab Anweisungen, auf allen Straßen, die aus Piemburg hinausführten, Straßensperren zu errichten und die Häuser aller Freunde Miss Hazelstones zu durchsuchen. Jedes Hotel und jede Pension in der Stadt seien zu überprüfen, und Zivilbeamte hätten sich in den Geschäften unter die Leute zu mischen. Schließlich gab der Kommandant den Befehl, Plakate anzuschlagen, auf denen für Hinweise, die zur Verhaftung von Miss Hazelstone führten, eine hohe Belohnung ausgesetzt wurde, um jedoch Vorkehrungen dagegen zu treffen, daß Miss Hazelstones Geständnisse etwa die Öffentlichkeit erreichten, nahm er all seinen Mut zusammen und verließ den Schutz des Gefängnisses, um dem Chefredakteur des *Natal Chronicle* persönlich einen Besuch zu machen.

»Ich handle unter Ausnahmerecht«, sagte er dem Mann, »und ich ordne hiermit an, nichts zu veröffentlichen, was Miss Hazelstone für Sie schreiben sollte. Im Gegenteil, sollten Sie von ihr einen Artikel bekommen, dann haben Sie ihn ungelesen an mich weiterzuleiten«, und der Chefredakteur war davongeeilt, um Miss Hazelstones Beitrag für die Frauenseite der nächsten Nummer mit dem Titel »Wie verwandelt man einen Zulu-Kral in ein Landhäuschen« zu streichen. Er las ihn durch, um zu sehen, ob er irgend etwas Subversives enthalte, aber außer der Empfehlung, für lose Kissenbezüge Lastex zu verwenden, konnte er nichts Ungewöhnliches darin entdecken. Und sowieso hatte er alle Hände voll zu tun, um herauszufinden, wie viele Opfer Beulenpest und Tollwut schon gefordert hatten, von denen die Gemeinde offenbar befallen war. Nach allem, was er hatte feststellen können, waren die einzigen, die Symptome von Tollwut zeigten, die Leute von der Piemburger Polizei.

Die ganze Nacht und den folgenden Tag ging die Suche nach Miss Hazelstone weiter. Hunderte von Kriminalbeamten durchstreiften die Stadt oder hingen unentschlossen in Geschäften rum und machten den Ladendetektiven, die nach Ladendieben Ausschau hielten, das Leben schwer. Eine Reihe älterer Damen fand sich plötzlich in Handschellen wieder, woraufhin sie schleunigst in Polizeiwagen in die Nervenklinik Fort Rapier geschafft wurden, wo mehrere von ihnen mit Nervenzusammenbrüchen als Folge ihres Erlebnisses gleich dabehalten wurden.

Auf den Straßen, die aus Piemburg herausführten, warteten stundenlang Auto- und Lastwagenschlangen, während Polizisten sorgfältig jedes Fahrzeug durchsuchten. Besonders lästige Verzögerungen gab es auf der Straße nach Durban, wo die LKWs durchstöbert werden mußten, die die Fleischabfälle vom Schlachthof zur Fleischkonservenfabrik Jojo für Hunde- und Dienstbotennahrung transportierten. Da Kommandant van Heerden seinen Männern eingeschärft hatte, jeden Quadratzentimeter jedes einzelnen Fahrzeugs zu untersuchen, ganz egal, wie unwahrscheinlich es ihnen als Versteck erscheine, und da die Jojo-LKWs 25 Tonnen Schweinehirn, Ochsenkutteln und die ungenießbaren, doch zweifellos nahrhaften Innereien jedes nur denkbaren kranken Tieres geladen hatten, das sein Teil zu dem Motto »Mit Leber und Liebe« beitrug, mit dem die Firma Jojo Hunde und schwarze Dienstboten umwarb, hatten sich die Männer am Kontrollpunkt an der Straße nach Durban erheblich herumzumühen, um absolut sicherzustellen, daß Miss Hazelstone nicht in dem ekelhaften Kuddelmuddel versteckt war, das ihnen jedesmal entgegenlachte, wenn sie einen der Lastwagen anhielten. Die Insassen der Autos, die sich dahinter stauten, wunderten sich, wenn sie sahen, daß Polizisten, die lediglich mit Badehose, Maske und Schnorchel ausgerüstet waren, auf die Jojo-LKWs stiegen und in den halbflüssigen Fleischmassen verschwanden, die so gewaltig waren, daß es selbst dem toten und von niemandem betrauerten Geier den Appetit verschlagen hätte. Wenn die Polizisten dann schließlich von ihrer langen, ergebnislosen Suche wieder auftauchten, boten sie einen Anblick, der den Bürgern von Piemburg schwerlich das beruhigende Gefühl gab, die Polizei kümmere sich um ihre Interessen, und so mancher Autofahrer, der sich mit der Aussicht konfrontiert sah, so eingehend durchsucht zu werden, beschloß, die Reise lieber aufzugeben und friedlich nach Hause zu fahren. Denen aber, die blieben, wurden von halbnackten, blutverschmierten Polypen, die in ihre Autos geklettert kamen und unter den Sitzen und in den Handschuhfächern nach der unauffindbaren Miss Hazelstone herumstöberten, die Polster derart verdreckt, daß sie nie wieder zu reinigen waren.

In der Zwischenzeit wurden die Häuser von Miss Hazelstones Freunden mit gleicher Sorgfalt durchsucht, und eine ganze Reihe von Leuten, die sich einer Bekanntschaft rühmten, der sie sich nie erfreut hatten, kam zu dem Schluß, daß Miss Hazelstones Freundschaft einige unangenehme Folgen mit sich bringe, von denen die, im Verdacht zu stehen, einen gesuchten Verbrecher zu verstecken, nicht die geringste war.

Trotz all dieser drastischen Maßnahmen blieb Miss Hazelstone auf freiem Fuß und in fröhlicher Unkenntnis davon, daß sie der Gegenstand einer bis ins kleinste geplanten Menschenjagd war.

Nachdem sie den Polizei-Landrover durch die Tore von Jacaranda Park gesteuert hatte, war sie die Chaussee zur Stadt entlanggefahren, hatte den Wagen in der Hauptstraße abgestellt und war ins Polizeirevier gegangen, um sich freiwillig zu stellen.

»Ich bin Miss Hazelstone aus Jacaranda Park und möchte, daß Sie mich festnehmen«, sagte sie zu dem alten Wachtmeister, der am Schreibtisch Dienst tat und, unter uns gesagt, einer der postoperativen Fälle war, die auf Kommandant van Heerdens Geheiß zum Dienst zurückgekehrt waren. Obwohl ihm die Gallenblase und der untere Teil seines Darmes fehlten, hatte er dennoch seinen Witz nicht eingebüßt, und er war schon lange genug bei der Polizei, um an die spinnerten Kunden gewöhnt zu sein, die regelmäßig reinkamen, um falsche Geständnisse abzulegen. Er besah sich den alten Herrn in dem lachsrosa Anzug eine Minute lang von Kopf bis Fuß, ehe er antwortete.

»Na klar«, sagte er mit Mitgefühl, »Sie sind also Miss Hazelstone, stimmt's, Sir? Und weswegen möchten Sie verhaftet werden?«

»Ich habe meinen Koch ermordet.«

»Glücklich, wer einen zum Ermorden hat«, sagte der alte Wachtmeister. »Für mich kocht meine Alte, und wenn man nach dem Zustand meiner Innereien gehen kann oder nach dem, was davon übrig ist, dann hat sie jahrelang versucht, mich umzubringen, und es ist bloß den Wundern der modernen Chirurgie zu verdanken, daß sie verdammt noch mal keinen Erfolg gehabt hat. Wissen Sie was«, fuhr er vertraulich fort, »die Chirurgen haben vier Stunden gebraucht, um das ganze verfaulte Zeug wegzuschneiden, was da in mir drin war. Erst schnitten sie mir die Gallenblase raus und dann meinen . . .«

»Ich bin nicht hier, um mit Ihnen über Ihre Gesundheit zu reden«, bellte Miss Hazelstone. »Das ist für mich absolut nicht von Interesse.«

Wachtmeister Oosthuizen fand das gar nicht lustig. »Wenn Sie's so ansehen«, sagte er, »dann wird's wohl so sein. Und jetzt verschwinden Sie.«

Miss Hazelstone hatte nicht die Absicht, sich so leicht

abfertigen zu lassen. »Ich bin hier, um wegen Mordes verhaftet zu werden«, beharrte sie.

Wachtmeister Oosthuizen sah von dem Medizinischen Ratgeber hoch, in dem er gerade gelesen hatte. »Sehen Sie mal«, sagte er, »Sie haben mir gerade erzählt, Sie sind an meinem Gesundheitszustand nicht interessiert. Na schön, da bin ich auch nicht an Ihrem Scheißgeisteszustand interessiert. Also, hauen Sie ab.«

»Soll das heißen, Sie weigern sich, mich zu verhaften?«

Wachtmeister Oosthuizen seufzte. »Ich werde Sie wegen Rumtreiberei verhaften, wenn Sie nicht schnellstens machen, daß Sie wegkommen«, sagte er.

»Gut, deswegen bin ich hier«, sagte Miss Hazelstone und setzte sich auf eine Bank an der Wand.

»Sie gehen mir ganz verflucht auf den Wecker, das kann ich Ihnen sagen. Okay, kommen Sie mit runter zu den Zellen«, sagte er, ging ihr in den Keller voran und sperrte sie ein. »Rufen Sie mich, wenn Sie wieder rauswollen«, sagte er und ging nach oben, um sich weiter über Erkrankungen des Darmtrakts zu bilden. Als er mit seinem Dienst fertig war, war er dermaßen in seine Krankheiten vertieft, daß er dem Wachtmeister, der ihn ablöste, mitzuteilen vergaß, daß sie in der Zelle sitze, und dort saß sie immer noch still und friedlich in ihrem Gummianzug, als er am nächsten Morgen wieder zum Dienst erschien.

Erst gegen Mittag besann er sich, daß der alte Knabe ja noch immer da unten in der Zelle sei, und ging hinunter, um ihn rauszulassen.

»Na, ham Se genug?« fragte er, als er die Tür aufschloß.

»Sind Sie gekommen, um mich zu verhören?« erkundigte sich Miss Hazelstone hoffnungsvoll. Sie hatte sich die ganze Zeit auf den dritten Grad gefreut.

»Ich bin nicht gekommen, um Ihnen Frühstück zu bringen, falls Sie das angenommen haben sollten.«

»Schön«, sagte Miss Hazelstone. »Dann wollen wir gleich weitermachen.«

Wachtmeister Oosthuizen sah sie verblüfft an. »Sie sind ein komischer alter Vogel«, sagte er. »Senil, wenn Sie mich fragen.«

»Und was werden Sie jetzt tun?«

»Sie rausschmeißen«, sagte der Wachtmeister. »Ich laß mir doch nicht das ganze Revier von Ihnen durcheinanderbringen.«

»Ich bin Miss Hazelstone aus Jacaranda Park und werde wegen Mordes gesucht. Es ist Ihre Pflicht, mich zu verhaften.«

»Und ich bin die Königin von England«, sagte Wachtmeister Oosthuizen. »Los, raus hier, ehe Sie mich zur Weißglut bringen.«

»Ich sage Ihnen doch, ich werde wegen Mordes gesucht«, insistierte Miss Hazelstone.

»Sie werden bestimmt nicht gesucht, auch aus anderen Gründen nicht«, sagte der Wachtmeister, griff wieder zu seinem Medizinischen Ratgeber und vertiefte sich in das Kapitel »Gynäkomastie«.

Miss Hazelstone versuchte, ihn endlich zur Vernunft zu bringen. »Was muß ich tun, damit ich verhaftet werde, wenn Sie mich nicht wegen Mordes verhaften wollen?« fragte sie.

»Versuchen Sie vielleicht zunächst mal, mit 'm Nigger zu vögeln«, schlug der Wachtmeister vor. »Normalerweise wirkt das Wunder.«

»Aber genau das habe ich ja die letzten acht Jahre getan«, sagte Miss Hazelstone.

»Sehn Se zu, daß Se Land gewinnen. Ich glaube nicht, daß Sie die Knete dazu haben«, war alles an Antwort, was sie bekam, und mit der abschließenden Bemerkung, sie sehe aus, als habe sie Gynäkomastie, was, wie Wachtmeister Oosthuizen gerade gelernt hatte, eine ungewöhnliche Entwicklung der Brüste beim Mann war, wandte er sich wieder seinem Buch zu.

»Wenn Sie mich nicht verhaften wollen, verlange ich, daß Sie mich nach Hause fahren«, sagte Miss Hazelstone.

Wachtmeister Oosthuizen wußte, wann er einzulenken hatte. »Wo wohnen Sie?« fragte er.

»Jacaranda Park, natürlich«, sagte Miss Hazelstone.

»Klar, das hätte ich wissen müssen«, sagte der Wachtmeister und brachte sie, froh, sie endlich loszuwerden, hinaus auf den Hof des Polizeireviers. »Fahren Sie den alten Herrn rauf nach Jacaranda Park«, sagte er zu dem Fahrer des Polizeiwagens, der gerade hinausfahren wollte, und so wurde Miss Hazelstone mit der Schnelligkeit und Ehrerbietung, die sie gewohnt war, ans Tor von Jacaranda Park gebracht und dort abgesetzt. Aus naheliegenden Gründen wurde der Wagen an den Polizeikontrollen nicht angehalten.

14

Als Luitenant Verkramp aus dem Krankenhaus eintraf, um mit dem Verhör des Gefangenen zu beginnen, wartete Kommandant van Heerden bereits auf ihn. Verkramp humpelte in das Direktionsbüro, um sich zum Dienst zu melden.

»Ich bin ein kranker Mann«, sagte er verdrießlich. »Die Ärzte wollten nicht, daß ich das Krankenhaus verlasse.«

»Ganz recht, Luitenant«, sagte der Kommandant aufgeräumt, »ganz recht. Aber jetzt, wo Sie schon mal hier sind, wollen wir keine Zeit verlieren. Ich brauche Ihre Hilfe.«

»Worum geht's denn diesmal?« fragte Verkramp. Immer brauchte Kommandant van Heerden seine Hilfe, aber es war das erste Mal, solange er ihn kannte, daß er das offen zugab.

»Ich habe hier die Akte der Familie Hazelstone«, sagte der Kommandant. »Sie enthält auch die Sicherheitsberichte, die Sie an BOSS geschickt haben. Ich habe sie durchgelesen, und ich muß sagen, Luitenant, Sie haben mehr Weitsicht bewiesen, als ich Ihnen zugetraut hätte.«

Luitenant Verkramp lächelte. Noch nie hatte der Kommandant so mit Schmeicheleien um sich geworfen.

»Sie schreiben hier«, fuhr der Kommandant fort und tippte auf den Bericht, »daß die Hazelstones für ihre linksradikalen und kommunistischen Neigungen bekannt sind. Ich wüßte gerne, wie Sie darauf gekommen sind.«

»Jedermann weiß, daß das Marxisten sind«, sagte Verkramp.

»Ich nicht«, sagte der Kommandant, »und ich würde gerne wissen, wieso Sie das wissen.«

»Also, zum Beispiel ist Miss Hazelstones Neffe an der Universität.«

»Macht aus ihm noch keinen Kommy.«

»Er glaubt an die Evolution.«

»Hm«, sagte der Kommandant unschlüssig. Er wußte, das war eine subversive Lehre, aber da er Els kannte, erschien sie ihm unwiderlegbar. »Was noch?« fragte er.

»Ich hab mir mal ihre Bibliothek angesehen. Sie ist voll mit kommunistischer Literatur. Da stehen *Das rote Siegel*, *Black Beauty*, die gesammelten Werke von Dostojewski, sogar Bertrand Russells verbotenes Buch *Warum ich kein Christ bin*. Ich sage Ihnen, alles gefährliche Bücher.«

Kommandant van Heerden war beeindruckt. Offenbar hatte Verkramp sich genauer mit der Angelegenheit befaßt, als er sich das vorgestellt hatte. »Das scheint mir recht überzeugend«, sagte er. »Wie steht's mit dem Bruder, Jonathan Hazelstone? Sie schreiben hier, er hätte ein Strafregister.«

»Das stimmt. Er lebt in Rhodesien und hat 'ne Zeit gesessen.«

»Er sagt, er wäre Bischof.«

»Er kann sagen, was ihm verdammich gefällt«, sagte Verkramp. »Das ändert nichts an den Tatsachen. Ich habe sie von der rhodesischen Polizei nachprüfen lassen. In der Akte finden Sie das Telegramm, das sie geschickt haben.«

Kommandant van Heerden zog das Telegramm hervor. »Ich komm damit nicht zu Rande«, sagte er. »Es ist chiffriert oder so was. Lesen Sie's doch mal«, und er reichte Verkramp das Telegramm.

Der Luitenant nahm die Hieroglyphen in Augenschein. »Das ist doch ganz klar«, sagte er schließlich. »Jonathan Hazelstone 2 Jre Bezirk Bulawayo 3 Jre Amt Barotse zu gegenwrt Synode 3 Wchn Stift Umtali. Jeder Idiot versteht das«, sagte er.

»Ich aber nicht«, schnappte der Kommandant zurück. »Sagen Sie mir, was drinsteht.«

Verkramp seufzte. Das kam davon, wenn man einen ungebildeten Kommandanten hatte.

»Es ist ganz einfach. Er hat zwei Jahre im Bezirksgefängnis von Bulawayo gesessen, weil er ein Haus angezündet hat. Drei Jahre hat er gekriegt, weil er einen Barotse-Eingeborenen umgebracht hat, der gerade ein Nickerchen machte, und drei Wochen saß er in Umtali wegen Anstiftung einer Synode.«

Kommandant van Heerden dachte einen Moment lang nach. »Was ist denn eine Synode?« fragte er.

»Sie haben doch sicher schon mal was von Syndikaten gehört, oder? Das sind Betrüger und Schwindler. Die stiften die Leute an, syndhaftes Geld für falsche Aktien und solche Sachen auszugeben.«

»Ach, so was ist das? Man sollte meinen, dafür hätten sie ihm mehr als drei Wochen aufbrummen können. Aber schließlich hat er drei Jahre für den Mord an dem Niggerjungen gekriegt, das war ja wiederum ganz schön gepfeffert«, sagte der Kommandant, der mit Erleichterung feststellte, daß er den richtigen Mann gefaßt hatte. Für ihn gab es jetzt keinen Zweifel mehr, daß er den Fall abschließen konnte. Ein Mann, der einen Barotse meuchelte, während der arme Hund schlief, würde wohl kaum zögern, wenn es darum ging, einen Zulu-Koch umzulegen.

»Na schön, alles, war wir jetzt noch brauchen, ist ein hübsches kleines Geständnis«, sagte er. »Ich erwarte von Ihnen, daß es morgen früh auf meinem Schreibtisch liegt.«

Luitenant Verkramp zuckte die Schultern. »Wenn Sie's so schnell haben wollen, bitten Sie am besten Els darum. Nach meiner Methode muß der Gefangene mindestens drei Tage lang am Schlafen gehindert werden, und bei einem so hartgesottenen Profi wie diesem Kerl wird es schon länger dauern.«

»Ich kann Els nicht fragen. Wir können es uns nicht leisten, daß ein Hazelstone ohne Zehennägel und mit Hoden so groß wie Kürbissen in den Gerichtssaal gehumpelt kommt. Denken Sie mal, was die Verteidigung daraus machen würde. Überlegen Sie sich das doch mal. Nein, das Verhör muß mit aller Umsicht über die Bühne gehen, und deshalb beauftrage ich Sie, es durchzuführen«, sagte er, indem er seine Zuflucht beim Schmeicheln suchte. »Machen Sie mit ihm, was Sie wollen, aber sehen Sie zu, daß er noch in einem Stück ist, wenn Sie fertig sind.«

Mit dieser *carte blanche* hob der Kommandant die Unterredung auf und bestellte sich sein Abendessen.

Im Hochsicherheitstrakt gab es kein Abendessen für Jonathan Hazelstone, und wenn, dann wäre fraglich gewesen, ob er viel Appetit darauf gehabt hätte. Er hatte gerade von dem alten Wärter erfahren, wie es dazu gekommen war, daß er das ungewöhnliche Vorrecht hatte, sich im »Kopf« hängen zu lassen.

»Es hat etwas mit dem zu tun, was Ihr Großvater in seiner Rede sagte, als er das Gefängnis eröffnete«, erzählte ihm der Wärter. »Er sagte, er wolle, daß man den Galgen schön in Ordnung hält, falls ihn seine Familie mal benutzen will.«

»Ich bin sicher, er meinte es gut«, sagte der Bischof bekümmert und wunderte sich über das schreckliche Erbe, das sein Großvater der Familie hinterlassen hatte.

»Ihr Vater, der selige Herr Richter, der war ja ein großer Freund vom Galgen. Wie viele Leute, die ihre Henkersmahlzeit in der Zelle bekommen haben, in der Sie jetzt sind, haben mir nicht erzählt, sie wären sicher, so frei davonzukommen wie der Wind, und Gott verdammich, wenn Ihr alter Herr nicht hinging, sich die schwarze Kappe aufsetzte und sie verurteilte.«

»Den Ruf meines Vaters habe ich immer bedauert«, sagte der Bischof.

»Darüber würde ich mir jetzt keine Gedanken machen«, sagte der Wärter. »Der Galgen würde mich viel mehr zum Schwitzen bringen, wenn ich in Ihrer Haut steckte.«

»Ich habe alles Zutrauen in die Untadeligkeit des Gerichts«, sagte der Bischof.

»Er ist schon zwanzig Jahre nicht mehr benutzt worden«, fuhr der Wärter fort, »er funktioniert nicht zuverlässig.«

»Nein?« fragte der Bischof. »Ist das nicht ungewöhnlich?«

»Die Totenuhr steckt drin. Man kann von Glück reden, wenn man lebend die Stufen raufkommt, wenn Sie mich fragen«, sagte der Wärter und schlurfte durch den Gang davon, um Luitenant Verkramp und Wachtmeister Els in den Sicherheitstrakt hineinzulassen. Das Verhör sollte jeden Augenblick beginnen.

Obwohl er noch immer die Folgen seiner Verletzungen spürte, war Luitenant Verkramp entschlossen, bei dem Gefangenen lediglich die südafrikanischen Standardmethoden anzuwenden.

»Ich schmier ihm Honig ums Maul«, sagte er zu Wachtmeister Els, »und gebe ihm das Gefühl, ich hätte Mitleid, und Sie können der Unnachsichtige sein und ihm drohen.«

»Darf ich die Elektroschock-Maschine benutzen?« fragte Els begierig.

»Er ist zu wichtig dafür«, sagte Verkramp, »und außerdem sollen Sie ihn nicht zu kräftig in die Mangel nehmen.«

»Was werden wir denn da machen?« fragte Els, der sich einfach nicht vorstellen konnte, wie man ohne ein bißchen Gewaltanwendung aus einem Unschuldigen ein Geständnis herausholen sollte.

»Halten Sie ihn wach, bis er umfällt. Das hat meines Wissens noch nie versagt.«

Luitenant Verkramp nahm hinter dem Schreibtisch Platz, befahl, den Gefangenen hereinzuführen, und setzte eine Miene auf, von der er meinte, sie ströme verständnisvolle Anteilnahme aus. Als der Bischof das Zimmer betrat, machte der Gesichtsausdruck des Luitenants auf ihn lediglich den Eindruck gequälter und bösartiger Feindseligkeit. In den folgenden Stunden erwies sich dieser erste Eindruck als womöglich noch zu optimistisch. Luitenant Verkramps Bemühungen, verständnisvolle Anteilnahme auszustrahlen, erweckten im Bischof die Überzeugung, mit einem sadistischen

Homosexuellen, der an einer Überdosis starker Halluzinogene litt, allein in einen Raum gesperrt zu sein. Nichts sonst hätte ihm weder die merkwürdigen Vorschläge, die ihm der Luitenant machte, erklären können noch die verdrehten Darstellungen seines Lebens, die er auf das Geheiß Verkramps hin bestätigen sollte. Alles, was der Bischof seiner Vorstellung nach getan hatte, wurde, durch die Augen Verkramps betrachtet, zu etwas vollkommen Entgegengesetztem.

Er sei zum Beispiel in Cambridge kein Student der Theologie gewesen. Vielmehr sei er, so erfuhr er, von einem Mann, den er einmal für einen führenden Professor des Anglo-Katholizismus gehalten hatte, der aber allem Anschein nach ein in Moskau geschulter Theoretiker war, in marxistisch-leninistischer Theorie unterwiesen worden. Und während sich die Stunden hinschleppten, wurde des Bischofs schwächliches Verhältnis zur Wirklichkeit noch schwächlicher. Alle Illusionen, die er ein Leben lang genährt hatte, entschwanden ihm und wurden durch neue Gewißheiten ersetzt, denen er auf Geheiß seines wahnsinnigen Fragestellers zuzustimmen hatte.

Als sie schließlich bei den Ereignissen des vergangenen Tages ankamen, war der Bischof, der seit sechsunddreißig Stunden nichts mehr gegessen und sechs Stunden lang mit erhobenen Händen dagestanden hatte, zuzugeben bereit, daß er die gesamte südafrikanische Polizei habe ermorden wollen; falls er das gestände, solle ihm erlaubt werden, sich für fünf Minuten hinzusetzen.

»Ich schoß sie mit einem mehrläufigen Raketenwerfer nieder, den ich vom chinesischen Konsul in Daressalam erhielt«, wiederholte er langsam, während Verkramp das Geständnis niederschrieb.

»Gut«, sagte der Luitenant endlich, »das hört sich ja recht überzeugend an.«

»Das freut mich zu hören. Wenn es Ihnen jetzt nichts ausmacht, hätte ich gern etwas Zeit, um über meine Zukunft nachzudenken«, sagte der Bischof.

»Ich glaube, das können Sie ruhigen Gewissens uns überlassen«, sagte der Luitenant. »Es gibt jetzt nur noch eine Sache, die ich klargestellt wissen möchte. Warum haben Sie den Koch Ihrer Schwester erschossen?«

»Ich entdeckte, daß er ein CIA-Agent war«, sagte der Bischof, der mittlerweile die Richtung kannte, in der Verkramps Gehirn funktionierte. Schon lange hatte er begriffen, daß es keinen Zweck hatte, sich mit dem Mann anzulegen, und da Verkramps Phantasie sich offensichtlich an Spionagekrimis orientierte, meinte der Bischof, das sei die Sorte Erklärung, die er schlucken würde.

»Ach wirklich?« sagte Verkramp und machte sich im Geiste eine Notiz, doch mal allen Piemburger Köchen auf den Zahn zu fühlen, um rauszukriegen, wie viele noch im Sold der Amerikaner stünden.

Als Verkramp endlich mit ihm fertig war, war der Bischof zu dem Schluß gekommen, seine einzige Hoffnung, der Hinrichtung auf dem Schafott zu entgehen, das ihm sein Großvater vererbt hatte, sei, sich ein Geständnis aus den Fingern zu saugen, das so absurd sein müßte, daß es vom Richter entweder abgelehnt werde oder ihm die Möglichkeit einräume, auf Schwachsinn zu plädieren. »Wenn ich schon gehängt werde, dann soll es sich wenigstens lohnen«, dachte er, als Els kam, um das Verhör fortzusetzen. Der Wachtmeister fragte sich im stillen, was für neue Verbrechen Hazelstone wohl zu der langen Liste, die er bereits gestanden hatte, noch hinzufügen könne. Wachtmeister Els war so frei, ihm einige vorzuschlagen.

»Ich habe gehört, Sie möchten, daß wir rumlaufen und Nigger heiraten«, fing Els an. Er wußte, er solle einen Kommunisten verhören, und alles, was er von Kommunisten wußte, war, daß sie wollten, daß Weiße und Schwarze heirateten.

»Ich kann mich nicht erinnern, öffentlich dafür eingetreten zu sein«, sagte der Bischof vorsichtig.

»Das würden Sie vermutlich auch nicht öffentlich tun«, sagte Els, dessen Eintreten für den Geschlechtsverkehr mit Schwarzen immer in strengster Vertraulichkeit stattgefunden hatte. »Dafür könnten Sie verhaftet werden.«

Der Bischof war verdutzt. »Wofür?« fragte er.

»Dafür, öffentlich in eine schwarze Frau einzutreten. Und wie sieht's im geheimen aus?«

»Es ist wahr, ich habe der Angelegenheit einige Aufmerksamkeit geschenkt.«

»Los, geben Sie's zu. Sie haben nicht bloß daran gedacht. Sie haben's auch getan.«

Der Bischof fand nicht viel Böses daran, das zuzugeben. »Na ja, ein- oder zweimal regte ich die Sache an. Ich brachte sie bei Treffen des Gemeindekirchenrats zur Sprache.«

»Bei Treffen, wie?« sagte Els. »'ne Art Rudelbums, was?«

»So könnte man's wohl ansehen«, sagte der Bischof, der diesen Ausdruck noch nie gehört hatte.

Els guckte ihn durchtrieben an. »Sie sehen's wohl auch anders an?«

»Ich sehe die Sache ganz normal, offen und aufrecht an, von Mann zu Mann«, sagte der Bischof, der sich fragte, was das alles mit der Ermordung von Polizisten zu tun habe.

Für Wachtmeister Els war es schwierig, sich vorzustellen, wie man das von Mann zu Mann ansehen und es gleichzeitig auch noch normal nennen konnte.

»Ich gehe nicht darum herum wie das Kätzchen um den heißen Brei.«

»Das braucht man bei Männern wohl auch nicht«, stimmte Els zu.

»Ach, auch Frauen waren anwesend«, sagte der Bischof. »Das ist eine Sache, bei der die Ansicht einer Frau oft hilft.«

»Das kann man wohl sagen.«

»Komischerweise fand ich, daß die Frauen empfänglicher für diese Gedanken sind als die Männer.«

»Das würde ich eigentlich auch meinen.«

»Natürlich ist das etwas, worauf die meisten nicht gleich beim ersten Mal voll eingehen. Ich bringe es ihnen nach und nach bei, aber sie sehen ein, daß andersherum viel dafür spricht.«

»Jungejunge«, sagte Els, »Sie müssen aber ein paar nette Treffen erlebt haben.«

»Ich hoffe, ich langweile Sie nicht«, sagte der Bischof hoffnungsfroh.

»Sex langweilt mich nie«, sagte Els.

»Haben Sie was dagegen, wenn ich mir einen Stuhl nehme?« fragte der Bischof spontan, um Elsens offenbares Interesse auszunutzen.

»Bedienen Sie sich.« Els konnte von den Geschichten des Bischofs über Rudelbumse und ähnliche Perversitäten den Kanal nicht vollkriegen.

»Also«, sagte der Bischof, als er sich gesetzt hatte, »wo war ich stehengeblieben?«

»Sie erzählten mir grade, wie es die Frauen andersrum lieben«, sagte Els.

»Ach wirklich?« sagte der Bischof. »Wie sonderbar. Das wußte ich ja gar nicht.«

Als die Nacht sich ihrem Ende zuneigte, war Wachtmeister Els vor Bewunderung für den Gefangenen schier hingerissen. Das hier war endlich ein Mann nach seinem Herzen, ein Mann, für den es keine Scham gab, keine Zerknirschung, kein Bedauern, einzig eine Hingabe an die Lust, wie sie Els noch nie begegnet war.

Die Schwierigkeit für den Bischof war nur, daß seine Vorstellungskraft für die Aufgabe kaum hinreichte, die Els ihr stellte. Angesichts einer dermaßen unersättlichen Neugier blieb der Bischof bei seinem Metier, und Els lauschte fasziniert den Berichten von Mitternachtsorgien in Meßgewändern und Chorhemden. Unter den weiteren unbezahlbaren Informationen, die Els aufschnappte, gab es drei Dinge, die besonders belastend waren. Der Bischof, so erfuhr er, trüge einen Rock, habe einen Seelenbräutigam und besitze eine Mitrailleuse.

»Was zum Teufel ist denn ein Seelenbräutigam?« fragte ihn Kommandant van Heerden am nächsten Morgen, als er das unterschriebene Geständnis des Bischofs las.

»Ein anderer Name für Gummipimmel«, sagte Els. »Er benutzt ihn bei Kniebeugen.«

»Ist das wahr?« fragte der Kommandant und las sich das erstaunliche Schriftstück ein zweites Mal durch. Wenn nur die Hälfte von dem zuträfe, was der Bischof gestanden hatte, dachte van Heerden, dann hätte man den Kerl schon vor Jahren hängen sollen.

15

Während der Prozeß gegen Jonathan Hazelstone vorbereitet wurde, plagte sich Kommandant van Heerden mit dem Problem herum, das ihm das anhaltende Verschwinden der Schwester des Gefangenen bereitete. Trotz der intensivsten Jagd auf sie ging Miss Hazelstone der Polizei einfach nicht ins Netz. Kommandant van Heerden erhöhte die ausgesetzte Belohnung, aber trotzdem lief keine weiter nennenswerte Information im Piemburger Polizeirevier ein. Der einzige Trost für den Kommandanten war, daß Miss Hazelstone seine Probleme nicht noch dadurch vergrößerte, daß sie sich etwa mit ihrem Anwalt oder einer Zeitung außerhalb seines Zuständigkeitsbereichs in Verbindung setzte.

»Sie ist ein listiges altes Teufelsweib«, sagte er zu Luitenant Verkramp und stellte mit Erschrecken fest, daß die Bewunderung, die er einst für sie empfunden hatte, wieder zurückgekehrt war.

»Ich würde mir keine Gedanken um die alte Schachtel machen, wahrscheinlich kreuzt sie einfach zur Verhandlung auf«, gab ihm Verkramp optimistisch zur Antwort. Der Sturz, bemerkte der Kommandant im stillen, hatte den Luitenant nicht um seine Fähigkeit gebracht, Dinge zu äußern, die darauf zielten, seinen Kommandeur aus der Fassung zu bringen.

»Wenn Sie so verdammt klug sind, was würden Sie denn dann vorschlagen, wo wir nach ihr suchen sollen?« knurrte der Kommandant.

»Wahrscheinlich sitzt sie in Jacaranda House und

lacht sich ins Fäustchen«, sagte Verkramp und ging, um eine Liste aller schwarzen Köche zusammenzustellen, die dafür bekannt waren, daß sie gern Chicken Maryland auf die Speisekarte setzten.

»Hämischer Scheißkerl«, murmelte der Kommandant. »Irgendwann kriegt er's von jemandem noch mal so richtig heimgezahlt.«

Es war eigentlich Wachtmeister Els' Initiative, die zur Verhaftung von Miss Hazelstone führte. Schon die ganze Zeit seit seinem Kampf mit dem Dobermann hatte Els seine Entscheidung bereut, den Kadaver einfach so auf dem Rasen von Jacaranda House liegenzulassen. »Ich hätte ihn ausstopfen lassen sollen. Er hätte in der Diele sehr nett ausgesehen«, sagte er während eines müßigen Augenblicks zum Kommandanten.

»Ich hätte gedacht, der wäre schon ausgestopft genug gewesen«, hatte der Kommandant geantwortet. »Außerdem, wer hat schon mal davon gehört, daß man einen Hund ausstopfen läßt?«

»Es gibt doch haufenweise ausgestopfte Löwen und Warzenschweine und so Sachen in der Halle von Jacaranda House. Warum sollte ich denn keinen ausgestopften Hund in meiner Diele haben?«

»Sie haben Ideen, die gehen glatt über Ihren Horizont hinaus«, sagte der Kommandant. Els war weggegangen, um den Wärter im »Hintern« über das Ausstopfen von Hunden zu befragen. Der Alte schien über solche Sachen Bescheid zu wissen.

»Du mußt ihn zu einem Präparator bringen«, sagte ihm der Wärter. »Es gibt einen am Museum, aber ich würde erst mal nach 'm Preis fragen. Ausstopfen ist 'ne kostspielige Sache.«

»Ich würde dafür schon ein bißchen was springen lassen«, sagte Els, und sie gingen zusammen zum Bischof, um ihn über den Hund auszufragen.

»Ich glaube, er hatte einen Pedigree«, erzählte ihnen der Bischof.

»Was ist denn ein Pedigree?« fragte Els.

»Ein Stammbaum«, sagte der Bischof, der sich fragte, ob der Tod des Hundes etwa auch noch der Liste der Verbrechen hinzugefügt werden sollte, die er angeblich begangen hatte.

»Eine affektierte Sorte Hunde, die einen Stammbaum haben«, sagte Els zum Wärter. »Man sollte doch denken, er pißt gegen Laternenpfähle genau wie andere Hunde.«

»Verhätschelt, wenn du mich fragst«, sagte der Wärter. »Klingt mehr nach einem Schoßhündchen als nach einem richtigen Dobermann. Kein Wunder, daß du ihn so einfach um die Ecke bringen konntest. Ist wahrscheinlich vor Schreck gestorben.«

»Das ist er verdammt noch mal nicht. Er kämpfte wie verrückt. Der wildeste Hund, der mir je begegnet ist«, sagte Els verärgert.

»Ich glaub das erst, wenn ich ihn sehe«, sagte der Wärter, und Els hatte sich auf der Stelle entschlossen, den Dobermann zu holen, um den Makel an seiner Ehre zu tilgen.

»Bitte um Erlaubnis, Jacaranda House zu besuchen«, sagte er später am selben Tage zum Kommandanten.

»Erlaubnis, was zu tun?« fragte der Kommandant ungläubig.

»Rauf nach Jacaranda House zu fahren. Ich möchte mir die Hundeleiche holen.«

»Sie müssen nicht ganz bei Trost sein, Els«, sagte der Kommandant. »Ich hatte gedacht, Sie hätten von dem verdammten Anwesen allmählich die Nase voll.«

»Ist doch gar nicht übel dort«, sagte Els, dessen Erinnerungen an den Park ganz anders waren als die des Kommandanten.

»Es ist verdammt schrecklich dort, und Sie haben da oben schon genug Schaden angerichtet«, sagte der Kommandant. »Sie halten sich da raus, haben Sie verstanden?« Und Els hatte seiner Wut Luft gemacht, indem er auf dem Gefängnishof ein paar schwarze Sträflinge kujonierte.

Am Abend beschloß Kommandant van Heerden, bei den Straßensperren um Piemburg herum Stichproben zu machen. In ihm begann sich der Verdacht zu regen, daß sich seine erzwungene Abwesenheit von der Außenwelt negativ auf die Moral seiner Leute auswirke, und da er es für unwahrscheinlich hielt, daß Miss Hazelstone um elf Uhr nachts draußen und auf Achse sei und ihn, falls sie's wäre, in dem Polizeiwagen sähe, beschloß er, seine Runde zu machen, wenn seine Männer sehr wahrscheinlich auf ihrem Posten eingeschlafen waren.

»Fahren Sie langsam«, sagte er zu Els, als er im Fond des Wagens Platz genommen hatte. »Ich möchte mich einfach ein bißchen umsehen.«

Eine Stunde lang wurden Polizisten, die an Straßenecken und Straßensperren Dienst taten, von van Heerden mit Fragen belästigt.

»Wie wollen Sie wissen, daß sie nicht als Nigger verkleidet durchgekommen ist?« fragte er einen Sergeant, der an der Straße nach Vlockfontein Dienst tat und sich über die vielen Autos beklagte, die er zu durchsuchen hatte.

»Wir haben sie alle kontrolliert, Sir«, sagte der Sergeant.

»Kontrolliert? Wie haben Sie sie denn kontrolliert?«

»Wir unterziehen sie einem Hauttest, Sir.«

»Hauttest? Nie davon gehört.«

»Wir nehmen ein Stückchen Sandpapier, Sir. Reiben damit an der Haut, und wenn das Schwarz runtergeht, sind sie weiß. Wenn nicht, sind sie's nicht.«

Kommandant van Heerden war beeindruckt. »Beweist Initiative, Sergeant«, sagte er, und sie fuhren weiter.

Als sie wenig später nach Town Hill hinauffuhren, um dort die Straßensperre zu inspizieren, bemerkte Wachtmeister Els, daß der Kommandant eingeschlafen war.

»Es ist bloß der Alte, der seine Runde macht«, sagte Els zum diensthabenden Wachtmeister und wollte schon umkehren und zum Gefängnis zurückfahren, als er bemerkte, daß sie ganz nahe bei Jacaranda Park waren. Er sah über die Schulter und betrachtete die schlafende Gestalt hinten im Wagen.

»Bitte um Erlaubnis, nach Jacaranda House raufzufahren, Sir«, sagte er leise. Auf dem Rücksitz schnarchte der Kommandant geräuschvoll. »Danke, Sir«, sagte Els mit einem Lächeln, und der Wagen fuhr an der Straßensperre vorbei den Hügel nach Jacaranda House hinauf. Beiderseits der Straße beleuchteten die Suchscheinwerfer die Warnschilder, die wie Reklametafeln für irgendwelche makabren Ferienorte wirkten: Beulenpest – irgendein schauerlicher Strand, und Tollwut – ein Wildpark. Ohne jede Ahnung von seinem Reiseziel schlief Kommandant van Heerden geräuschvoll auf seinem Rücksitz, als der Wagen durch das Tor von Jacaranda House fuhr und mit leise auf dem Kies knirschenden Reifen langsam die Auffahrt hinunterrollte.

Els parkte den Wagen vor dem Haus und verschwand geräuschlos in der Nacht, um seine Trophäe aufzusammeln. Es war dunkel, Wolken verhüllten den Mond, und der Wachtmeister hatte einige Mühe, den Kadaver des Dobermanns zu finden.

»Das ist ja ulkig«, dachte er bei sich, während er den Rasen absuchte, ich könnte schwören, ich hätte das Mistvieh hier liegengelassen«, und suchte weiter nach dem Köter.

Im Fond des Polizeiwagens schnarchte Kommandant van Heerden lauter als zuvor. Dann fiel er seitwärts über den Sitz und schlug mit dem Kopf gegen die Scheibe. Im nächsten Moment war er hellwach und starrte hinaus in die Finsternis.

»Els«, sagte er laut, »warum haben Sie angehalten, und warum sind die Scheinwerfer aus?« Vom Fahrersitz kam keine tröstende Antwort, und während Kommandant van Heerden ängstlich im Fond des Wagens saß und sich fragte, wohin Els verdammt noch mal verschwunden sei, glitt sacht eine Wolke vom Mond, und der Kommandant erblickte vor sich die Haustür von Jacaranda House. Zimmernd duckte er sich in die Polster und verfluchte seine Dummheit, das Gefängnis verlassen zu haben. Drohend ragte über ihm die Fassade des großen Hauses auf, dessen unbeleuchtete Fenster düstere Schrecken kündeten. Vor Angst stöhnend, öffnete der Kommandant die Wagentür und trat auf den Vorplatz. Eine Sekunde später saß er auf dem Fahrersitz und suchte nach dem Schlüssel. Der war weg.

»Das hätte ich wissen sollen, daß der Schweinehund

so was tut«, schnatterte der Kommandant in seiner Angst, und während er auf Elsens Rückkehr wartete, gab er sich das Versprechen, daß der Dobermann nicht der einzige sei, der ausgestopft werde. Während die Minuten weiter verrannen und Els seine Suche nach dem verschwundenen Toby fortsetzte, nahm die Angst des Kommandanten immer weiter zu.

»Ich kann doch nicht die ganze Nacht hier sitzen bleiben«, dachte er. »Ich werde mich mal nach ihm umsehen«, und damit stieg er aus und stahl sich heimlich in den Garten. Die Büsche um ihn herum nahmen seltsame und erschreckende Formen an, und der Mond, der sich nur wenige Minuten zuvor so erleuchtend gezeigt hatte, entdeckte eine geeignete Wolke, um sich dahinter zu verstecken. Der Kommandant, der nicht zu schreien wagte, stolperte im Dunkeln in ein Blumenbeet und fiel flach aufs Gesicht. »Hunderosen«, dachte er bitter und fuhr sich mit der Hand ins Gesicht, und als er sich wieder aufrappelte, sahen und hörten Kommandant van Heerdens Augen und Ohren zwei Dinge, die das Herz in seiner Brust zum Rasen brachten. Der Motor des Wagens auf dem Vorplatz wurde angelassen. Els hatte den Dobermann gefunden und fuhr ab. Als die Scheinwerfer des Autos herumschwenkten und die Front von Jacaranda House in helles Licht tauchten, stand der Kommandant wie angewurzelt in dem Blumenbeet und starrte auf etwas am Nachthimmel, das viel bedrohlicher war als das Haus selbst. Aus einem der Schornsteine der verlassenen Villa stieg langsam, aber unaufhörlich eine dünne Rauchwolke. Kommandant van Heerden war nicht allein.

Der Kommandant griff sich ans Herz, fiel rückwärts in die Rosen und verlor das Bewußtsein. Als er von der

Ohnmacht, die er später seine erste Herzattacke zu nennen beliebte, wieder zu sich kam, hörte er eine Stimme, von der er gehofft hatte, er höre sie nie wieder.

»Nächte des Weins und der Rosen, Kommandant?« erkundigte sie sich, und als der Kommandant nach oben sah, erblickte er vor den dahinziehenden Wolken Miss Hazelstones zarte Gestalt. Sie war gekleidet, wie er sie früher gekannt hatte, und trug Gott sei Dank nicht den fürchterlichen lachsrosa Anzug.

»Ich hoffe, Sie wollen nicht die ganze Nacht hier liegenbleiben«, fuhr Miss Hazelstone fort. »Kommen Sie rein, ich koche Ihnen ein bißchen Kaffee.«

»Will keinen Kaffee«, murmelte der Kommandant und befreite sich aus den Rosen.

»Sie mögen keinen wollen, aber den brauchen Sie ganz offenbar, damit Sie wieder nüchtern werden. Ich dulde es nicht, daß zu dieser nachtschlafenden Zeit betrunkene Polizisten in meinem Garten herumtorkeln und mir die Beete zertrampeln«, und Kommandant van Heerden, der sich dieser Autorität, der er nie widerstehen konnte, einfach beugte, fand sich von neuem im Salon von Jacaranda House. Der Raum lag im Dunkeln, von der Lampe an einem Filmprojektor abgesehen, der auf einem kleinen Tischchen stand.

»Ich habe mir eben nur rasch ein paar von meinen alten Filmen angesehen, bevor ich sie verbrenne«, sagte Miss Hazelstone, und der Kommandant begriff die dünne Rauchwolke, die er hatte aus dem Schornstein steigen sehen. »Im Gefängnis werde ich sie mir nicht ankucken können, und außerdem denke ich, es ist besser, Vergangenes zu vergessen. Finden Sie nicht auch, Kommandant?«

Dem mußte der Kommandant zustimmen. Das Vergangene war etwas, wofür er ein Vermögen bezahlt hätte, wenn er es hätte vergessen können. Unglücklicherweise stand es ihm nur allzu gegenwärtig vor seinem geistigen Auge. Hin- und hergerissen zwischen Angst und einem Gefühl der Achtung und Rücksicht, das durch das unregelmäßige Klopfen seines Herzens für ihn nur noch überzeugender wurde, ließ es der Kommandant mit sich geschehen, daß er in einen Sessel gesetzt wurde, von dem er, so nahm er an, sich nie wieder erheben werde, während Miss Hazelstone eine Leselampe anknipste.

»Es ist noch etwas Kaffee vom Abendbrot da«, sagte sie. »Ich werde ihn leider heiß machen müssen. Normalerweise hätte ich Ihnen ja frischen machen lassen, aber ich bin zur Zeit ziemlich knapp mit Personal.«

»Ich brauche absolut keinen Kaffee«, sagte der Kommandant und bedauerte seine Worte auf der Stelle. Er hätte eine Chance zu fliehen gehabt, wenn Miss Hazelstone in die Küche gegangen wäre. Statt dessen sah sie ihn zweifelnd an und setzte sich ihm gegenüber in den Ohrensessel.

»Ganz wie Sie wollen«, sagte sie. »Sie sehen gar nicht besonders betrunken aus. Nur etwas blaß.«

»Ich bin nicht betrunken. Es ist mein Herz«, sagte der Kommandant.

»In dem Fall ist Kaffee das allerschlechteste für Sie. Er regt an, nicht wahr? Sie sollten auf alles verzichten, was Sie anregt.«

»Das weiß ich«, sagte der Kommandant.

Es entstand eine Pause, die schließlich von Miss Hazelstone beendet wurde.

»Ich nehme an, Sie sind gekommen, um mich endlich zu verhaften«, sagte sie. Der Kommandant konnte sich nichts vorstellen, was er lieber getan hätte, aber er schien nicht die Kraft dazu zu haben. Hypnotisiert von der Atmosphäre des Hauses und der Miene sanfter Melancholie, die ihn an der alten Dame so faszinierte, saß er in seinem Sessel und lauschte seinem Herzklopfen.

»Vermutlich hat Jonathan bereits gestanden«, sagte Miss Hazelstone im Ton höflicher Konversation. Der Kommandant nickte.

»So ein Quatsch«, fuhr Miss Hazelstone fort. »Der arme Junge leidet an so ungeheuren Schuldgefühlen. Ich kann mir einfach nicht denken, warum. Ich vermute, weil er eine so unschuldige Kindheit hatte. Schuld ist so oft der Ersatz für etwas wirklich Böses. Sie müssen das doch auch aus Ihrem Beruf kennen, Kommandant.«

In seinem Beruf, da mußte ihr der Kommandant zustimmen, war das sehr oft so, aber er sah nicht die Beziehung zu dem Fall eines Mannes, der mehrere Gefängnisstrafen hinter sich hatte. Von neuem fühlte er sich nicht nur einem Gefühl der Achtung, sondern auch einer inneren Unruhe unterliegen, die Miss Hazelstones Konversation in ihm auszulösen schien.

»Ich habe an einer solchen Schwäche nie gelitten«, fuhr Miss Hazelstone geziert fort. »Ich hatte ohnehin Mühe, etwas für mich zu tun zu finden, was nicht so deprimierend gut war. Zum Teufel, auch ich habe gemerkt, wie schrecklich Güte ist. So langweilig. Aber vermutlich haben Sie nicht ebenso viele Gelegenheiten, sich von ihr angeekelt zu fühlen.«

»Da haben Sie wohl recht«, sagte der Kommandant, dessen Ekelgefühle von ganz anderen Ursachen herrührten.

»Wie Sie sicher bemerkt haben werden, habe ich alles unternommen, um etwas Frohsinn in mein Leben zu bringen«, fuhr Miss Hazelstone fort. »Wissen Sie, ich schreibe nämlich für Zeitungen.«

Das wußte Kommandant van Heerden nur zu gut.

»Eine kleine Kolumne hin und wieder über Mode und geschmackvolles Wohnen.«

»Ich habe ein paar von Ihren Artikeln gelesen«, sagte der Kommandant.

»Hoffentlich haben Sie meine Ratschläge nicht befolgt«, fuhr Miss Hazelstone fort. »Sie waren ironisch gemeint, und ich hatte viel Spaß dabei, mir die gräßlichsten Farbkombinationen auszudenken. Aber jedermann nahm meine Empfehlungen für bare Münze. Ich glaube, ich kann in aller Aufrichtigkeit sagen, daß ich mehr Häuser unbewohnbar gemacht habe als alle Termiten Südafrikas zusammen.«

Kommandant van Heerden starrte sie entgeistert an. »Warum um alles in der Welt haben Sie das denn getan?« fragte er.

»Ein Gefühl moralischer Schuldigkeit«, murmelte Miss Hazelstone. »Mein Bruder hat sein Leben der Verbreitung von Licht und Güte geweiht, ich habe nur versucht, das Gleichgewicht wiederherzustellen. Wenn die Leute es vorzogen, meinem Rat zu folgen, orangerote Gardinen neben kastanienbraune Tapeten zu hängen, sollte dann ich sie ausgerechnet daran hindern? Leute, die meinen, weil sie rosa Haut haben, seien sie schon kultiviert, wogegen schwarze Haut den Menschen zum Wilden macht, glauben einfach alles.«

»Sie wollen damit sagen, daß Sie nicht an die Apartheid glauben?« fragte der Kommandant erstaunt.

»Ehrlich, Kommandant, was für eine dämliche

Frage«, erwiderte Miss Hazelstone. »Verhalte ich mich so, als glaubte ich daran?«

Kommandant van Heerden mußte zugeben, daß das nicht der Fall war.

»Sie können nicht acht Jahre mit einem Zulu zusammen leben und immer noch an Rassentrennung glauben«, fuhr Miss Hazelstone fort. »Um die Wahrheit zu sagen: Die Filme, die ich mir eben angesehen habe, habe ich mal von Fünfpenny gemacht. Ob Sie wohl was dagegen hätten, sich einen anzusehen?«

Kommandant van Heerden zögerte. Was er von dem Koch bereits gesehen hatte, machte ihn nicht geneigt, noch mehr zu sehen.

»Ich bewundere Ihr Zartgefühl«, sagte Miss Hazelstone, »aber Sie brauchen keine Bedenken zu haben. Ich habe absolut nichts dagegen, Sie an meinen Erinnerungen teilnehmen zu lassen.« Und sie stellte den Projektor an.

Wenig später sah der Kommandant auf einer Leinwand am anderen Ende des Zimmers den Gegenstand der Leidenschaft Miss Hazelstones sich im Garten von Jacaranda House herumbewegen, so wie er einige Jahre zuvor im Sommer gewesen war. Die Bilder waren aus demselben Blickwinkel und in derselben Ecke des Gartens geschossen worden wie beinahe zehn Jahre später sein Hauptdarsteller. Auf den ersten Blick hatte der Kommandant die Illusion, es habe gar keinen Mord gegeben und er habe die Ereignisse der vergangenen Tag bloß geträumt. Es war eine Illusion, die nicht dauerte. Als Fünfpenny auf der Leinwand immer größer wurde, entschied sich der Kommandant dafür, daß er die ihm bekannte Wirklichkeit der grotesken Szene vorzöge, deren Zeuge er gerade wurde. Fünfpennys Leiche, bemerkte er, hatte etwas geradezu Gesundes ausgestrahlt. Lebend hatte der Zulu-Koch ganz ohne Zweifel was Krankhaftes.

Groß und schwer gebaut, hüpfte er wie eine grauenhafte schwarze Nymphe über die Wiese, verhielt einen Augenblick, um die Büste Sir Theophilus' zu liebkosen, und küßte sie schließlich leidenschaftlich auf ihren stummen Mund. Dann war er wieder weg, huschte im Garten herum und breitete seine abstoßenden Reize in einer Reihe von Pirouetten und Kreiselbewegungen aus, die keinen anderen Zweck hatten, als seine Unterwäsche aufs allerunvorteilhafteste zur Schau zu stellen. Er trug ein sehr kurzes grellrotes Röckchen mit lila Besätzen; wie der Kommandant wohl erriet, war es aus Gummi. Als Fünfpenny seine letzte Pirouette drehte und seine Darbietung mit einem Knicks beendete, verstand der Kommandant, warum Miss Hazelstone ihn umgebracht hatte. Wenn man nach dem Film gehen durfte, hatte der Koch das schlicht herausgefordert.

Der Film war zu Ende, und Miss Hazelstone schaltete den Projektor aus. »Na?« sagte sie.

»Jetzt begreife ich, warum Sie ihn erschossen haben«, sagte der Kommandant.

»Sie begreifen überhaupt nichts«, sagte Miss Hazelstone bissig. »Was Sie soeben gesehen haben, wirkt für Ihren plumpen Verstand vielleicht ziemlich fürchterlich. Für mich ist es schön.« Sie machte eine Pause. »So ist das Leben: Ein schwarzer Mann, der so tut, als wäre er eine weiße Frau, in Kleidern aus einem Material, das für ein heißes Klima total ungeeignet ist, tanzt Ballettschritte, die er nie zu Gesicht bekommen hat, auf einem aus England importierten Rasen, küßt das steinerne Gesicht eines Mannes, der sein Volk ausgerottet hat, und wird von einer Frau gefilmt, die weit und breit als Sachwalterin des guten Geschmacks gilt. Nichts könnte besser das Leben in Südafrika veranschaulichen.«

Kommandant van Heerden wollte gerade sagen, daß er sie nicht für sehr patriotisch halte, als Miss Hazelstone sich erhob.

»Ich hole meinen Koffer. Ich habe schon einen fertig gepackt«, sagte sie und ging auf die Tür zu, als ein dunkler Schatten durch die Glastür gesaust kam und sie zu Boden stieß.

Wachtmeister Els hatte einige Zeit gebraucht, um in der Finsternis den Kadaver des Dobermanns ausfindig zu machen, und letzten Endes hatte ihn mehr der Gestank als seine Augen zu dem Abfallhaufen hinter dem Haus geführt, auf den Miss Hazelstone den Hund geworfen hatte. Els trug den Leichnam vorsichtig zum Wagen und legte ihn in den Kofferraum. Er stieg ein, ließ den Motor an und fuhr langsam davon, dankbar, daß der Kommandant nicht aufgewacht war. Erst als er halbwegs den Hügel zur Stadt hinuntergefahren war, brachten ihn die fehlenden Schnarcher vom Rücksitz darauf, daß er sich geirrt hatte.

Fluchend wendete er den Wagen und raste zurück zum Park. Er hielt in der Auffahrt an und sah sich um. Kommandant van Heerden war nirgends zu erblicken. Els stieg aus, spazierte um das Haus herum und spähte endlich in den beleuchteten Salon, wo der Kommandant und Miss Hazelstone sich miteinander unterhielten. Im Finstern fragte Els sich vergeblich, was zum Teufel da vor sich gehe. »Der schlaue alte Teufel«, dachte er schließlich, »kein Wunder, daß er mir nicht erlauben wollte, hier raufzufahren.« Und Els meinte langsam, er begreife, warum der Kommandant da saß und sehr freundlich mit einer Frau plauderte, auf deren Kopf eine Belohnung ausgesetzt war. Jetzt war ihm klar, warum der Kommandant so versessen darauf gewesen war, Jonathan Hazelstone den Mord an Fünfpenny anzuhängen.

»Der alte Knochen macht ihr den Hof«, dachte er, und eine ihm unbekannte Hochachtung für den Kommandanten erwachte in Elsens Gemüt. Seine Liebeswerbungen gingen stets mit Gewaltandrohungen und Erpressungen einher, und es erschien ihm nur natürlich, daß der Kommandant, dessen Mangel an Charme fast seinem glich, ziemlich drastische Methoden würde anwenden müssen, um sich für eine Frau von Miss Hazelstones Reichtum und Stand überhaupt interessant zu machen.

»Erst verhaftet er ihren Bruder wegen Mordes, und dann setzt er auf den Kopf der alten Schachtel eine Belohnung aus. Auch 'ne Art, sich eine Mitgift zu verschaffen«, rief Wachtmeister Els und überlegte im selben Moment, wie er den Plan vereiteln könne. Im Nu war er über den Rasen weg im Zimmer. Als er sich auf des Kommandanten Verlobte stürzte, schrie er: »Ich fordere die Belohnung. Ich habe sie gefaßt.« Und als er vom Boden hochschaute, wunderte er sich, warum der Kommandant so erleichtert aussah.

16

Für Kommandant van Heerden war Miss Hazelstones Verwandlung von der Besitzerin von Jacaranda House zur Insassin der Nervenklinik Fort Rapier eine traurige Angelegenheit. Als er einen Blick auf die Trage warf, auf der die alte Dame lag und zum letzten Mal an den Porträts ihrer Vorfahren in der farnüberwucherten Halle vorbeischaukelte, da wurde ihm klar, daß eine Epoche ihrem Ende zuging. Nicht länger würde Jacaranda House in den Augen der Gesellschaft Zululands den obersten Platz einnehmen, ein Symbol alles dessen, was am besten an der britischen Besetzung Afrikas war, und ein Emblem aristokratischer Lebensart. Nie mehr Gartenparties, nie mehr große Bälle, nie mehr jene Dinnerparties, für die Miss Hazelstone so berühmt war, nichts von Bedeutung würde mehr in diesen Mauern geschehen. Das Haus würde leer und düster wie ein Grab dastehen, bis es die weißen Ameisen oder die Abrißleute wegräumten, um den Platz für einen neuen Vorort zu schaffen. Als Kommandant van Heerden die Lichter ausmachte und das Haus dunkel unter dem Mond dalag, erfüllte ihn das Gefühl eines großen Verlustes. Die alte Arroganz, auf die er so gebaut hatte, um seiner Unterwürfigkeit Würze zu verleihen, war fort. Er war ein freier Mensch und der Baumeister seiner Freiheit. Sie war das letzte, was er sich wünschte.

Es war ein langer Geleitzug, der sich die Auffahrt hinauf- und durch die zusammengedrehten Tore hinausbewegte, ein Leichenzug aus Motorrädern und Polizeiwagen, die den Krankenwagen begleiteten, in dem Miss Hazelstone den Schlaf der stark Sedierten schlief. Auf dem Fahrersitz des vorausfahrenden Wagens saß Wachtmeister Els, glücklich, weil er sich seine gerechte Belohnung verdient hatte, und hinter ihm im Dunkeln wunderte sich Kommandant van Heerden über das seltsame Geschick, das eine Kreatur wie Els zum Werkzeug des Sturzes des Hauses Hazelstone gemacht hatte.

Es war ja nicht so, daß Els besonders gescheit war, dachte der Kommandant, als sich die Prozession durch die unbeleuchteten Straßen Piemburgs wand, noch hatten seine Unternehmungen irgendwie was Absichtliches gehabt, das ihren Effekt erklären würde. Els war auf dem Pfade des Geschicks nur Zufall, willkürlich und unerheblich.

»Die Entropie erschuf den Menschen«, dachte der Kommandant und öffnete das Fenster. Im Wagen hatte es angefangen, ziemlich unerträglich zu riechen.

»Els«, sagte der Kommandant, »Sie brauchen dringend ein Bad.«

»Ich, Sir?« fragte Els.

»Sie, Els. Sie stinken.«

»Ich nicht, Sir. Das ist Toby.«

»Wer zum Teufel ist denn Toby?«

»Der Dobermann, Sir. Er ist schon etwas angegangen.«

»Wollen Sie damit sagen, Sie haben den Kadaver eines verfaulten Hundes hier im Wagen?« schrie der Kommandant.

»O nein, Sir«, sagte Els. »Er liegt im Kofferraum.«

Der Kommandant wollte gerade sagen, er dächte nicht daran, den Wagen mit einem faulenden Dobermann zu teilen, da fuhren sie schon durch das Tor von Fort Rapier und die Auffahrt zur Klinik hinauf.

Im Mondlicht sahen die Gebäude von Fort Rapier fast so aus wie damals, als die Garnison die Kaserne belegte. Ein paar Riegel und Schranken waren hier und dort dazugekommen, um eine Einrichtung, die dazu bestimmt war, die Leute draußen zu halten, in eine zu verwandeln, die dazu diente, sie drinnen zu behalten, aber die Atmosphäre hatte sich nicht verändert. Die Unvernunft hatte ihren Platz behauptet.

»Alte Traditionen haben ein zähes Leben«, dachte der Kommandant, als der Wagen am Rand des Exerzierplatzes anhielt. Er stieg aus und gab einer Haubitze einen Klaps, die einst ihren Dienst in Paardeberg versehen hatte, wo sein Großvater ihren Beschuß verschlief, und die jetzt wie ein eiserner Pensionär hier stand und die Verrücktheiten einer neuen Generation beaufsichtigte.

Während Miss Hazelstone in eine Station geschafft wurde, die kriminellen Irren vorbehalten war, erklärte Kommandant van Heerden ihren Fall dem Leiter, Dr. Herzog, den man aus dem Bett geholt hatte, damit er den Fall in Angriff nähme.

»Hätten Sie nicht bis morgen warten können?« fragte er mürrisch. »Ich bin erst um eins ins Bett gekommen.«

»Ich bin überhaupt noch nicht ins Bett gekommen«, sagte der Kommandant, »und das hier ist sowieso ein Notfall. Miss Hazelstone ist so was wie eine Berühmtheit, und ihre Einlieferung könnte öffentliche Kritik hervorrufen.«

»Das ist sie sicher, und das wird es sicher«, sagte der Arzt. »Sie ist zufällig die bedeutendste Wohltäterin dieser Klinik.«

»Offenbar hat sie für ihre eigene Zukunft vorgesorgt, und die wird sein, hierzubleiben, bis sie zu sterben beschließt«, sagte der Kommandant.

»Wer hat ihre Diagnose gestellt?« fragte Dr. Herzog.

»Ich«, sagte der Kommandant.

»Ich dächte nicht, daß Sie dazu qualifiziert sind.«

»Ich erkenne einen kriminellen Irren, sobald ich einen sehe. Der Polizeiarzt und ihr eigener Doktor kommen morgen früh hierher, und die Einlieferungspapiere werden rechtzeitig nachgereicht.«

»Das hört sich reichlich seltsam an«, sagte der Arzt.

»Um die Wahrheit zu sagen: Es ist seltsam«, sagte der Kommandant. »Aber wenn Sie's wirklich wissen wollen, wir haben recht unwiderlegliche Beweise, daß sie jemanden umgebracht hat. Ich möchte nicht in Einzelheiten gehen, aber ich kann Ihnen versichern, daß wir genügend Beweise haben, um sie wegen Mordes vor Gericht zu stellen. Ich denke, Sie sehen ein, daß ein Mordprozeß gegen eine so prominente Person nicht im öffentlichen Interesse liegt.«

»Großer Gott«, sagte der Arzt, »wie weit ist es mit Zululand gekommen! Erst ihr Bruder, und jetzt Miss Hazelstone.«

»Ganz recht«, sagte der Kommandant, »es wirft ein ziemlich schlechtes Licht auf unsere Zeit.«

Nachdem er sichergestellt hatte, daß Miss Hazelstone keinen Besuch erhielte und keine Verbindung mit der Presse oder zu ihren Anwälten aufnähme, empfahl sich der Kommandant. Die Morgendämmerung war angebrochen, als er den großen Exerzierplatz überquerte und ein paar graue Gestalten aus den Stationen auftauchten und traurig im frühen Sonnenlicht herumschlurften.

»Wenn man denkt, daß es so enden mußte«, dachte

der Kommandant, und seine Gedanken verweilten weniger bei Miss Hazelstone als bei der imperialen Pracht und Herrlichkeit, die einstmals rotbejackt und unbesiegbar über den Platz marschiert war. Er blieb einen Augenblick stehen und stellte sich die Regimenter vor, die an dem Salutierpodest vorbeigezogen waren, auf dem Miss Hazelstones Großvater gestanden hatte, ehe sie bei Majuba Hill und Spion Kop in den Tod gezogen waren. Dann wandte er sich ab und stieg in sein stinkendes Auto.

Als Miss Hazelstone aufwachte und feststellte, daß sie auf einem Bett in einer Krankenstation lag, hatte sie Mühe zu begreifen, wo sie war. Die Einrichtung und die Bettenreihen weckten in ihr Erinnerungen an ihre Internatszeit, aber ihre Zimmergenossinnen waren schwerlich die fröhlichen, sorglosen Mädchen ihrer Jugend. Nicht daß sie wirklich fröhlich gewesen wären, dachte sie, während sie sich wieder hinlegte und die Decke studierte, lediglich erwartungsvoll, aber das war für Fröhlichkeit gehalten worden. Nichts auch nur entfernt Fröhliches oder Erwartungsvolles hatten aber die Gestalten, die sie jetzt sah. In ferne Bezirke ihrer Einbildungskraft zurückgezogen, wanderten die Patienten teilnahmslos zwischen den Hindernissen umher, die die Wirklichkeit für sie darstellten. Miss Hazelstone sah sie sich an und war versucht, ihrem Beispiel zu folgen. Nur ihr Selbstgefühl hinderte sie daran. »Was für ein Mangel an Stil«, sagte sie sich, während sie, auf ihrer Bettkante sitzend, sich nach ihren Kleidern umsah.

In den folgenden Tagen klammerte sie sich ergrimmt an ihren Stolz und wies beharrlich die unwirklichen Welten zurück, die die anderen Patienten ihr aufzudrängen versuchten.

»Vielleicht sind Sie's«, sagte sie zu einem Patienten, der sich ihr als Napoleon vorgestellt hatte, »aber ich bezweifle es. Ich bin Miss Hazelstone aus Jacaranda House«, und selbst das Personal erfuhr, daß es unklug sei, sie einfach mit »Hazelstone« anzureden.

»Für Sie Miss Hazelstone«, zischte sie eine Schwester an, die diesen Fehler begangen hatte.

»Man muß doch das Decorum wahren«, sagte sie zu Frau Dr. von Blimenstein, der Psychiaterin, die den Auftrag hatte, sich mit der neuen Patientin zu beschäftigen, und die vergeblich versuchte, Miss Hazelstone dazu zu bringen, die sexuellen Ursachen ihrer Krankheit anzuerkennen. Frau Dr. von Blimenstein war so irrsinnig eklektisch in ihrer wissenschaftlichen Meinung, daß es schwierig war festzustellen, welcher psychologischen Schule sie am meisten zuneigte. Sie war bekannt dafür, schwarzen Patienten Elektroschock-Therapien in unbegrenzter Menge zu verordnen, aber bei weißen legte sie besonderes Gewicht auf sexuelle Schuldgefühle als Ursache ihrer Psychosen. Sie war dermaßen erfolgreich in ihren Behandlungsmethoden, daß es ihr einmal sogar gelungen war, einen Wärter aus dem Schlangenpark in Durban von seiner Angstneurose gegenüber Schlangen zu heilen. Seine Phobie, so behauptete er, war dadurch entstanden, daß er achtundvierzig Male hintereinander von so verschiedenartigen und giftigen Schlangen wie Puffottern, Kobras, Gabunvipern, Brillenschlangen und Aspisvipern gebissen worden war, woran er jedesmal fast gestorben sei. Frau Dr. von Blimenstein hatte den armen Menschen überzeugt, daß seine Ängste ihrer Ursache nach rein sexuell und durch ein Minderwertigkeitsgefühl entstanden seien, das aus seiner Überzeugung herrühre, daß sein Penis weder so lang noch so dick wie eine ausgewachsene Python sei; darauf hatte sie ihn wieder an seine Arbeit im Schlangenpark zurückgeschickt, wo er drei Wochen später, diesmal mit tödlichem Ausgang, von einer schwarzen Mamba gebissen wurde, deren Länge er zu messen versucht hatte, indem er sie an sein erigiertes Glied hielt, von dem er wußte, daß es sechs Zoll lang war. »Neun Fuß, drei Zoll«, hatte er gerade errechnet, als er den Kopf der Mamba gegen seine *glans penis* legte. Das war praktisch das letzte, was er ausrechnen konnte, denn dann schlug die Mamba mit einer Bösartigkeit, die durch die absurde Messung völlig gerechtfertigt war, ihre Giftzähne in ihren symbolischen Kontrahenten. Frau Dr. von Blimenstein hatte sich daraufhin von der Psychoanalyse abgewandt und einer mehr behavouristischen Richtung den Vorzug gegeben.

Bei Miss Hazelstone war sie zu dem Schluß gelangt, daß keine Gefahr solcher tragischer Entwicklungen bestünde, und hatte ihre Patientin dazu ermuntert, ihre Träume aufzuschreiben, damit man sie nach ihrer symbolischen Bedeutung untersuchen könne, wodurch sich alle ihre Probleme erklären würden. Der Kummer war nur, daß Miss Hazelstone nie träumte, und die zusammengereimten Träume, die sie der Ärztin unterjubelte, waren realistisch bis zum Gehtnichtmehr. Sie waren vor allem mit Penissen und Vaginas durchsetzt, die nicht durch noch so viel symbolische Deutung in irgendwas anderes übersetzt werden konnten.

»Wie wär's denn mit Schlangen oder Kirchtürmen«, erkundigte sich Miss Hazelstone, als die Doktorin erklärte, wie schwierig das sei.

»Ich habe noch nie von Leuten gehört, die von Penissen träumen«, sagte die Ärztin.

»Wahrscheinlich Wunschträume«, sagte Miss Hazelstone und setzte ihre Schilderung eines Traumes fort, in dem ein Wesen namens Els auf einer Wiese mit einem schwarzen Hund kämpfte.

»Phantastisch«, sagte Frau von Blimenstein, »absolut archetypisch«, und hatte begonnen, über den Schatten zu sprechen, der sich mit der triebhaften Libido in der Wolle liege. »Ja, genauso kam es mir damals vor«, sagte Miss Hazelstone orakelhaft. Nach mehreren Wochen mit diesen Träumen war die Ärztin langsam der Meinung, sie sei unter Verwendung dieses Materials in der Lage, eine Untersuchung mit dem Titel »Der Polizist als Archetyp in der südafrikanischen Psychologie« zu schreiben.

Für Miss Hazelstone bedeuteten diese Gespräche eine Abwechslung von der Langeweile des Lebens in Fort Rapier.

»Das Irresein ist ja so eintönig«, sagte sie zur Ärztin. »Man sollte doch meinen, Hirngespinste seien interessanter, aber man muß wirklich daraus schließen, daß der Wahnsinn nur ein kümmerlicher Ersatz für die Wirklichkeit ist.«

Wenn sie sich dann wieder umsah, schien es ihr überhaupt keinen bedeutsamen Unterschied zwischen dem Leben in der Nervenklinik und dem Leben in Südafrika als Ganzem zu geben. Schwarze Irre machten alle Arbeit, während weiße Irre faul rumlagen und sich für den lieben Gott hielten.

»Ich bin sicher, der Allmächtige hat mehr Würde«, dachte Miss Hazelstone im stillen, als sie die matten Gestalten ziellos über den Platz schlurfen sah. »Und ich bin sicher, *Er* leidet nicht an Größenwahn.«

Die Nachricht, daß seine Schwester endlich gefunden worden sei und sich jetzt in der Nervenklinik Fort Rapier befinde, kam für den Bischof von Barotseland nicht überraschend.

»Sie war nie recht bei Troste«, sagte er zum Kommandanten, der ihn persönlich besucht hatte, um ihm die Nachricht zu bringen, und er bewies aufs neue jenen Mangel an Familienloyalität, den der Kommandant als so bedauerlich bei jemandem empfand, der zu so einem illustren Geschlecht gehörte, denn Jonathan setzte hinzu: »Da ist sie am besten aufgehoben. Man hätte sie schon vor Jahren für verrückt erklären sollen.« Der Bischof verzichtete offenbar auf alle Illusionen, und ganz ohne Frage hatte er aufgehört, freundliche Gefühle für seine Schwester zu hegen, außerdem dachte er auch nicht mehr, sie sei bloß ein kleines bißchen exzentrisch.

»Ich empfinde große Bewunderung für Miss Hazelstone«, sagte der Kommandant kühl. »Sie war eine bemerkenswerte Frau, und Zululand wird mit ihrem Scheiden ärmer.«

»Sie sprechen von ihr, als wäre sie schon tot«, sagte der Bischof, der auffallend öfter über das Sterben nachdachte, seitdem er im »Hintern« gelandet war. »Ich vermute, sie ist gewissermaßen in ein besseres Leben aufgebrochen.«

»Sie kommt da nicht raus, bis sie tot ist«, sagte der Kommandant grimmig. »Nebenbei, Ihr Prozeß beginnt nächste Woche, wenn Sie also irgendwas zu Ihrer Verteidigung vorzubringen haben, sollten Sie am besten jetzt anfangen, darüber nachzudenken«, und damit war der Kommandant schon wieder weg, überzeugt, daß Jonathan Hazelstone sein Schicksal verdiene.

Als der Bischof wieder allein in seiner Zelle war, kam

er zu dem Schluß, daß es wirklich nichts gebe, was er seinem bereits abgelegten Geständnis noch hinzufügen könnte. Er hielt es so, wie es war, für eine vollkommen angemessene Verteidigung. Niemand auf der Welt konnte allen Ernstes glauben, daß er die Verbrechen, die er gestanden hatte, wirklich begangen habe, und er hatte seine Zweifel, ob irgend jemand anderer als ein Fachmann in Fragen des Ritus der Hochkirche strafbare Handlungen von kirchlichen Bräuchen auseinanderhalten könne. Kein Richter, der was taugte, könnte ihn jemals wegen Latitudinarismus verurteilen. Der Bischof legte sich auf die Matte auf dem Zellenfußboden, die ihm als Bett diente, und sah dem Urteil entgegen, das ihn, da war er ganz sicher, freisprechen werde.

»Wahrscheinlich kommt's nicht mal dazu«, dachte er heiter. »Der Richter wird die Staatsanwaltschaft einfach aus dem Gericht werfen.«

»Wie gewöhnlich erwiesen sich die Voraussagen des Bischofs von Barotseland als völlig falsch. Der Richter, der den Fall verhandeln sollte, war Gerichtsrat Schalkwyk, dessen Mutter in einem englischen Konzentrationslager gestorben war und der sowohl wegen seiner Taubheit als auch wegen seiner Abscheu gegen alles Britische bekannt war. Der Verteidiger, Mr. Leopold Jackson, war ebenfalls körperlich behindert, und zwar durch eine Gaumenspalte, die seine Plädoyers nahezu unverständlich machte, und er war ohnehin für seine Neigung bekannt, sich richterlicher Autorität zu beugen. Als Verteidiger war er von den Erben des Angeklagten gewählt worden, entfernten Vettern, die in einem ärmlichen Stadtteil von Kapstadt lebten und hofften, durch Beschleunigung des Verfahrens jeder weiteren unwillkommenen Publicity aus dem Weg zu gehen, die den Namen der Familie besudeln könnte. Mr. Jackson durfte seinen Klienten erst wenige Tage vor Prozeßbeginn sprechen, und da auch nur in Anwesenheit von Wachtmeister Els.

Das Gespräch fand im »Hintern« statt und war von Anfang an durch ein fast totales Mißverstehen gekennzeichnet.

»Sschie schagen, Schie haben ein Geschtändnisch untertscheichnet. Höchscht verhängnischvoll«, sagte Mr. Jackson.

»Es wurde unter Zwang gemacht«, sagte der Bischof.

»Stimmt nicht«, sagte Els, »es wurde hier drin gemacht.«

»Unter Tschwang«, sagte Mr. Jackson. »Dann ischt esch schon faul.«

»Das hoffe ich doch«, sagte der Bischof.

»Das kann es nicht sein«, sagte Els, »Geständnisse sind das nie.«

»Wie wurde esch denn ausch Ihnen rauschgequetscht?«

»Ich wurde gezwungen, stehen zu bleiben.«

»Das stimmt nicht«, sagte Els. »Ich habe Ihnen erlaubt, sich hinzusetzen.«

»Das stimmt«, sagte der Bischof.

»Alscho wurde esch nicht unter Tschwang gemacht«, sagte Mr. Jackson.

»Ich hab's Ihnen doch eben gesagt. Es wurde hier drin gemacht«, sagte Els.

»Es wurde zum Teil unter Zwang gemacht«, sagte der Bischof.

»Hören Sie nicht auf ihn«, sagte Els, »ich weiß, wo es gemacht wurde. Es wurde hier drin gemacht.«

»Wurde esch hier drin gemacht?« frage Mr. Jackson.

»Gewisch doch«, sagte der Bischof, der in den Rechtsjargon verfiel.

»Da haben Sie's, ich hab's Ihnen ja gesagt«, sagte Els.

»Esch scheint hier wasch durcheinandertschugehen«, sagte Mr. Jackson. »Wasch haben Schie denn geschtanden?«

»Kniebeugen mit einem Seelenbräutigam«, sagte Els schnell, um geringeren Verbrechen zuvorzukommen.

»Kniebeugen mit wasch?« frage Mr. Jackson.

»Er meint einen Seelenhirten, glaube ich«, sagte der Bischof.

»Tu ich nicht. Ich meine einen Seelenbräutigam«, sagte Els ungehalten.

»Hört schich alsch Verbrechen aber schehr schonderbar an«, sagte Mr. Jackson.

»Wem sagen Sie das«, sagte Els.

»Ich dachte, esch handelte schich hier um eine kapitale Schache«, sagte Mr. Jackson.

»Ist es ja auch«, sagte Els, »ich genieße sie irrsinnig.«

»Kniebeugen ischt nach schüdafrikanischem Recht kein Verbrechen.«

»Doch, mit einem Seelenbräutigam ja«, sagte Els.

»Es kommen noch ein paar andere Verbrechen in meinem Geständnis vor«, sagte der Bischof.

»Und tschwar?«

»Mord«, sagte der Bischof.

»Lesbische Liebe«, sagte Els.

»Leschbische Liebe? Dasch ischt unmöglich. Ein Mann kann keine Leschbierin schein. Schind Schie schicher, dasch Schie den richtigen Fall rauschgeschucht haben.«

»Absolut sicher«, sagte Els.

»Hätten Schie vielleicht wasch dagegen, meinen Klienten für schich schelbst schprechen tschu laschen?« fagte Mr. Jackson den Wachtmeister.

»Ich versuche ja bloß zu helfen«, sagte Els gekränkt.

»Alscho dann«, fuhr Mr. Jackson fort, »ischt esch wahr, dasch Schie tschugegeben haben, Leschbierin tschu schein?«

»Um die Wahrheit zu sagen, ja«, sagte der Bischof.

»Und ein Mörder?«

»Wirkt sonderbar, was?« sagte der Bischof.

»Esch hört schich phantastisch an. Wasch haben Schie denn noch tschugegeben?«

Der Bischof zögerte. Er wollte nicht, daß Mr. Jackson Einwände gegen seine Beichte erhob, bevor sie vor Gericht verlesen würde. Alles hing von der Absurdität dieses Schriftstücks ab, und Mr. Jackson sah nicht wie ein Anwalt aus, der das kapierte.

»Ich glaube, ich möchte das Verfahren lieber so weiterlaufen lassen, wie es ist«, sagte er, entschuldigte sich, weil er müde sei, und führte den Verteidiger zur Zellentür.

»Wir schehen unsch dann«, sagte Mr. Jackson aufgeräumt und verließ den Sicherheitstrakt.

Es lag freilich nicht an Mr. Jackson, daß Jonathan Hazelstones Geständnis nicht in seiner ungekürzten Fassung das Gericht erreichte. Das war vielmehr der Gewissenhaftigkeit Luitenant Verkramps zuzuschreiben, der, auf Lob erpicht, eine Kopie des Geständnisses an BOSS in Pretoria geschickt hatte. Der Chef des Bureau of State Security fand das Schriftstück eines Morgens auf seinem Schreibtisch und las das Ding mit wachsendem Zweifel durch. Nicht daß er es nicht gewöhnt gewesen wäre, übertriebene Geständnisse zu lesen. Schließlich existierte die Sicherheitsabteilung zu dem Zweck, daß sie welche produzierte, und er konnte sich rühmen, daß sie in dieser Hinsicht einen unerreichten Ruf hatte. 180 Tage Einzelhaft und tagelanges Stehen ohne Schlaf, während der Verdächtige verhört wurde, führten leicht zu ziemlich belastenden Eingeständnissen, aber was Verkramp ihm hier geschickt hatte, ließ alles Dagewesene verblassen.

»Der Mann ist nicht ganz dicht«, sagte er, nachdem er den Verbrechenskatalog durchgeackert hatte, der unter anderem Nekrophilie, Flagellation und Liturgie enthielt, aber es war nicht klar, wen er dabei im Sinn hatte. Nach einer Konferenz mit führenden Regierungsmitgliedern beschloß BOSS, im Interesse der abendländischen Zivilisation, verkörpert in der Republik Südafrika, zu intervenieren, und ordnete kraft der ihm vom Parlament verliehenen Machtbefugnisse an, neun Zehntel des Geständnisses zu streichen. Gerichtsrat Schalkwyk solle den Gefangenen wegen Mordes an einem Zulu-Koch und einundzwanzig Polizisten verhören, überführen und ohne Möglichkeit der Revision verurteilen. Keine anderen Beschuldigungen sollten vorgebracht und keine Beweise, die der Sicherheit des Staates Abbruch täten, vor Gericht vorgelegt werden. Wütend brummelnd ließ sich der alte Richter zwingen, dem südafrikanischen Recht gemäß folgsam zu sein. Jonathan Hazelstone solle gehenkt werden, da dürfe es kein Fehlurteil geben, aber schließlich reiche ein Zehntel seiner Verbrechen ja auch schon aus.

Der Prozeß fand in Piemburg und in eben dem Gerichtssaal statt, in dem der Vater des Beschuldigten sich einen so großen Namen gemacht hatte.

»Die alte Ordnung heischt Veränderung«, flüsterte Jonathan seinem Anwalt ins Ohr, als er auf der Anklagebank Platz nahm. Mr. Jackson fand das nicht komisch.

»Esch schteht Ihnen wohl nicht tschu, schich über meine Schwäche luschtig tschu machen«, sagte er. »Nach allem, wasch ich gehört habe, täten Schie auscherdem bescher tschu schagen: ›Dasch Schlimmschte kommt noch.‹«

Mr. Jackson hatte ausnahmsweise mal recht. Die Entdeckung, daß man seine Beichte gereinigt hatte, traf den Bischof in dem Prozeß wie ein Schlag. In der Pause, die der Ankündigung folgte, daß er nur wegen Mordes belangt werden solle, beriet sich Jonathan mit seinem Verteidiger.

»Ich würde Irrschinn vorschütschen. Dasch scheint Ihre eintschige Schangtsche tschu schein«, war Mr. Jacksons Rat.

»Aber ich bin völlig unschuldig. Mit dem Mord an den einundzwanzig Polizisten habe ich nichts zu tun.«

»Dasch glaube ich, aber esch ischt eine bedauernschwerte Tatsache, dasch Schie geschtanden haben, schie getötet tschu haben.«

»Dazu wurde ich gezwungen. Warum um alles in der Welt sollte ich sie umbringen wollen?«

»Keine Ahnung«, sagte Mr. Jackson. »Die Motive meiner Klienten schind mir schon immer ein Rätschel geweschen. Tatschache ischt, daß schich die Beweische gegen Schie recht übertscheugend anhören. Schie hatten die Gelegenheit, und die Waffen wurden in Ihrem Beschitsch gefunden. Auscherdem haben Schie in einem von Ihnen unterschriebenen Geschtändnisch tschugegeben, schie getötet tschu haben. Ich schlage vor, Schie ändern Ihren Einschpruch von nicht schuldig in schuldig, aber wahnschinnig.«

»Ich bin trotschdem nicht wahnschinnig«, schrie der Bischof.

»Ich bin nicht hier, um mich beleidigen tschu laschen«, sagte Mr. Jackson.

»Vertscheihung«, sagte der Bischof. »Ich meine, Verzeihung.«

»Ich werde Ihren Einschpruch ändern«, sagte Mr. Jackson abschließend. »Esch ischt ja Wahnschinn.«

»Wahrscheinlich«, sagte der Bischof.

»Esch ischt bescher, alsch gehängt tschu werden«, sagte Mr. Jackson, und sie gingen wieder in den Gerichtssaal.

Der Prozeß ging schnell voran. Als der Nachmittag sich seinem Ende zuneigte, war die Anklage vorgetragen, und Mr. Jackson hatte keinen Versuch zu einer durchdachten Verteidigung unternommen. Er verließ sich angesichts des offenbaren Wahnsinns des Angeklagten auf die Milde des Gerichts.

In seiner abschließenden Rede an die Geschworenen, die man aus den nächsten Verwandten der ermordeten Polizisten ausgewählt hatte, sprach Gerichtsrat Schalkwyk so kurz und unparteiisch, wie man es an ihm nicht gewohnt war.

»Wir haben es von der Staatsanwaltschaft gehört«, brummelte er, obwohl gar kein Zweifel bestand, daß er es wegen seiner Taubheit nicht gehört hatte, »daß der Beschuldigte diese Verbrechen begangen hat. Sie haben mit eigenen Augen das Geständnis des Angeklagten gesehen, und Sie haben den Einspruch der Verteidigung vernommen, daß ihr Klient geisteskrank sei. Nun könnte man vielleicht meinen, es spräche einiges für die Vermutung, daß ein Mann, der einundzwanzig Polizisten ermordet und dann ein Geständnis unterschreibt, in dem er das zugibt, offensichtlich nicht ganz bei Verstand ist. Es ist jedoch meine Pflicht, Sie darauf hinzuweisen, daß angesichts der überwältigenden Beweise, die gegen ihn vorliegen, sich hinter einer Geisteskrankheit zu verkriechen nicht die Handlungsweise eines geisteskranken Menschen ist. Es ist dies eine höchst vernünftige Handlungsweise und dazu eine, die eine Auffassungsgabe verrät, wie sie nur in einem intelligenten und gesunden Geist zu finden ist. Ich meine also, Sie können die Frage, ob Geisteskrankheit ja oder nein, in Ihren Überlegungen vollkommen außer acht lassen. Sie brauchen sich lediglich mit der Schuldfrage zu befassen. Meiner Meinung nach besteht nicht der Schatten eines Zweifels, daß der Beklagte die Morde beging, die ihm zur Last gelegt werden. Er besaß, wie wir von dem Spurensachverständigen gehört haben, den die Anklage präsentierte, sowohl die Gelegenheit als auch die Mittel dazu. Er wurde im Besitz der Mordwaffen angetroffen, als er sich ihrer gerade entledigen wollte. Seine Brieftasche und ein Taschentuch von ihm wurden am Schauplatz des Verbrechens gefunden, und er hat keine zufriedenstellende Erklärung abgeben können, wie sie dorthin gelangt sind. Schließlich hat er in einem von ihm unterschriebenen Geständnis zugegeben, daß er für die Morde verantwortlich ist. Ich glaube, mehr brauche ich nicht zu sagen. Sie und ich, wir wissen, daß der Angeklagte schuldig ist. Gehen Sie jetzt hinaus, und kommen Sie wieder und bestätigen Sie das.«

Die Geschworenen verließen im Gänsemarsch den

Gerichtssaal. Zwei Minuten später kamen sie zurück. Ihr Urteil war einstimmig. Jonathan Hazelstone war in einundzwanzigeinviertel Fällen des Mordes schuldig.

Als Gerichtsrat Schalkwyk das Urteil fällte, gestattete er sich, von der Vorurteilslosigkeit, die er in seiner Schlußrede bewiesen hatte, ein wenig abzurücken. Er ging auf ein früheres Urteil ein, in dem es um ein Verkehrsvergehen gegangen war. Der Verurteilte hatte es unterlassen, deutlich auf seine Absicht aufmerksam zu machen, daß er auf einer Kreuzung links abbiegen wollte, und das bedrohte, wie der Gerichtsrat ausführte, das Wesen der südafrikanischen Gemütslage in ihrem Kern, denn sie beruhte auf einer Reihe konsequenter Bewegungen nach rechts.

»Sie sind eine Bedrohung der Werte der westlichen Zivilisation«, sagte der Gerichtsrat, »und Pflicht dieses Gerichts ist es, den Kommunismus auszurotten.« Er ordnete an, den Gefangenen aus dem Gerichtssaal zu führen und am Hals aufzuhängen, bis der Tod eintrete. Er wollte den Saal gerade verlassen, als Mr. Jackson ihn um ein Wort unter vier Augen bat.

»Ich würde die Aufmerkschamkeit Euer Ehren gern auf ein Privileg lenken, dasch die Familie Haschelschtone beschitscht«, gurgelte er.

»Die Familie Hazelstone, das sage ich mit Freude, besitzt überhaupt keine Privilegien mehr«, sagte der Gerichtsrat.

»Esch handelt schich um ein lange schtehendesch Vorrecht. Esch schtammt ausch den Tagen von Schör Theophilusch.«

»Lange stehend? Was meinen Sie damit? Es ist keine Frage, daß er lange stehen wird. Er wird in Kürze hängen.«

»Ich meine dasch Privileg, im Piemburger Gefängnisch gehenkt tschu werden. Esch wurde der Familie auf Dauer erteilt«, versuchte Mr. Jackson zu erklären.

»Mr. Jackson«, schrie der Gerichtsrat, »Sie stehlen mir meine Zeit und auch dem Gericht, ganz zu schweigen von Ihrem Klienten, dem wenig genug Zeit bleibt, wie die Dinge stehen. Dauer bedeutet, etwas vor dem Vergessen bewahren. Das Urteil, das ich gerade gefällt habe, ist seiner Bedeutung nach genau das Gegenteil. Ich denke, mehr brauche ich nicht zu sagen, und ich möchte Ihnen raten, dasselbe zu tun.«

Mr. Jackson unternahm einen letzten Anlauf. »Darf mein Klient im Piemburger Gefängnisch gehenkt werden?« brüllte er.

»Natürlich darf er«, schrie der Gerichtsrat zurück. »Das muß er sogar. Das ist ein lange stehendes Vorrecht der Familie Hazelstone.«

»Vielen Dank«, sagte Mr. Jackson. Als der Gerichtssaal sich leerte, wurde Jonathan Hazelstone starr vor Entsetzen in seine Zelle zurückgeschafft.

17

Mit ungefähr demselben Entsetzen erfuhr Direktor Schnapps, daß er dazu ausersehen sei, bei der ersten Hinrichtung, die das Piemburger Gefängnis seit zwanzig Jahren erlebte, die Aufsicht zu führen. Nicht daß er etwa zimperlich oder über den Gedanken entsetzt gewesen wäre, einer Exekution beiwohnen zu müssen. Er hatte in seiner Zeit als Gefängnisdirektor schon jede Menge Hinrichtungen erlebt, meistens inoffizielle, die an schwarzen Sträflingen ausgeführt wurden, die begierig darauf waren, ein für allemal dem Regiment zu entgehen, das er ihnen verordnet hatte, aber nichtsdestoweniger erfüllten ihn Exekutionen und die Aussicht, wenigstens *eine* offizielle Hinrichtung auf seiner Habenseite zu besitzen, mit einem Gefühl der Befriedigung. Das Entsetzen rührte von ganz anderen Überlegungen her.

Da war zum Beispiel das Problem mit dem Galgen, der zwanzig Jahre lang nicht mehr benutzt worden war außer als willkommener Ort zum Aufbewahren von allem möglichen Gerümpel. Direktor Schnapps inspizierte den »Kopf« höchstpersönlich, und nach dem wenigen, was man über die Eimer und Gartenwalzen hinweg sehen konnte, die darin verstaut waren, kam er zu dem Schluß, daß das Gerüst nicht in dem Zustand sei, um jemanden daran aufzuhängen. Dasselbe war von den in Aussicht genommenen Henkern zu sagen. Der alte Wärter erbot sich, jeden, der zum Scharfrichter bestimmt würde, zu beraten, aber er weigerte sich beharrlich, persönlich bei der Exekution anwesend zu sein, mit der Begründung, das Todeshaus sei unsicher, und die Versuche des Direktors, einen von den anderen Wärtern dazu zu überreden, den Job zu übernehmen, stieß auf keine Gegenliebe. Niemand, so schien es, war scharf darauf, Jonathan Hazelstone bei seinem letzten Gang zu begleiten, wenn das bedeutete, die morschen Stufen zum »Kopf« hinaufsteigen zu müssen.

In seiner Verzweiflung rief Direktor Schnapps den Amtlichen Scharfrichter in Pretoria an, um ihn zu fragen, ob er nicht für den Tag nach Piemburg runterkommen könne, aber der Henker war viel zu beschäftigt.

»Ganz ausgeschlossen«, sagte er, »an dem Tag habe ich zweiunddreißig Fälle, und außerdem hänge ich niemals Einzelpersonen. Ich kann mich gar nicht erinnern, wann ich das letzte Mal einen einzelnen Menschen gehängt habe. Meine Leute hänge ich immer in Gruppen zu sechst gleichzeitig, und auf alle Fälle habe ich an meinen guten Ruf zu denken. Ich hänge jedes Jahr mehr Leute als jeder andere Henker in der Welt, mehr als alle anderen Henker der freien Welt zusammen, um die Wahrheit zu sagen, und wenn erst mal bekannt würde, daß ich einen einzelnen hingerichtet hätte, dann würde ich in den Augen der Leute meine ganz persönliche Note einbüßen.«

Als letzten Ausweg brachte Direktor Schnapps beim Staatsanwalt die Frage des Privilegs zur Sprache.

»Ich sehe nicht ein, warum dieser Hazelstone eine Extrawurst bekommen soll«, sagte er. »Alle anderen werden in Pretoria gehenkt. Es scheint mir nicht richtig, daß ein Kerl, der einundzwanzig Polizisten umgelegt hat, das Recht auf Privilegien haben sollte, die gewöhnlichen Feld-Wald-und-Wiesen-Mördern verweigert werden.«

»Ich fürchte, da kann ich nichts machen«, sagte der Staatsanwalt zu ihm, »Gerichtsrat Schalkwyk hat zugestanden, daß das Privileg bestehenbleibt, und ich kann seine Entscheidung nicht ändern.«

»Aber wie ist denn die Familie Hazelstone überhaupt zu dem Recht gekommen, in Piemburg gehenkt zu werden?«

Der Staatsanwalt blätterte in den Akten nach.

»Das geht auf die Rede zurück, die Sir Theophilus zur Eröffnung des Gefängnisses im Jahre 1888 hielt«, berichtete er dem Gefängnisdirektor. »Im Verlauf dieser Rede sagte Sir Theophilus, und ich zitiere: ›Die Todes- und die Prügelstrafe sind für die Ruhe und den Frieden in Zululand unabdingbar. Sie wecken in den eingeborenen Rassen das Gefühl für die angestammte Überlegenheit des weißen Mannes, und indem ich das Gefängnis für eröffnet erkläre, möchte ich zum Ausdruck bringen, daß es meine tiefste Überzeugung ist, daß die ganze Zukunft der weißen Zivilisation in diesem dunklen Erdteil von der häufigen Benutzung des Gerüsts, das zu sehen wir heute das große Vorrecht hatten, abhängt, ja, man möchte fast sagten, an ihr hängt. Es wird ein düsterer Tag für dieses Land sein, wenn die Galgenklappe sich zum letzten Mal öffnet, und ich hoffe zu Gott, daß das ein Tag sein möge, den kein Mitglied meiner Familie erleben wird.‹ Zitat Ende.«

»Alles sehr löblich«, sagte der Direktor, »aber ich sehe immer noch nicht, daß das notwendigerweise bedeutet, wir hätten den Galgen zum ausschließlichen Gebrauch der Familie Hazelstone zu unterhalten.«

Der Staatsanwalt griff zu einem anderen Dokument.

»Hier haben wir nun die Erklärung, die der selige Richter Hazelstone damals abgab, als alle Hinrichtungen nach Pretoria verlegt wurden. Der Richter wurde gefragt, was sein Vater seiner Ansicht nach in der Rede habe sagen wollen. Seine Antwort war, ich zitiere: ›Das ist doch absolut klar. Der Galgen und die Familie Hazelstone stehen und fallen gemeinsam. Mein Vater glaubte – und glaubte mit Recht –, daß unsere Familie für Zululand ein Beispiel setzen solle. Ich kann mir kein schöneres Beispiel denken, als daß wir unseren Privatgalgen im Piemburger Gefängnis haben.‹ Zitat Ende. Absolut überzeugend, finden Sie nicht auch?«

Direktor Schnapps mußte zugeben, daß es das war, und fuhr wieder ins Gefängnis zurück, immer noch mit dem Problem beschäftigt, einen Henker zu finden.

Schließlich war es kein anderer als Wachtmeister Els, der offizieller Henker wurde. Der Wachtmeister überlegte immer noch voller Freude, wofür er die Belohnung ausgeben solle, die er durch die Verhaftung von Miss Hazelstone eingenommen hatte, und sah mit Spannung der Feier in der Polizeisporthalle entgegen, bei der ihm vom Polizeikommissar der Scheck überreicht werden sollte. Er hatte beschlossen, der Preis, den der Präparator am Piemburger Museum für das Ausstopfen von Toby gefordert hatte, sei die Sache wert.

»Ich laß den Dobermann ausstopfen«, hatte er Kommandant van Heerden eines Tages eröffnet.

»Dann, denke ich, werden Sie nichts dagegen haben, sich ein kleines Taschengeld zu verdienen«, sagte der Kommandant.

»Wie denn?« fragte Els argwöhnisch.

»Nichts Anstrengendes«, sagte der Kommandant. »Es erfordert von Ihnen absolut keine Mühe. Wenn ich darüber nachdenke, wundere ich mich eigentlich, daß

Sie sich noch nie daran versucht haben. Ich kann mir keinen besseren Mann für die Aufgabe denken.«

»Hm«, sagte Els, dem die Locktöne des Kommandanten gar nicht gefielen.

»Ich möchte sagen, Sie haben wahrscheinlich eine natürliche Begabung dafür.«

Els überlegte, welche dreckigen Aufgaben rund ums Polizeirevier erledigt werden mußten. »Um was geht's?« fragte er schroff.

»Das ist eine Aufgabe, die Ihnen wirklich liegen müßte«, sagte der Kommandant, »und Sie täten's ausnahmsweise mal legal.«

Els versuchte sich vorzustellen, was ihm wirklich läge und was nicht legal wäre. Mit schwarzen Frauen zu bumsen erschien ihm als die plausibelste Lösung.

»Selbstverständlich würden Sie die übliche Gage dafür kriegen«, fuhr der Kommandant fort.

»Die übliche Gage?«

»Fünfundzwanzig Rand beträgt sie, glaube ich«, sagte der Kommandant, »sie kann aber auch gestiegen sein.«

»Hm«, sagte Els, der langsam meinte, seinen Ohren nicht mehr trauen zu dürfen.

»Nicht schlecht für ein bißchen Spaß«, sagte der Kommandant, der wußte, daß Wachtmeister Els mindestens fünfzehn Menschen in Ausübung seiner Pflicht und einundzwanzig aus purem Vergnügen erschossen hatte. »Natürlich brauchte die Methode etwas Übung.«

Wachtmeister Els kramte in seiner Erinnerung, um auf irgendeine Methode zu stoßen, die er noch nicht angewandt hatte. Soweit er wußte, hatte er schon jede Stellung aus dem Buch versucht und noch ein paar dazu.

»Welche Methode hatten Sie denn im Sinn?« erkundigte er sich.

Dem Kommandanten ging Elsens Geziere langsam auf den Wecker. »Die mit einem Strick um den Hals und einem Sturz aus drei Metern Höhe«, schnauzte er. »Das sollte fürs erste genügen.«

Els war perplex. Wenn's so schon losginge, mochte er gar nicht dran denken, wie's enden sollte.

»Wär das nicht ein bißchen gefährlich?« fragte er.

»Natürlich nicht. Bombensicher.«

Wachtmeister Els konnte sich keine Bombe vorstellen, die so sicher war.

»Natürlich, wenn Sie Schiß haben«, begann der Kommandant.

»Ich hab keinen Schiß«, sagte Els. »Wenn Sie wirklich wollen, daß ich's mache, dann mach ich's, aber ich übernehme keine Verantwortung dafür, was dem armen Mädel dabei passiert. Ich meine, man kann doch keine Frau mit einem Strick um den Hals drei Meter tief fallen lassen, ohne sie irgendwie zu verletzen, nicht mal 'n Niggerweib. Und was das Bumsen . . .«

»Wovon zum Teufel reden Sie eigentlich, Els?« wollte der Kommandant wissen. »Wer hat denn was von Frauen gesagt? Ich rede davon, daß Jonathan Hazelstone gehenkt wird. Ich biete Ihnen den Job als Henker an, und Sie quatschen die ganze Zeit wie ein Besessener von Frauen. Fühlen Sie sich in Ordnung?«

»Ja, Sir. Jetzt ja«, sagte Els.

»Na schön, also machen Sie's, oder machen Sie's nicht?«

»Ja, klar. Ich werde ihn prima hängen. Das macht mir nichts aus«, und Els war losgezogen, um am Galgen im Piemburger Gefängnis zu üben.

»Ich bin Scharfrichter Els«, stellte er sich würdevoll dem Wärter am Tor vor. »Ich bin der offizielle Henker.«

Als Kommandant van Heerden wieder allein in seinem Büro war, lauschte er dem Klopfen seines Herzens. Seit jener Nacht allein im Garten von Jacaranda House war ihm bewußt, daß irgend etwas damit ernstlich nicht stimmte.

»Das ist das ganze Rumgerenne und Aus-den-Fenstern-Gespringe«, sagte er sich. »Ist natürlich nicht gut für einen Mann meines Alters. « Er war mehrere Male bei seinem Arzt gewesen, nur um gesagt zu bekommen, daß er mehr Bewegung brauche.

»Sie müssen verrückt sein«, hatte der Kommandant zu ihm gesagt. »Ich renne überall im ganzen Ort rum.«

»Sie wiegen zuviel. Das ist das einzige, was Ihnen fehlt«, sagte der Arzt.

»Ich bin zweimal zusammengeklappt«, beharrte der Kommandant, »einmal in Jacaranda House und das zweite Mal im Gericht.«

»Wahrscheinlich das schlechte Gewissen«, sagte der Doktor heiter, und der Kommandant war in mieser Stimmung weggegangen, um sie an Luitenant Verkramp auszulassen.

Kommandant van Heerden ereilte sein dritter Anfall während der Feier in der Sporthalle, bei der der Polizeikommissar Wachtmeister Els die Belohnung überreichte. Der Kommandant hatte es bereut, Els die Belohnung zugesprochen zu haben, als er hörte, sie würde ihm vom Kommissar persönlich vor einem Publikum, bestehend aus fünfhundertneunundsiebzig Polizisten mit ihren Familien, überreicht werden. Die Aussicht, Els könne aufstehen und eine Dankesrede halten, war nicht dazu angetan, in Kommandant van Heerden irgendwie Begeisterung zu wecken.

»Hören Sie zu, Els«, sagte er, bevor er auf das Podium kletterte, auf dem der Kommissar schon wartete, »Sie brauchen nicht mehr zu sagen als ›Vielen herzlichen Dank‹. Ich möchte keine lange Rede hören.«

Wachtmeister Els nickte. Er war gar nicht dazu aufgelegt, Reden zu halten, weder kurze noch lange. Die beiden Männer betraten die Halle.

Schließlich jedoch verlief der Abend schlimmer, als es selbst der Kommandant vorausgesehen hatte. Der Polizeikommissar hatte soeben von der neuen Würde gehört, die man Wachtmeister Els übertragen hatte, und hatte beschlossen, seine Rede damit zu beenden, daß er die Neuigkeit den versammelten Männern eröffnete.

»Und so bitte ich nun Wachtmeister Els nach oben zu kommen und seine Belohnung entgegenzunehmen«, sagte er endlich, »oder sollte ich sagen: Scharfrichter Els?«

Unbändiges Lachen und Beifall begrüßten diese Äußerung. »Das stimmt, nennen Sie ihn ruhig Scharfrichter Els«, schrie jemand, und eine andere Stimme rief: »Kaffern-Killer Els.«

Der Kommissar bat mit erhobener Hand um Ruhe, als Els aufs Podium geklettert kam.

»Wir alle wissen, welchen entscheidenden Beitrag Wachtmeister Els zur Lösung des Rassenproblems in Südafrika geleistet hat«, fuhr er unter allgemeinem Gelächter fort. »Ich glaube, ich kann ehrlich sagen, daß es wohl nur wenige Männer in der südafrikanischen Polizei gibt, die der Schaffung eines rassereinen und wirklich weißen Südafrika mehr Hindernisse aus dem Weg geräumt haben als Wachtmeister Els. Aber ich meine jetzt nicht seine vortreffliche Zielsicherheit noch die Opfer, die er in Verfolgung unseres gemeinsamen

Traums, eines Südafrika, in dem es keine Schwarzen gibt, zu bringen für richtig hielt. Ich spreche jetzt von seiner neuen Verpflichtung. Wachtmeister Els wurde dazu ausersehen, das Amt zu übernehmen, den Mann zu hängen, dem wir die leeren Reihen heute abend zu verdanken haben.« Er machte eine Pause und wandte sich Wachtmeister Els zu. »Ich habe die große Freude, Ihnen als Belohnung für die Verhaftung einer gefährlichen Verbrecherin diesen Scheck zu überreichen«, sagte er und schüttelte Els die Hand. »Henker Els, Sie haben Ihren Mitpolizisten Ehre gemacht.«

Lautes Hurrageschrei begrüßte die Nachricht von Elsens Ernennung. Els nahm den Scheck und machte kehrt, um wieder auf seinen Platz zurückzugehen.

»Na, Gott sei Dank«, entfuhr es dem Kommandanten, aber im nächsten Augenblick ertönten von allen Seiten die Rufe »Eine Rede! Eine Rede! Du mußt eine Rede halten!« und »Erzähl uns, wie du den Scheißkerl kaltmachst!«, und Els, der verlegen am Rand des Podiums rumstand, war endlich so weit, daß er was sagte.

»Also«, sagte er zögernd, als das Geschrei verstummt war, »ich nehme an, ihr wollt alle wissen, was ich mit dem Geld mache.«

Er hielt inne, und der Kommandant schloß die Augen. »Also, vor allem werde ich mich erst mal an meinen Dobermann ranmachen.«

Das Publikum brüllte vor Begeisterung, und der Kommandant machte einen Moment die Augen auf, um zu sehen, wie der Polizeikommissar die Sache aufgenommen hatte. Der Kommissar lachte kein bißchen.

»Das ist ein Hund, Sir«, flüsterte ihm der Kommandant eilig zu.

»Ich weiß, daß das ein Hund ist. Ich weiß, was ein Dobermann ist«, sagte der Polizeikommissar eisig, und ehe der Kommandant ihm die wahre Natur von Elsens Plänen erklären konnte, hatte der Wachtmeister weitergeredet.

»Das ist 'n dicker schwarzer Kerl«, sagte Els, »und nun ist er schon ein paar Wochen tot, es wird also nicht das reine Vergnügen werden.«

Das Publikum war entzückt. Schreien und Stiefelgetrampel begrüßten Elsens Mitteilungen.

»Ist es bei Ihren Männern etwa gebräuchlich, sich an Hunde ranzumachen?« fragte der Kommissar den Kommandanten.

»Er benutzt den Ausdruck nicht in seiner üblichen Bedeutung, Sir«, sagte der Kommandant verzweifelt.

»Das ist mir vollkommen klar«, sagte der Kommissar. »Ich weiß genau, was er meint.«

»Ich glaube nicht, Sir«, begann der Kommandant, aber Els hatte wieder zu sprechen angefangen, und der Kommandant mußte still sein.

»Er ist irgendwie steif«, sagte Els »und deswegen ist es schwierig, in ihn reinzukommen.«

»Sie müssen ihn zum Schweigen bringen«, schrie der Kommissar Kommandant van Heerden an, während die Halle sich vor hysterischem Gelächter bog.

»Verstehen Sie doch, Sir«, schrie der Kommandant zurück. »Er tötete den Hund und . . .«

»Das überrascht mich überhaupt nicht. Ein Jammer, daß er sich nicht selber dabei umgebracht hat.«

In der Halle um sie herum tobte ein Höllenspektakel. Wachtmeister Els begriff nicht, über was von dem, was er gesagt hatte, die Leute so lachten.

»Lacht doch ruhig«, brüllte er über den Lärm weg, »lacht doch ruhig, verflucht noch mal, aber ich wette, ihr habt keinen Hund mit einem Stammbaum. Mein Hund hatte einen ganz besonderen Baum ...« Der Rest des Satzes ging in Gelächter unter.

»Ich bleibe doch hier nicht sitzen und höre mir noch mehr von diesem Dreck an«, schrie der Kommissar.

»Warten Sie doch mal einen Moment, Sir«, brüllte der Kommandant zurück, »ich kann Ihnen erklären, was er sagen wollte. Er will den Hund zu einem Präparator bringen.«

Aber der Kommissar war bereits von seinem Platz aufgestanden und hatte das Podium verlassen.

»Verdammt widerlich«, sagte er zu seinem Adjutanten, als er in seinen Wagen stieg. »Der Kerl ist ja ein Sexualungeheuer.«

In der Halle hatte Els die Bühne verlassen und erklärte gerade einem Zivilbeamten in der ersten Reihe, daß er sich gleich an ihn ranmache, wenn er nicht aufhöre zu lachen. Auf dem Podium hatte Kommandant van Heerden seinen dritten Herzanfall erlitten.

Im Gefängnis von Piemburg teilte Jonathan Hazelstone nicht die Überzeugung seiner Schwester von der Erhabenheit Gottes. Nach einem ganzen Leben im Dienste des Herrn und einem Monat im »Hintern« fühlte er sich außerstande, noch länger daran zu glauben, daß was auch immer sich ihm in der Tiefe des Swimmingpools offenbart hatte, auch nur andeutungsweise barmherzig sei. Und was dessen Vernunft betraf, so ließ ihn seine Auffassung von der Welt und ihren Methoden vermuten, daß ihr Schöpfer nicht ganz bei Verstand gewesen sein müsse.

»Ich glaube, die Ruhepause am siebenten Tag hat er wirklich nötig gehabt«, sagte er zu dem alten Wärter, der darauf bestand, ihm Trost zu bringen, »und was seine Güte angeht, so sprechen, glaube ich, die Fakten für sich. Was immer für die Schöpfung verantwortlich war, es kann unmöglich etwas Gutes im Schilde geführt haben. Ganz das Gegenteil, wenn Sie mich fragen.«

Der alte Wärter war entsetzt. »Sie sind der erste, der in dieser Zelle sitzt«, sagte er, »und sich nicht eines Besseren besinnt und zu Gott bekehrt, bevor er gehenkt wird.«

»Das hat vielleicht etwas damit zu tun, daß ich unschuldig bin«, sagte der Bischof.

»Ach, daher weht der Wind«, sagte der alte Wärter und gähnte. »Das sagen sie alle«, und schlurfte davon, um Wachtmeister Els, der drüben im »Kopf« übte, Ratschläge zu erteilen. Wieder allein in seiner Zelle, legte sich der Bischof auf den Boden und lauschte den Geräuschen, die vom Galgen herübertönten. Nach allem, was er hörte, würde er wahrscheinlich weniger an einem gebrochenen Genick als an irgendeiner gräßlichen Form von Leistenbruch sterben.

Scharfrichter Els fand seinen neuen Job überhaupt nicht leicht. Vor allem hatte er all die Arbeiten, die damit zusammenhingen, gründlich satt. Er hatte aus dem Galgenschuppen das ganze Gelumpe rausräumen müssen, das sich dort die letzten zwanzig Jahre über angehäuft hatte. Mit Unterstützung eines halben Dutzends schwarzer Sträflinge hatte er mehrere Tonnen alte Möbel, Gartenwalzen, nicht mehr zu verwendende Neunschwänzige und verrottete Toiletteneimer abtransportiert, bevor er damit beginnen konnte, den Galgen für seine Aufgabe herzurichten. Und als der Schuppen leer war, wußte er nicht, wie nun weiter.

»Am Hebel ziehen«, sagte der alte Wärter, als Els ihn fragte, wie das Ding funktionierte, und der neue Henker war wieder in den Schuppen gegangen und hatte am Hebel gezogen. Nachdem er, als sich die Falltür unter ihm öffnete, sechs Meter tief auf den Schuppenboden gedonnert war, wurde Els der Mechanismus langsam klar. Er probierte das Gerät an mehreren ahnungslosen schwarzen Gefangenen aus, die gerade an der Stelle standen, und sie schienen zufriedenstellend schnell zu verschwinden. Enttäuscht war er nur, daß ihm nicht erlaubt wurde, den Galgen mal richtig auszuprobieren.

»Das kannst du nicht machen«, sagte der alte Wärter zu ihm, »das ist nicht legal. Das Beste, was ich dir vorschlagen könnte, wäre ein Sack voll Sand.«

»Kleinliches altes Luder«, dachte Els und schickte die Sträflinge ein paar Säcke mit Sand füllen. Sie eigneten sich recht zufriedenstellend als Doubles und jammerten nicht, wenn ihnen die Schlinge um den Hals gelegt wurde, was mehr war, als von den schwarzen Sträflingen gesagt werden konnte. Der Kummer war bloß, daß jedesmal, wenn einer gehängt wurde, der Boden unten rausfiel. Els marschierte wieder rüber in den »Hintern«, um den alten Wärter um Rat zu fragen.

»Der ist nicht mehr hier«, sagte ihm der Bischof.

»Wo ist er denn hin?« fragte Els.

»Er hat sich krank gemeldet«, sagte der Bischof. »Er hat Magenbeschwerden.«

»Den Säcken drüben geht's genauso«, sagte Els und ließ den Bischof allein, der sich fragte, was schlimmer sei, gehängt oder ausgeweidet zu werden.

»Ich vermute, es macht wohl keinen großen Unterschied«, dachte er schließlich. »Ich kann sowieso nichts daran ändern.«

Kommandant van Heerden teilte des Bischofs Fatalismus nicht. Seine dritte Herzattacke hatte ihn davon überzeugt, daß auch er zum Tode verurteilt sei, aber er war zu dem Schluß gekommen, daß er etwas daran ändern könne. Zu dieser Überzeugung hatte auch Wachtmeister Oosthuizen beigetragen, dessen Erfahrungen in höherer Chirurgie ihn zu einem konkurrenzlosen Quell medizinischer Informationen werden ließen.

»Das allerwichtigste ist, einen gesunden Spender zu finden«, erzählte ihm der Wachtmeister, »danach ist es das reinste Zuckerschlecken, verglichen mit meiner Operation.« Kommandant van Heerden war davongeeilt, um nicht einer Schilderung der Operation lauschen zu müssen, in der der Löwenanteil des Verdauungstrakts von Wachtmeister Oosthuizen eine so denkwürdige Rolle spielte.

Er saß in seinem Büro und hörte zu, während Luitenant Verkramp sehr laut den Fall seines Onkels erzählte, der an Herzbeschwerden gestorben war. Dem Kommandanten war erst neulich aufgefallen, daß ein ungewöhnlich großer Teil der Familie Verkramp einem Gebrechen zum Opfer gefallen war, das offensichtlich vererbt wurde, und die Art ihres Hinscheidens war durchweg so grauenhaft gewesen, daß er nur hoffen konnte, Verkramp werde denselben Weg gehen. Die Besorgnis des Luitenants ging ihm auf die Nerven, und die ewigen Nachfragen, wie es ihm gehe, hatte er gleichermaßen satt. »Mir geht's gut, verdammt noch mal«, sagte er zum hundersten Male zu Verkramp.

»Jaja«, sagte der Luitenant niedergeschlagen, »so sieht das oft aus. Auch mein Onkel Piet sagte, er fühle sich prächtig, an dem Tag, als er starb, aber es passierte dann doch ganz plötzlich.«

»Aber es ging wohl nicht sehr schnell«, sagte der Kommandant.

»O nein. Sehr langsam und qualvoll.«

»Das dachte ich mir«, sagte der Kommandant.

»Einfach entsetzlich«, sagte Verkramp. »Er . . .«

»Ich will nichts mehr hören«, schrie der Kommandant.

»Und ich dachte, Sie wollten das wissen«, sagte Verkramp und ging hinaus, um Wachtmeister Oosthuizen mitzuteilen, daß Gereiztheit ein untrügliches Zeichen für eine unheilbare Herzkrankheit sei.

Inzwischen hatte der Kommandant versucht, sich damit abzulenken, daß er sich eine angemessen scharfe Erwiderung für den Polizeikommissar ausdachte, der ihm geschrieben und ihn angewiesen hatte, dafür zu sorgen, daß die Leute unter seinem Kommando reichlich Bewegung im Freien bekämen. Er hatte sogar angedeutet, daß es vielleicht nicht verkehrt wäre, für die Polizeikaserne in Piemburg ein Bordell aufzuziehen. Wie der Kommandant feststellen konnte, ging dem Kommissar Wachtmeister Els' Bekenntnis noch immer sehr im Kopf rum.

»Wie schreiben Sie Präparator?« fragte er Wachtmeister Oosthuizen.

»Ach, ich würde zu keinem gehen«, erwiderte der Wachtmeister, »Sie brauchen einen richtigen Chirurgen.«

»Ich hatte auch nicht vor, zu einem Präparator zu gehen«, schrie der Kommandant. »Ich will bloß wissen, wie das Wort geschrieben wird.«

»Das wichtigste ist erst mal, einen geeigneten Spender zu finden«, fuhr der Wachtmeister fort, und der Kommandant hatte den Versuch aufgegeben, den Brief noch fertigzukriegen. »Warum reden Sie denn nicht mal mit Els? Er sollte Ihnen doch einen verschaffen können.«

»Ich will aber keinen Nigger«, sagte der Kommandant entschlossen, »lieber würde ich sterben.«

»Das sagte mein Vetter auch genau an dem Tag, als er abnippelte«, fing Verkramp an.

»Schnauze«, bellte der Kommandant, ging in sein Büro und machte die Tür hinter sich zu. Er setzte sich an seinen Schreibtisch und überlegte, wie Wachtmeister Els ihm einen Spender verschaffen könne. Eine halbe Stunde später griff er zum Telefon.

Nicht ohne einiges Erstaunen nahm Jonathan Hazelstone zur Kenntnis, daß Kommandant van Heerden die Bitte geäußert habe, ihn zu sehen.

»Kommt doch bloß, um sich an meinem Anblick zu weiden«, sagte er, als Direktor Schnapps ihm die Mitteilung des Kommandanten überbrachte. Noch erstaunter war er über die Art, wie diese Bitte formuliert war. Kommandant van Heerden bat nicht geradezu um eine Audienz, aber seine Zeilen sprachen von »einem Zusammentreffen, vielleicht in der Abgeschiedenheit der Gefängniskapelle, um eine Angelegenheit in unser beider Interesse zu erörtern«. Jonathan zermarterte sich das Gehirn nach einer Angelegenheit in ihrer beider Interesse, aber abgesehen von seiner bevorstehenden Hinrichtung, an der Kommandant van Heerden ein beträchtliches Interesse haben mußte, wenn seine Bemühungen, sie zuwege zu bringen, etwas war, wonach man gehen konnte, fielen ihm keine Interessen ein, die er mit dem Kommandanten teilte. Zunächst hatte er erwogen, die Bitte abzuschlagen, aber dann hatte er sich doch von dem alten Wärter überreden lassen hinzugehen. Dessen Darmbeschwerden hatten aufgehört, seitdem Els die Säcke nicht mehr zum Platzen brachte.

»Man weiß doch nie. Er könnte ja vielleicht eine gute Nachricht für Sie haben«, sagte der Wärter, und der Bischof hatte dem Treffen zugestimmt.

Sie kamen eines Nachmittags in der Gefängniskapelle zusammen, genau eine Woche, bevor die Hinrichtung stattfinden sollte. Mit Ketten und Handschellen gefesselt, rasselte der Bischof hinüber und fand den Kommandanten auf einem Betstuhl sitzen und auf ihn warten. Auf Vorschlag des Kommandanten gingen die beiden Männer den Mittelgang hinauf und knieten nebeneinander an der Altarschranke, außer Hörweite der Wärter an der Kapellentür, nieder. In den Fenstern über ihnen filterten Szenen erbaulichen Grauens, im neunzehnten Jahrhundert in farbigem Glas ausgeführt, das Sonnenlicht, das die duffen Farben und die Rippen hinter dem Glas zu durchdringen vermochte, bis die ganze Kapelle wie von dunklem Blut erglühte.

Während Kommandant van Heerden ein kurzes Gebet sprach, starrte der Bischof, der die Aufforderung des Kommandanten, ebenfalls zu beten, abgelehnt hatte, ehrfurchtsvoll zu den Fenstern hinauf. Er hatte sich überhaupt noch nie klargemacht, wie viele Arten es gab, Leute zu Tode zu bringen. Die Fenster stellten einen umfassenden Hinrichtungskatalog dar, der von der einfachen Kreuzigung bis zur Verbrennung auf dem Scheiterhaufen reichte. Die heilige Katharina auf dem Rad verdiente nach Ansicht des Bischofs ihre Berühmtheit als Feuerwerksmarke durchaus, und der heilige Sebastian hätte ein ideales Warenzeichen für Nadelkissen abgegeben. Einer nach dem anderen gelangten die Märtyrer an ihr Ende, und das in einem Realismus, der den Künstler als ein Genie, und ein übergeschnapptes obendrein, zu erkennen zu geben schien. Der elektrische Stuhl auf dem einen Fenster gefiel dem Bischof besonders gut. Mit einer wahrhaft viktorianischen Versessenheit auf Naturalistisches in Verbindung mit Hochdramatischem war die Gestalt auf dem Stuhl in eine Aura elektrischblauer Funken gehüllt dargestellt. Der Bischof blickte zu ihr hoch und war froh, in das Zusammentreffen eingewilligt zu haben. Diese Fenster gaben ihm die Gewißheit, daß sein eigenes Ende am Galgen, ganz gleich, wie gräßlich er von dem inkompetenten Els zugerichtet würde, geradezu ein Genuß sein werde im Vergleich mit den hier dargestellten Leiden.

»Ich darf wohl mit meinem bescheidenen Los zufrieden sein«, sagte er sich, während der Kommandant sein Schlußgebet murmelte, das unter den obwaltenden Umständen, wie der Bischof empfand, in recht seltsame Worte gekleidet war.

»Für alles, was wir möglichst bald erhalten werden, mache uns, lieber Gott, von Herzen dankbar. Amen«, sagte der Kommandant.

»Nun?« sagte der Bischof nach einer kurzen Pause.

»Es wird Sie freuen zu hören, daß es Ihrer Schwester in Fort Rapier sehr gut geht«, flüsterte der Kommandant.

»Schön zu wissen.«

»Ja, sie ist bei bester Gesundheit«, sagte der Kommandant.

»Hm«, sagte der Bischof.

»Sie hat sogar etwas zugenommen«, sagte der Kommandant. »Aber bei Krankenhausverpflegung ist das nicht anders zu erwarten.« Er machte eine Pause, und der Bischof fragte sich allmählich, wann er endlich zur Sache käme.

»Übergewicht ist etwas, das man vermeiden sollten«, sagte der Kommandant. »Fettsucht ist weit öfter Ursache eines vorzeitigen Todes als Krebs.«

»Das glaube ich wohl«, sagte der Bischof, der fünfundzwanzig Pfund abgenommen hatte, seit er im Gefängnis war.

»Besonders in den mittleren Jahren«, flüsterte der Kommandant. Der Bischof drehte ihm den Kopf zu und sah ihn an. In ihm wuchs der Verdacht, der Kommandant delektiere sich gerade an einem ziemlich geschmacklosen Witz.

»Sie sind doch wohl hoffentlich nicht hergekommen, um mich vor den Gefahren des Übergewichts zu warnen«, sagte er. »Ich dachte, in Ihrem Briefchen stünde, Sie wollten etwas in unser beider Interesse Liegendes erörtern, und Fettsucht zählt offen gesagt nicht zu meinen Problemen.«

»Das weiß ich ja«, sagte der Kommandant bekümmert.

»Also dann?«

»Ich habe selber Kummer damit.«

»Ich verstehe nicht, was das mit mir zu tun hat«, sagte der Bischof.

»Sie kann zu allen möglichen Komplikationen führen. Sie ist eine der Hauptursachen von Herzkrankheiten«, sagte der Kommandant.

»So wie Sie reden, würde jeder meinen, ich schwebte in der Gefahr, einen Herzinfarkt zu bekommen, wogegen mir meiner Meinung nach dieser besondere Luxus nicht gestattet werden wird.«

»Ich dachte wirklich nicht an Sie«, sagte der Kommandant.

»Das habe ich auch nicht angenommen.«

»Es ist mehr meine eigene Fettsucht, an die ich denke«, fuhr van Heerden fort.

»Wissen Sie, wenn das alles ist, weswegen Sie hergekommen sind, gehe ich, glaube ich, wieder in meine Zelle zurück, ich habe nämlich in den mir noch bleibenden Stunden über Besseres nachzudenken als über Ihren Gesundheitszustand.«

»Ich fürchtete, daß Sie das sagen werden«, sagte der Kommandant düster.

»Ich kann mir nicht denken, was Sie sich sonst vorgestellt haben. Sie sind doch ganz bestimmt nicht aus Mitleid hergekommen. Haben Sie ein Herz!«

»Danke«, sagte der Kommandant.

»Was haben Sie gesagt?«

»Danke«, sagte der Kommandant.

»Danke wofür?«

»Für ein Herz.«

»Für was?«

»Ein Herz.«

Der Bischof sah ihn ungläubig an. »Ein Herz?« sagte er schließlich. »Wovon zum Kuckuck reden Sie eigentlich?«

Kommandant van Heerden zögerte einen Augenblick, ehe er weitersprach. »Ich hätte ein neues Herz nötig«, sagte er endlich.

»Es ist meiner Aufmerksamkeit nicht entgangen«, sagte der Bischof, »daß Ihnen ein neues Herz mächtig guttäte, aber um offen zu sein: Ich glaube, mit Ihnen ist es schon zu weit gediehen, als daß Ihnen meine Gebete helfen könnten. Und ich muß Ihnen sowieso leider sagen, daß ich den Glauben an die Kraft des Gebets verloren habe.«

»Beten habe ich schon ausprobiert«, sagte der Kommandant, »aber es hat überhaupt nichts genützt. Ich kriege immer noch Herzklopfen.«

»Vielleicht, wenn Sie wirklich bereuen«, sagte der Bischof.

»Keinen Zweck. Ich bin ein todgeweihter Mensch«, sagte der Kommandant.

»Bildlich gesprochen sind wir das wohl alle«, sagte der Bischof. »Das ist halt ein Teil der Situation des Menschen. Aber nehmen Sie mir nicht übel, wenn ich Ihnen sage, daß ich verdammt viel todgeweihter bin als Sie, und das verdanke ich Ihnen, daß ich nächsten Freitag hänge.«

Ein langes Schweigen entstand in der Kapelle, während die beiden Männer über ihre Zukunft nachdachten. Der Kommandant brach es schließlich.

»Ich nehme an, Sie wollen nicht doch noch was für mich tun«, sagte er endlich. »Ein letztes Vermächtnis.«

»Ein letztes Vermächtnis?«

»Wirklich ganz was Kleines und nichts, was Ihnen noch viel nützen würde.«

»Sie haben vielleicht Nerven. Kommen her und bitten, in mein Testament aufgenommen zu werden«, sagte der Bischof aufgebracht.

»Es ist nicht Ihr Testament«, sagte der Kommandant verzweifelt.

»Nein? Wo denn dann, zum Teufel?«

»In Ihrer Brust.«

»Was?«

»Ihr Herz.«

»Sie reden andauernd von meinem Herzen«, sagte

der Bischof, »ich möchte, daß Sie damit aufhören. Es ist schlimm genug zu wissen, daß ich sterben muß, auch ohne jemanden zu haben, der andauernd auf meinem Herzen rumreitet. Man könnte meinen, Sie wollten das Ding haben.«

»Das will ich ja«, sagte der Kommandant schlicht.

»Was?« schrie der Bischof und sprang kettenklirrend auf. »Sie wollen was?«

»Nur Ihr Herz«, sagte der Kommandant. »Ich brauche es zu einer Verpflanzung.«

»Ich werde wahnsinnig«, schrie der Bischof. »Ich muß es schon sein. Das ist doch nicht möglich. Wollen Sie mir etwa damit sagen, daß Sie sich die ganze Mühe nur deshalb gemacht haben, damit Sie mein Herz für eine Verpflanzung kriegen?«

»Es war keine Mühe«, sagte der Kommandant. »ich hatte heute nachmittag sowieso nichts vor.«

»Ich spreche nicht von heute nachmittag«, schrie der Bischof, »ich spreche von den Morden und dem Prozeß und meiner Verurteilung zum Tode für Verbrechen, die, wie Sie wissen, ich gar nicht begangen haben kann. Sie haben das alles getan, bloß um mir mein Herz aus dem Leibe zu reißen und es sich in ihren zu stecken? Das ist ja unglaublich. Sie sind ein leichenfleddernder Vampir. Sie sind . . .« Der Bischof fand einfach keine Worte, um sein Entsetzen auszudrücken.

Auch Kommandant van Heerden war entsetzt. Noch nie in seinem ganzen Leben hatte man ihn so schändlicher Dinge bezichtigt.

»Großer Gott«, schrie er zurück, »wofür halten Sie mich eigentlich?«

Er merkte, daß das genau das Falsche war, wonach der fragen konnte. Es war absolut klar, wofür der Bischof ihn hielt. Einen schrecklichen Augenblick lang sah es so aus, als wolle sich der an Händen und Füßen gefesselte Gefangene auf ihn stürzen. Dann verließ den Bischof seine Wut ganz plötzlich, und der Kommandant sah, daß er zu einem der farbigen Glasfenster hinaufstarrte. Er folgte dem Blick des Bischofs und erkannte eine besonders grausige Darstellung eines Märtyrers, der gerade gehängt, gestreckt und gevierteilt wurde. Für Kommandant van Heerden ließ sich die Veränderung im Verhalten des Gefangenen nur durch ein übernatürliches Eingreifen erklären. Auf irgendeine sonderbare Art und Weise hatte das Glasfenster seiner Seele ein Gefühl der Ruhe und des Friedens vermittelt.

Und das war auf seine Weise wahr, denn Jonathan Hazelstone war plötzlich klargeworden, daß der zweite Vers des Gedichts »Die Vorboten« unbedingt verbessert werden mußte. Es war nicht sein Hirn, das sie wollten. Es war sein Herz.

»Ihr seid so gut und laßt mir 's beste Zimmer,
Ja, selbst mein Herz und was darinnen wohnt.«

Als der Bischof sich wieder zu dem Kommandanten umdrehte, war er ein Bild wahrhaft christlichen Edelmuts.

»Ja«, sagte er ruhig. »Wenn Sie mein Herz haben wollen, können Sie es natürlich haben«, und ohne ein weiteres Wort wandte er sich vom Altar ab und rasselte den Mittelgang hinunter auf die Tür zu. Und beim Gehen dichtete er die Zeilen um:

»Ihr seid so schlecht und stehlt mir 's beste Zimmer,
Ja, selbst mein Herz . . .«

Der Bischof lächelte glücklich in sich hinein. Es paßte ungeheuer gut, dachte er, und er lächelte immer noch selig, als Kommandant van Heerden ihn einholte und, von Rührung überwältigt, seine gefesselte Hand ergriff und so heftig schüttelte, wie es die Handschellen nur zuließen.

»Sie sind ein wahrer Gentleman«, keuchte er, »ein wahrer englischer Gentleman.«

»Noblesse oblige«, murmelte der Bischof, der seit dem rheumatischen Fieber, an dem er als Kind gelitten hatte, ein chronisch schwaches Herz besaß.

18

Der Bischof war noch immer heiterer Stimmung, als Els ihn besuchte, um ihn für den Sturz zu wiegen.

»Lächeln Sie ruhig«, sagte Els, als er ihn aus der Zelle zerrte und zur Waage schubste. »Für Sie ist alles in Butter. Sie brauchen ja nichts zu tun. Ich bin doch hier derjenige, der die ganze Arbeit hat.«

»Jeder von uns hat seine kleine Rolle zu spielen«, sagte der Bischof.

»Spielen?« fragte Els. »Was ich tue, würd ich nicht Spielen nennen. Ich arbeite mir noch den Arsch ab.«

»Solange Sie bei meinem Fall nicht dasselbe Ergebnis erzielen«, sagte der Bischof beunruhigt. »Nebenbei, wie kommen Sie denn mit den Säcken zu Rande?«

»Ich übe damit, bis ich's gefressen habe«, sagte Els, »aber ich hab's anscheinend immer noch nicht richtig raus. Es hat was mit dem Gewicht zu tun, wie tief einer fallen muß.« Er versuchte, die Skala an der Waage abzulesen. »Ich werd aus diesen Sachen überhaupt nicht schlau«, sagte er schließlich. »Was kriegen Sie denn raus, wie hoch Ihr Gewicht ist?«

Der Bischof kam ihm zu Hilfe.

»Dreihundertachtundneunzig Pfund«, sagte er.

Els zog ein kleines schwarzes Buch mit dem Titel *Henker-Handbuch* zu Rate, das er sich von dem alten Wärter geliehen hatte.

»Sie sind zu schwer«, sagte er schließlich. »Es geht nur bis dreihundert Pfund. Sind Sie sicher, daß die Waage richtig anzeigt?«

Der Bischof kontrollierte: »Dreihundertachtundneunzig Pfund genau.«

»Tja, jetzt weiß ich nicht, was ich machen soll. Es sieht so aus, als brauchten sie überhaupt nicht zu fallen.«

»Schöner Gedanke«, sagte Jonathan und setzte hoffnungsvoll hinzu: »Vielleicht begehen fette Leute gar keine Morde.«

»Na ja, und wenn, dann scheint sie keiner zu hängen«, sagte Els. »Vielleicht erschießt man sie.« Alles in allem zog er das Erschießen vor. Es ging schneller und erforderte von ihm viel weniger Anstrengung.

»Nein, nein«, sagte der Bischof rasch. »Sie müssen auf alle Fälle gehängt werden.« Er dachte einen Augenblick nach. »Was sagt das Buch, wie tief jemand fallen muß, der zweihundert Pfund wiegt?« fragte er.

Els vertiefte sich in seinen kleinen Ratgeber. »Sechs Fuß«, sagte er schließlich.

»Dann müßten drei Fuß so ungefähr das Richtige sein«, sagte der Bischof.

»Wieso denn?« Els mochte von einem verkürzten Fall überhaupt nichts hören. Das roch zu sehr nach dem Versuch, dem Tod aus dem Weg zu gehen.

»Doppeltes Gewicht gleich halbe Fallhöhe«, erläuterte der Bischof.

So dumm war Els denn doch nicht, in diese Falle zu tappen. »Doppeltes Gewicht gleich doppelte Fallhöhe, meinen Sie wohl.«

Der Bischof versuchte zu erklären. »Je schwerer jemand ist, desto kürzer kann der Sturz sein, um ihm das Genick zu brechen. Jemand Leichtes braucht einen viel längeren Fall, um das notwendige Bewegungsmoment zu erreichen.«

Els versuchte, das zu verstehen. Er fand es sehr schwierig.

»Warum ist denn ein Bewegungsmoment wichtig?« fragte er. »Niemand hat mir gesagt, daß ich eins besorgen muß.«

»Das Bewegungsmoment ist das Produkt aus der Masse eines sich bewegenden Körpers und seiner Geschwindigkeit.«

»Ich dachte, das wär der Tod«, sagte Els.

»Ja, aber man bekommt den Tod nicht ohne das Bewegungsmoment. Das ist nicht möglich.«

»Ach nein?« sagte Els. »Na schön, ich krieg das verdammt noch mal schon hin. Wär ja zum Schießen.«

Durch das dauernde Erwähnen des Schießens erschreckt, versuchte es der Bischof noch mal.

»Wenn ein Mensch gehängt wird, wie stirbt er denn dann?« fragte er.

Els dachte darüber nach. »Durchs Hängen«, sagte er schließlich.

»Und Hängen heißt was mit ihm zu tun?«

»Ihn mit einem Strick um den Hals durch ein Loch fallen lassen.«

»Und was passiert dann?«

»Er stirbt.«

»Ja«, sagte der Bischof geduldig, »aber was macht denn der Strick?«

»Er hält ihn aufrecht.«

»Aber nein. Er bricht ihm das Genick.«

Els wußte das besser. »O nein, das tut er nicht«, sagte er. »Ich hab das mit Säcken geübt, und er bricht ihnen nicht den Hals. Ihnen fällt der Boden raus. Das ist eine wahnsinnige Schweinerei.«

Dem Bischof schauderte.

»Das ist es bestimmt«, sagte er. »Aber wir wollen doch nicht, daß mir das passiert, oder? Deshalb müssen wir die Länge des Falles genau rauskriegen.«

»Ach, das würde Ihnen schon nicht passieren«, versicherte ihm Els. »Der alte Wärter sagt, bei Ihnen wär's genau andersrum. Er sagt, Ihr Kopf würde . . .«

Den Bischof verlangte es nicht zu wissen, was der alte Wärter gesagt hatte. Er hatte genug von seinem morbiden Interesse an der menschlichen Anatomie.

»Sehen Sie mal, wenn Sie wirklich so scharf darauf sind, einen Dauerjob als Henker zu kriegen, müssen Sie mit dieser Hinrichtung schon Eindruck machen. Niemand wird Sie fest anstellen, wenn Sie mit ihrer ersten Hinrichtung nicht Erfolg haben.«

Els sah den Bischof kläglich an. »Das weiß ich ja«, sagte er, »aber was soll ich denn tun, wenn Ihr Gewicht nicht in dem Handbuch steht?«

»Sie könnten mich leichter machen«, schlug der Bischof mit einem Blick auf seine Fesseln und Ketten vor.

»Geritzt«, sagte Els erfreut. »Ich lasse Sie sofort auf Nulldiät setzen.«

»Das meinte ich nicht«, sagte der Bischof, der sich nichts Nulleres vorstellen konnte als die Diät, auf der er bereits war. »Woran ich gedacht habe, das war, mir alle diese Ketten abzunehmen und mich ohne sie zu wiegen. Ich glaube, Sie werden mich viel leichter finden.«

»Ich zweifle, ob ich Sie dann überhaupt noch finde«, sagte Els.

»Gut, wenn Sie mir die Ketten nicht abnehmen wollen, dann weiß ich nicht, wie ich Ihnen noch helfen soll«, sagte der Bischof gelangweilt.

»Und wenn ich sie Ihnen abnähme, bin ich verdammt sicher, daß Sie mir auch nicht helfen würden«, sagte Els.

»In dem Fall weiß ich nicht, was ich Ihnen noch vorschlagen soll. Sie werden mein richtiges Gewicht nicht rausfinden mit all den Ketten an mir dran, und wenn Sie sie mir nicht abnehmen wollen . . .« Er hielt inne, denn ihm fiel eine andere Szene in dem Kapellenfenster ein. »Sie haben doch sicher nicht vor, mich in Ketten zu hängen«, erkundigte er sich.

»Nein«, sagte Els, »dafür gibt's eine besondere Garnitur Lederriemen und einen Leinensack für Ihren Kopf.«

»Lieber Gott, ist das 'ne Art zu sterben«, murmelte der Bischof.

»Ich habe Stiefelwichse auf die Riemen geschmiert und sie schön poliert. Sehen ziemlich fesch aus«, fuhr Els fort. Der Bischof hörte ihm nicht zu. Ihm war plötzlich eine Möglichkeit eingefallen, das Wiegeproblem zu lösen.

»Ich weiß, was wir machen«, sagte er. »Sie holen einen anderen Satz Ketten und Fesseln her, und die wiegen wir allein.«

»Ich verstehe nicht, was das helfen soll«, sagte Els. »Ich habe Ihnen doch gerade erzählt, daß wir an dem Tag keine Ketten benutzen. Sie glauben doch wohl nicht, daß ich die Riemen umsonst geputzt habe, oder?«

Der Bischof hatte langsam das Gefühl, nie und nimmer werde er Els dazu bringen können, irgendwas zu kapieren. »Wenn wir erst mal wissen, wieviel die Ketten allein wiegen, können wir ihr Gewicht von den dreihundertachtundneunzig Pfund abziehen, dann wissen wir, wieviel ich wiege.«

Els dachte einen Moment über den Vorschlag nach, aber dann schüttelte er den Kopf.

»Das würde nicht funktionieren«, sagte er.

»Warum denn nicht, um alles in der Welt?«

»Ich hab das Abziehen in der Schule nie gekonnt«, gab Els schließlich zu.

»Macht nichts«, sagte der Bischof, »ich war da sehr gut drin und rechne es selber aus.«

»Wie weiß ich dann, daß Sie nicht schummeln?«

»Mein lieber Henker Els«, sagte der Bischof. »Ich kenne zwei gute Gründe, weshalb ich genauso wie Sie darauf bedacht bin, daß diese Hinrichtung perfekt über die Bühne geht. Möglicherweise drei. Grund eins ist, wenn Sie den Sturz zu kurz berechnen, dann werde ich zu Tode gewürgt, und das möchte ich wirklich nicht. Grund zwei ist, wenn Sie ihn zu lang berechnen, werden Sie mich wahrscheinlich enthaupten.«

»Das werde ich nicht«, sagte Els. »Ihr Kopf geht einfach ab.«

»Ganz recht«, sagte der Bischof hastig. »Bloß nicht 'n Spaten 'ne verdammte Schippe nennen, stimmt's?«

»Was ist der dritte?« fragte Els, den nicht interessierte, wie 'ne verdammte Schippe genannt wurde.

»Ah ja, Nummer drei. Den hätte ich fast vergessen. Schön, Grund drei ist, daß Sie offensichtlich der geborene Henker sind, und wenn Sie auch noch eine Menge über das Hinrichten zu lernen haben, so sehe ich doch gern einen Menschen die Gaben, die er hat, benutzen. Ja, ich weiß, der Leinensack«, fuhr der Bischof fort, als Els ihn mit der Mitteilung zu unterbrechen versuchte, daß er auf dem Gerüst ja gar nichts sehen werde, »ich spreche bildlich, und bildlich gesprochen hoffe ich, Sie werden es zu noch viel größeren Dingen bringen, fast möchte man sagen, zum Kopf Ihrer Profession.«

»Glauben Sie wirklich, ich gebe einen guten Henker ab?« fragte Els begierig.

»Da bin ich ganz sicher«, sagte der Bischof. »Ich hab das in den Knochen, daß Sie sich unter den Henkern der ganzen Welt einen Namen machen werden«, und nach dieser Rückenstärkung, die Els verzweifelt nötig hatte, ging der Bischof wieder in seine Zelle, während Els davonzog, um einen zweiten Satz Ketten und Fesseln zu holen. Schließlich bekamen sie raus, daß Jonathan Hazelstone einhundertachtzig Pfund wog und einen sieben Fuß tiefen Sturz benötigte.

Wenn der Bischof Mühe hatte, Els zu überreden, ihn so zu töten, wie es sich gehört, so fand Kommandant van Heerden es fast genauso schwierig, die Chirurgen am Piemburger Krankenhaus dazu zu überreden, die Operation zu unternehmen, die er zur Rettung seines Lebens brauchte. Sie erhoben stur völlig nichtssagende Einwände, und besonders irritierend fand der Kommandant ihr Beharren darauf, daß mit seinem Herzen alles in Ordnung sei. Als er diese Schwierigkeit aus der Welt geschafft hatte, indem er ihnen drohte, sie wegen Mordversuchs zu belangen, wenn sie seiner Diagnose nicht zustimmten, brachten sie eine weitere Stunde damit hin, die ethischen Probleme zu erörtern, die sich daraus ergaben, daß das Herz eines Mörders in den Körper eines Menschen verpflanzt werden sollte, der, wie sie ausführten, so offenkundig nicht-blutrünstig sei. Der Kommandant beruhigte sie hierüber sehr schnell, und erst, als sie die technischen Probleme der Feststellung des Gewebetyps und der Gefäßabstoßung aufs Tapet brachten und zu erklären versuchten, wie unwahrscheinlich es sei, daß das Gewebe des Verurteilten sich mit dem eines reinblütigen Afrikaanders wie Kommandant van Heerden vertrüge, erst da ging ihm der Hut hoch.

»Wollen Sie mir etwa erzählen, daß ich kein Mensch bin?« schrie der Kommandant Dr. Erasmus an, der das Transplantationsteam leitete. »Wollen Sie mir etwa erzählen, ich wär ein Scheißpavian?«

»Ich habe nichts Derartiges gesagt«, protestierte Dr. Erasmus. »Sie verstehen offenbar nicht recht. Jeder Mensch hat einen anderen Gewebetyp, und Ihrer ist vielleicht nicht der gleiche Typ wie der des Spenders.«

»Sie behaupten wohl, ich hätte Niggerblut in mir«, tobte der Kommandant. »Sie meinen, ich könnte das Herz eines Engländers nicht bekommen, weil ich 'n halber Kaffer wär. Ist es das, was Sie damit sagen wollen?«

»Nichts dergleichen will ich damit sagen. Es gibt absolut keinen Grund, weshalb Sie nicht das Herz eines Kaffern haben sollten«, sagte Dr. Erasmus verzweifelt. Er fand Kommandant van Heerdens Herumgetobe absolut enervierend.

»Da haben wir's. Sie haben's eben gesagt. Sie haben gesagt, ich könnte das Herz eines Kaffern haben«, schrie der Kommandant.

»Ich meinte nicht, daß Sie notwendigerweise eins haben müßten. Es gibt keinen Grund, warum das Herz eines Schwarzen nicht in den Körper eines Weißen eingesetzt werden sollte, genausowenig wie es irgendeinen Grund gibt, weshalb die Organe eines Weißen nicht einem Schwarzen übertragen werden sollten.«

Eine derart flagrante Verletzung der Grundgedanken der Apartheid war Kommandant van Heerden sein Leben lang noch nicht zu Ohren gekommen.

»Dafür gibt es jeden verfluchten Grund«, brüllte er, »warum die Organe eines Weißen nicht in einen Schwarzen reingesteckt werden sollten. Keinem Weißen ist es erlaubt, irgendeinen Körperteil in einen

Schwarzen zu stecken. Das ist gegen das Rassendingsbumsgesetz.«

Dr. Erasmus hatte noch nie was von einem Bumsgesetz gehört, aber er nahm an, das sei der Polizeijargon für das Sittengesetz.

»Sie mißverstehen mich«, sagte er. »Ich meinte nicht die Geschlechtsorgane.«

»Da fangen Sie ja schon wieder davon an«, schnauzte der Kommandant. »Ich zeige Sie an wegen Anstachelung zur Homosexualität zwischen den Rassen, wenn Sie nicht sofort den Mund halten.«

Dr. Erasmus wurde still.

»Beruhigen Sie sich doch, Kommandant«, sagte er besänftigend, »um Gottes willen, beruhigen Sie sich doch! Sie schaden sich nur, wenn Sie so weitermachen.«

»Ich werde Ihnen gleich mal schaden, Sie Scheißkerl«, schrie der Kommandant, der keine Lust hatte, sich von jedem Ekel von Arzt herumkommandieren zu lassen, das ihm erzählte, er hätte Niggerblut in seinem Körper. »Ich kenne Ihre Sorte. Sie sind ein Feind Südafrikas, das sind Sie. Sie sind ein Scheißkommunist. Ich laß Sie aufgrund des Terroristenerlasses einbuchten, und dann sehen wir sehr bald, wie Ihnen Organverpflanzungen gefallen.«

»Um Ihrer Gesundheit willen, hören Sie bitte auf zu schreien«, bat der Doktor.

»Meine Gesundheit? Sie reden von meiner Gesundheit? Um Ihre Gesundheit sollten Sie sich Sorgen machen, wenn Sie nicht tun, was ich Ihnen sage«, donnerte der Kommandant, bevor ihm bewußt wurde, was wohl Dr. Erasmus eben gemeint hatte. Mit einer gewaltigen Willensanstrengung beruhigte er sich. Jetzt hatte er nicht mehr den leisesten Zweifel, daß sein Herz ausgewechselt werden mußte. Dr. Erasmus hatte es eben wortreich zugegeben.

Mit ruhiger Stimme und der Autorität, die ihm die Ausnahmebefugnisse noch immer verliehen, erteilte Kommandant van Heerden dem Chirurgenteam seine Befehle. Sie hatten alle notwendigen Vorbereitungen für die Transplantation zu treffen und erhielten die Anweisung, keine Information an die Presse, die Öffentlichkeit oder ihre Familien weiterzugeben. Die ganze Operation hatte unter äußerster Geheimhaltung zu geschehen. Das war das einzig Willkommene, das die Doktoren den Mitteilungen des Kommandanten entnahmen.

Der einzige andere Trost war, daß Kommandant van Heerdens Körper das neue Herz so gut wie sicher nicht annehmen würde. Wie Dr. Erasmus ihm darlegte, sei er auf dem besten Wege, Selbstmord zu begehen. Der Kommandant wußte das besser. Seit Jahren esse er nun schon in der Polizeikantine, und wenn sein Magen das Fressen drin behielte, das dort serviert werde, dann könne er sich nicht vorstellen, daß sein Körper ein tadelloses Herz abstoße.

Als Kommandant van Heerden das Krankenhaus verließ, noch immer verärgert über die Beleidigung seiner Herkunft und des guten Namens seiner Familie, jedoch zufrieden über die Art und Weise, wie er die Situation in den Griff bekommen hatte, beschloß er, daß es wieder mal Zeit sei, Fort Rapier einen Besuch abzustatten. Sein Interesse am Wohlergehen Miss Hazelstones hatten die Ereignisse des vergangenen Monats nicht getrübt, und die bemerkenswerte Zuversicht der alten Dame angesichts der Mißgeschicke, die der Familie Hazelstone widerfahren waren, hatte seinen Respekt wenn möglich noch erhöht. Die Berichte, die ihn aus Fort Rapier erreichten, deuteten an, daß Miss Hazelstone sich ihre Würde und das Gefühl gesellschaftlicher Überlegenheit in einer Lage bewahrt hatte, die einer weniger energischen Frau ein Gefühl der Verzweiflung, wenn nicht gar der Unterlegenheit gegeben hätte. Miss Hazelstone hatte keiner der Versuchungen des Irrsinns nachgegeben. Sie schlurfte auch nicht verloren in irgendeiner inneren Öde herum, noch bildete sie sich ein, jemand anderer zu sein.

»Ich bin Miss Hazelstone aus Jacaranda Park«, beharrte sie angesichts der Versuche, sie zu einer Modellpatientin mit Problemen zu machen, die durch die Psychotherapie zu lösen seien, und statt sich der Trägheit anzupassen, die das Leben der anderen Patienten kennzeichnete, hatte sie vieles Interessante entdeckt, womit sie ihre Zeit ausfüllen konnte. Die Geschichte von Fort Rapier und die Rolle, die ihre Vorfahren beim Aufbau der Garnison gespielt hatten, faszinierten sie besonders.

»Mein Großvater war Oberkommandierender von Zululand, als dieses Fort erbaut wurde«, erzählte sie Dr. Herzog, als sie ihm eines Tages begegnet war, als er gerade über den Exerzierplatz ging, und sie hatte den Anstaltsleiter mit ihren Kenntnissen aus der Militärgeschichte verblüfft.

»Genau auf diesem Exerzierplatz hier marschierten im Jahre 1876 die Grauen, das Welsh Regiment und die 12. Husaren an meinem Großvater vorbei, bevor sie in den Zulukrieg zogen«, berichtete sie dem erstaunten Doktor und nannte Einzelheiten der Uniformen der verschiedenen Abteilungen und den Rang der kommandierenden Offiziere.

»Was für ein bemerkenswertes Gedächtnis Sie haben«, sagte er, »daß Sie sich an diese Dinge erinnern.«

»Gehört zur Familiengeschichte«, hatte Miss Hazelstone gesagt und ihm die strategischen Fehler, besonders bei der Schlacht von Isandhlwana, erläutert. Dr. Herzog war von ihrem Interesse und besonders von ihren Kenntnissen über den Burenkrieg und die Rolle, die Dr. Herzogs Großvater darin gespielt hatte, so beeindruckt, daß er sie zu sich zum Tee einlud, wo die Diskussion bis zum Abendessen weitergeführt wurde.

»Ganz außerordentlich«, sagte er zu seiner Frau, als Miss Hazelstone wieder zu ihrer Station zurückging. »Ich wußte gar nicht, daß wir meinem Großvater unseren Sieg bei Magersfontein zu verdanken haben.«

Am nächsten Tag schickte er den Stationsangestellten ein Memorandum, in dem er sie anwies, Miss Hazelstone jede Hilfe und Ermutigung angedeihen zu lassen, damit sie ihre Untersuchungen über die Militärgeschichte und die Rolle, die Fort Rapier darin spielte, fortsetzen könne.

»Wir haben die Pflicht, Patienten zu ermuntern, ihren Hobbies nachzugehen, besonders wenn sie der ganzen Klinik nutzen könnten«, sagte er zu Frau Dr. von Blimenstein, die sich darüber beklagte, daß Miss Hazelstone nicht mehr zu ihren Therapiestunden komme.

»Miss Hazelstone hofft, die Geschichte von Fort Rapier zu veröffentlichen, und jede Reklame hat mit Sicherheit Rückwirkungen auf unseren Ruf. Es passiert schließlich nicht alle Tage, daß Irre über Militärgeschichte schreiben.«

Frau Dr. von Blimenstein hatte diesbezüglich Vorbehalte, aber sie behielt sie für sich, und Miss Hazelstone setzte ihre Forschungen mit wachsender Begeisterung fort. Sie hatte in einer Kiste im Keller der Personalkantine, die früher einmal die Offiziersmesse gewesen war, Regimentsakten entdeckt. Und das hatte sie angespornt, noch andere, viel interessantere Überbleibsel aufzustöbern, nämlich abgelegte Uniformen in der ehemaligen Kleiderkammer.

»Wir sollten wirklich ein historisches Spektakel veranstalten«, sagte sie zum Anstaltsleiter, »die Uniformen sind da, und wenn sie auch an manchen Stellen geflickt werden müssen, weil die Kakerlaken drin gewesen sind, nicht wahr, so sind sie doch zweifellos echt, und das gibt den Patienten etwas, wofür sie arbeiten können. Es ist so wichtig für die Moral, sich ein gemeinsames Ziel zu stecken, damit man sich auf etwas freuen kann.«

Dr. Herzog war von der Idee beeindruckt.

»Ein Spektakel über die Geschichte von Fort Rapier«, sagte er, »welch glänzender Gedanke«, und in seinen Überlegungen spielte er mit der Idee, einen Tag der offenen Tür zu veranstalten, an dem Öffentlichkeit und Presse sich von der großartigen Arbeit überzeugen könnten, die für die geistige Gesundheit in Zululand geleistet wurde.

»Ich dachte, wir könnten mit einem Aufmarsch beginnen«, fuhr Miss Hazelstone fort, »gefolgt von mehreren Tableaus, die an besonders denkwürdige Heldentaten aus der Geschichte Südafrikas erinnern.«

Dr. Herzog zögerte. »Ich möchte keine Scheingefechte«, sagte er ängstlich.

»O nein, so was wollte ich gar nicht«, versicherte ihm Miss Hazelstone, »ich dachte mehr an unbewegliche Darstellungen und Ereignisse.«

»Wir dürfen nicht zulassen, daß die Patienten sich zu sehr aufregen.«

»Sehr richtig«, sagte Miss Hazelstone, die sich schon längst nicht mehr als Patientin betrachtete. »Ich bin ganz Ihrer Meinung. Wir werden dafür sorgen müssen, daß die ganze Geschichte wirklich mit militärischer Disziplin vonstatten geht. Mir schwebte vor, Ihres Urgroßvaters heldenhafte Verteidigung seines Hofes im 6. Kaffernkrieg als eine der klassischen militärischen Operationen vorzustellen.«

Dr. Herzog war geschmeichelt. »Wollten Sie das wirklich?« fragte er. »Ich hatte keine Ahnung, daß meine Familie eine so wichtige Rolle in der Militärgeschichte dieses Landes spielte.«

»Die Herzogs waren praktisch das afrikaanse Gegenstück zu den Hazelstones«, sagte Miss Hazelstone, und im sicheren Gefühl, daß das Spektakel dem Ruf der Familie Herzog ebenso aufhelfen werde wie dem der Klinik, gab der Anstaltsleiter seine Zustimmung zu dem Ereignis.

In den folgenden Wochen warf sich Miss Hazelstone mit so großem Enthusiasmus auf die Vorbereitungen, daß er sich auch auf die anderen Insassen von Fort Rapier übertrug. Sie übernahm mit der natürlichen Autorität einer Enkelin Sir Theophilus' und viel Liebe zum Detail, die durch ihren Reichtum ermöglicht wurde, das Kommando über die gesamte Organisation. Rotes Tuch wurde ballenweise auf Miss Hazelstones Rechnung in Durban bestellt, und die Patienten in den Nähstuben waren damit beschäftigt, neue Uniformen zu schneidern.

»Es belebt sicherlich den Platz ein bißchen«, sagte Dr. Herzog zu Frau Dr. von Blimenstein, als sie eines Tages Miss Hazelstone dabei zusahen, wie sie auf dem Exerzierplatz einen Trupp Manisch-Depressiver drillte.

»Ich weiß nicht, ich fühle mich unbehaglich dabei«, sagte Frau Dr. von Blimenstein. »Ist es denn wirklich nötig, die Schlacht am Blood River ins Programm aufzunehmen? Ich bin sicher, sie hat auf die schwarzen Patienten eine ungünstige Wirkung.«

»Unsere Hauptverantwortung gilt den Weißen«, sagte Dr. Herzog, »und die großen Ereignisse der Vergangenheit hier sich noch einmal ereignen zu sehen, kann ihnen nur helfen. Ich habe alle Hoffnung, daß durch ihre Teilnahme unsere Patienten erkennen, daß es in Südafrika für die geistig Kranken nach wie vor ein Plätzchen gibt. Ich möchte dieses Spektakel eigentlich als Gruppentherapie im großen verstanden wissen.«

»Aber Doktor, Sie sehen doch hoffentlich die geistige Erkrankung nicht schlicht als eine Frage der Moral an?« sagte Frau Dr. von Blimenstein.

»Doch, das tue ich, und wenn das nicht so verstanden wird, dann sollte es das. Außerdem«, sagte der Anstaltsleiter, »wird das Spektakel den Leuten helfen, einige ihrer Aggressionen zu sublimieren.«

Auf dem Exerzierplatz marschierte Miss Hazelstones Truppe an dem Salutierpodest vorbei, das die Anstaltsschreiner zwischen den beiden Feldhaubitzen errichtet hatten.

»Augen rechts«, schrie Miss Hazelstone, und zweihundert Augenpaare hefteten sich manisch auf Dr. Herzog. Der Anstaltsleiter salutierte.

»Augen geradeaus!« Und der Trupp marschierte weiter.

»Sehr eindrucksvoll«, sagte Dr. Herzog. »Ein Jammer, daß wir nicht schon früher darauf gekommen sind.«

»Ich hoffe nur, wir haben keinen Anlaß zur Reue«, sagte Frau Dr. von Blimenstein pessimistisch.

Als der Tag des großen Schauspiels näher rückte, hatte Miss Hazelstone immer noch mehrere Probleme zu lösen. Eins war das der Wurfspeere für die Zulu-Krieger. Dr. Herzog war unnachgiebig.

»Ich lasse es nicht zu, daß hier Hunderte von schwarzen Patienten speerschwingend in der Gegend rumlaufen. Gott weiß, was da alles passieren könnte.«

Schließlich wurde das Problem mit dem Ankauf von tausend Gummispeeren gelöst, die ein oder zwei Jahre zuvor bei Dreharbeiten benutzt worden waren.

Ein anderes Problem war die Frage, welche Musik und Geräuscheffekte die Darbietungen untermalen sollten.

»Ich dachte an die *Ouvertüre 1812*«, erklärte Miss Hazelstone dem Dirigenten der Klinikkapelle.

»So hoch kommen wir gar nicht«, wandte der Kapellmeister ein, »und wir haben auch keine Kanone.«

»Wir könnten die Feldhaubitzen nehmen«, sagte Miss Hazelstone.

»Wir können nicht auf dem Klinikgelände rumziehen und laute Böller loslassen. Das hätte auf die Angstneurotiker eine schreckliche Wirkung.«

Schließlich kam man überein, daß sich die Kapelle auf einfache Märsche wie »Colonel Bogey« und Melodien wie »Good bye Dolly Gray« beschränken solle und daß zur Untermalung der Schlachtszenen eine Plattenaufnahme der *Ouvertüre 1812* über Lautsprecher gespielt würde.

Eine Kostümprobe wurde einen Tag vor dem Spektakel abgehalten, und der Anstaltsleiter Dr. Herzog und das Personal nahmen daran teil.

»Einfach großartig«, sagte Dr. Herzog hinterher, »man hat das Gefühl, man ist richtig dabei, es ist alles so wirklich.«

Es war reiner Zufall, daß sich Kommandant van Heerden ausgerechnet den Nachmittag, an dem das Schauspiel stattfand, für seinen Besuch in der Klinik ausgesucht hatte. Im Gegensatz zum Bürgermeister von Piemburg und anderen Honoratioren war er nicht eingeladen worden, weil man das Gefühl hatte, Miss Hazelstone könnte das nicht wollen.

»Wir wollen nichts unternehmen, was die alte Dame aus dem Tritt bringen könnte, und die Polizei hier zu haben würde sie bloß an die Hinrichtung ihres Bruders erinnern«, sagte der Anstaltsleiter.

Als sein Wagen auf das Gelände von Fort Rapier fuhr, bemerkte Kommandant van Heerden, daß ein ungewohnter Hauch von Festlichkeit die Klinik umgab.

»Ich hoffe, sie ist nicht *zu* offen«, sagte er zu seinem Fahrer, der Wachtmeister Els ersetzt hatte, als der Wagen unter einer Fahne hindurchfuhr, die einen »Tag der offenen Tür« verkündete. Sie fuhren zum Exerzierplatz hinauf, der mit Regimentsfahnen geschmückt war, und Kommandant van Heerden stieg aus.

»Schön, daß Sie's einrichten konnten, Kommandant«, sagte Dr. Herzog und führte ihn zur Tribüne, auf der der Bürgermeister und sein Anhang bereits Platz genommen hatten. Während er sich setzte, sah sich der Kommandant nervös um.

»Was geht hier vor?« fragte er einen der Stadträte.

»So was wie ein öffentliches Tamtam, um das öffentliche Interesse an geistiger Gesundheit zu fördern«, sagte der Stadtrat.

»Reizender Ort für so was«, sagte der Kommandant. »Ich dachte, jeder hier oben würde für plemplem gehalten. Großer Gott, sehen Sie sich doch bloß die Kaffern da drüben an.«

Eine Abteilung schizophrener Zulus marschierte über den Exerzierplatz, um ihre Position für die Tableaus einzunehmen.

»Wer zum Teufel hat denen denn die Speere gegeben?«

»Ach, das ist in Ordnung, die sind bloß aus Gummi«, sagte der Stadtrat.

Der Kommandant fiel vor Schreck fast von seinem Stuhl. »Erzählen Sie mir bloß nicht«, sagte er, »daß Miss Hazelstone die ganze Geschichte organisiert hat.«

»Genau richtig geraten«, sagte der Stadtrat. »Hat das Geld selber aufgebracht. Ich möchte nicht wissen, was das bißchen Zeug gekostet hat.«

Kommandant van Heerden hörte gar nicht mehr zu. Er erhob sich und sah sich verzweifelt nach irgendeiner Fluchtmöglichkeit um, aber die Menge um das Podium stand zu dicht gedrängt, als daß man hätte durchkommen können, und davor hatte der Aufmarsch schon begonnen. Verzweifelt sank er auf seinen Stuhl zurück.

Die Kapelle spielte, und die Regimenter formierten sich und marschierten auf die Tribüne zu. Rotbejackt und erstaunlich gut gedrillt, gemessen an ihrem Geisteszustand, paradierten sie an dem Anstaltsleiter vorbei, und an ihrer Spitze marschierte die dem Kommandanten wohlvertraute Gestalt Miss Hazelstones. Einen Augenblick dachte er, er säße wieder in der Halle von Jacaranda House und betrachte das Porträt von Sir Theophilus. Miss Hazelstones Uniform war eine Kopie derjenigen, die der Vizekönig auf dem Gemälde trug.

Ihr Gesicht war zum Teil von einem mit Federn dekorierten Tropenhelm verdeckt, aber auf ihrer Brust prangten die Sterne und Orden der unseligen Feldzüge ihres Großvaters. Hinter dem ersten Regiment, den Welsh Guards, kamen die anderen, die Regimenter der Grafschaften Englands, entsprechend weniger im gleichen Schritt und Tritt (es war schwierig gewesen, genügend viele Zwangsneurotiker aufzutreiben, die es richtig schneidig hätten machen können), aber sie kamen trotzdem recht entschlossen dahergeschlurft. Hinter ihnen folgten die schottischen Regimenter, die man bei den weiblichen Patienten rekrutiert und in Kilts gesteckt hatte, angeführt von einer Dudelsack spielenden chronisch Depressiven. Den Schluß bildete eine kleine Abteilung Froschmänner im Gummianzügen mit Flossen, die Schwierigkeit hatten, im Tritt zu bleiben.

»Hat was angenehm Zeitnahes, finden Sie nicht auch?« murmelte Dr. Herzog neben dem Bürgermeister, als zwanzig vom Wahnsinn gezeichnete Gesichter ihre Masken dem Podium zuwandten.

»Ich hoffe, die Kaffern da drüben kommen uns nicht zu nahe«, sagte der Bürgermeister ängstlich. Aber es bestand kein Grund zur Sorge. Den schwarzen Irren hatte man nicht das Recht eingeräumt, an der Tribüne vorbeizumarschieren. Miss Hazelstone baute sie für das erste Tableau auf.

In der Pause stand Kommandant van Heerden von seinem Stuhl auf und sprach mit dem Anstaltsleiter.

»Ich dachte, ich hätte Ihnen schon gesagt, daß Sie Miss Hazelstone unter scharfer Bewachung halten sollten«, sagte er verärgert.

»Sie hat bemerkenswerte Fortschritte gemacht, seit sie hier ist«, antwortete Dr. Herzog. »Wir sehen es gern, wenn unsere Patienten sich für ihre Hobbies interessieren.«

»Sie vielleicht«, sagte der Kommandant, »aber ich nicht. Zu Miss Hazelstones Hobbies gehört zufällig auch das Morden, und Sie lassen sie hier eine Militärparade abhalten. Sie müssen nicht ganz bei Troste sein.«

»Es gibt nichts Besseres, als den Patienten zu gestatten, ihre aggressiven Neigungen auszuagieren«, sagte der Anstaltsleiter.

»Sie hat das bereits zur Genüge getan«, sagte der Kommandant. »Mein Rat ist, das Ganze zu stoppen, bevor es zu spät ist.«

Aber schon hatte das erste Tableau begonnen. In der Mitte des Exerzierplatzes stand ein Ochsenwagengeviert aus Pappe, und um es herum versammelten sich die schizophrenen Zulus und schwenkten ihre Speere. Nach ein paar Minuten ließen sie sich in Haltungen auf dem Asphalt nieder, die qualvolles Sterben bedeuten sollten.

»Blood River«, sagte der Anstaltsleiter.

»Sehr realistisch«, sagte der Bürgermeister.

»Total meschugge«, sagte der Kommandant.

Höflicher Beifall quittierte das Ende der Schlacht. Und in der nächsten Stunde entfaltete sich vor den Zuschauern die Geschichte Südafrikas in einer Reihe blutig erstarrter Schlachten, in denen stets die Schwarzen von den Weißen massakriert wurden.

»Man sollte doch meinen, es würde sie allmählich langweilen, sich hinzulegen und wieder aufzustehen und sich wieder hinzulegen«, sagte der Bürgermeister, als die Zulus zum zigsten Mal ihre Todesqualen durchgemacht hatten. »Aber es hält sie wahrscheinlich körperlich fit.«

»Solange die Scheißkerle nicht gewinnen, hab ich nichts dagegen«, sagte der Kommandant.

»Ich glaube, im Finale bekommen sie einen kleinen Triumph zugestanden«, sagte Dr. Herzog. »Das ist die Schlacht von Isandhlwana. Die Briten hatten keine Munition mehr und wurden getötet.«

»Wollen Sie damit etwa andeuten«, sagte der Kommandant, »Sie hätten zugelassen, daß Weiße von Schwarzen besiegt werden? Das ist ja irre. Was sage ich, das ist ungesetzlich. Sie ermuntern zum Rassenhaß.«

Dr. Herzog wurde verlegen. »Von der Seite habe ich mir das gar nicht überlegt«, sagte er.

»Na, dann überlegen Sie es sich besser jetzt von der Seite. Sie brechen das Gesetz. Sie haben die verdammte Pflicht und Schuldigkeit, das Ganze aufzuhalten. Ich bin nicht bereit, hier zu sitzen und mir etwas derart Empörendes anzusehen«, sagte der Kommandant bestimmt.

»Ich auch nicht«, sagte der Bürgermeister. Mehrere Stadträte nickten zustimmend.

»Ich weiß wirklich nicht, wie ich das könnte«, sagte Dr. Herzog. »Sie fangen ja schon an.«

In der Mitte des Exerzierplatzes hatte Miss Hazelstone das britische Lager aufgebaut und überwachte nun die Aufstellung der beiden Feldhaubitzen. Mehrere hundert Meter davon entfernt stand die Zulu-Armee schon für ihren kurzen Triumph bereit.

»Ich bestehe darauf, daß Sie die Schlacht abbrechen«, sagte der Kommandant.

»Ich auch«, sagte der Bürgermeister, dem die Gummispeere noch immer ein Dorn im Auge waren.

Dr. Herzog zögerte. »Du liebe Güte, ich wollte, Sie

hätten mir das früher gesagt, daß das ungesetzlich ist. Ich weiß nicht, was ich jetzt noch machen könnte«, sagte er zitternd.

»Schön, wenn Sie das nicht aufhalten, dann mach ich's eben«, sagte der Kommandant.

»Bravo«, sagte der Bürgermeister, sekundiert von den Stadträten.

Bevor Kommandant van Heerden über die möglichen Folgen seiner Einmischung nachdenken konnte, war er schon weg, ließ sich vom Podium herunterhelfen und einen Weg zum Exerzierplatz bahnen. Langsam marschierte er auf die beiden Armeen zu, und wie er da so ging, dämmerte ihm langsam, in welcher Lage er sich befand. Mitten auf dem Platz, genau zwischen den beiden gegnerischen Irrenheeren, bereute er allmählich seinen vorschnellen Entschluß, sich einzumischen. Auf der einen Seite stampften fünfhundert schizophrene Zulus den Boden und fuchtelten wild mit ihren Speeren herum, und auf der anderen erwartete die gleiche Zahl weißer Irrer ihre Niederlage mit einer Entschlossenheit, die, weil sie wußten, was auf sie zukam, nur desto furchterregender war.

Kommandant van Heerden blieb stehen und hob die Hand. Schweigen senkte sich auf die beiden Heere.

»Hier spricht Kommandant van Heerden«, schrie er. »Ich befehle Ihnen, auseinanderzugehen und in Ihre Stationen zurückzukehren. Das hier ist eine illegale Menschenansammlung, die gegen die Aufruhrakte verstößt. «

Er hielt inne und wartete, daß sich die Armeen zurückzögen. Aber es gab kein Anzeichen dafür, daß sie etwas Derartiges täten. Während seine Worte verhallten, starrten beide Seiten ihre Gegner debil an, und

Murren breitete sich in den Reihen aus. Miss Hazelstone war mit dem Ausrichten der Feldhaubitzen fertig und schritt nach vorn. Auf der Seite der Zulus folgte ein baumlanger Krieger ihrem Beispiel.

»Was soll denn der Blödsinn?« rief Miss Hazelstone.

»Sie haben gehört, was ich gesagt habe«, schrie der Kommandant zurück. »Diese Schlacht stellt eine öffentliche Ruhestörung dar. Ich verlange, daß Sie auseinandergehen.«

Mitten zwischen den beiden Heeren fühlte Kommandant van Heerden seine neue Rolle als Friedensbewahrer immer schwieriger werden.

»Sie haben kein Recht, hierherzukommen und sich in unser Schauspiel einzumischen«, beharrte Miss Hazelstone. »Und eine öffentliche Ruhestörung ist es auch nicht.«

»Wir haben gewonnen«, sagte der Zulu-Anführer. »Wir haben die Schlacht von Isandhlwana gewonnen, und jetzt gewinnen wir sie noch mal.«

»Nur über meine Leiche«, sagte der Kommandant und bereute seine Worte, sobald er sie gesagt hatte. Das Murren in den Reihen der beiden Armeen zeigte nur allzu deutlich, daß die Streitlust wuchs.

Die Zuschauer auf der Tribüne wurden langsam genauso unruhig wie die Irren.

»Sind die Äxte da drüben auch aus Gummi?« fragte der Bürgermeister, als er sah, wie mehrere Zulus Beile anstelle ihrer Speere schwenkten.

»Das will ich doch hoffen«, sagte der Anstaltsleiter.

»Die Briten scheinen die Feldhaubitzen zu laden«, sagte der Bürgermeister.

»Unmöglich«, sagte der Anstaltsleiter. »Sie haben gar nichts, womit sie sie laden könnten.«

»Sie schütten irgend etwas ins Rohr«, sagte der Bürgermeister, »und die Zulus dort scheinen irgendwas auf ihre Speere zu stecken. Sieht mir wie Stricknadeln aus. Oder Fahrradspeichen.«

Die Bestürzung des Bürgermeisters war nichts, verglichen mit der Panik, die Kommandant van Heerden langsam spürte. Miss Hazelstone und der Zulu-Anführer lagen miteinander in hitzigem Streit darüber, wer die Schlacht von Isandhlwana gewonnen hatte.

»Mein Großvater war dabei«, sagte Miss Hazelstone.

»Meiner auch«, sagte der Zulu.

»Meiner nicht«, sagte der Kommandant, »und es interessiert mich sowieso einen Dreck, wer die Schlacht gewonnen hat. Hier wird sie jedenfalls niemand gewinnen. Ich verlange, daß Sie Ihre Streitkräfte zurückziehen.«

»Wir werden gewinnen«, sagte der Zulu. »Den ganzen Nachmittag haben wir verloren, und jetzt haben wir ein Recht zu gewinnen.«

»Quatsch«, sagte Miss Hazelstone. »Mein Großvater hat den Sieg errungen, und mehr gibt's darüber nicht zu sagen.«

»Mein Großvater hat's meinem Vater erzählt, und mein Vater hat's mir erzählt, daß Ihr Großvater weggelaufen ist«, sagte der Zulu.

»Wie können Sie es wagen«, kreischte Miss Hazelstone, »wie können Sie es wagen, einen Hazelstone zu beleidigen?«

Auch Kommandant van Heerden war entsetzt. Er wußte aus Erfahrung, was aller Voraussicht nach das Resultat eines Streits zwischen Miss Hazelstone und einem Zulu sein werde. Als die alte Dame sich mit dem Säbel abmühte, der an ihrem Gürtel hing, und der Zulu hinter seinem kolossalen Schild in Deckung ging, unternahm Kommandant van Heerden seinen letzten Versuch, den Frieden wiederherzustellen.

»Ich befehle Ihnen, den Exerzierplatz zu verlassen«, brüllte er und zog seinen Revolver aus dem Pistolenhalfter, aber es war schon zu spät. Mit einem Aufwärtsstreich ihres Säbels schlug Miss Hazelstone dem Kommandanten den Arm nach oben. Der Revolver gab einen harmlosen Schuß in den Himmel ab, dann wogten die beiden Irrenheere mit lautem Getöse aufeinander los.

Als ein Säbelhieb Miss Hazelstones durch die Luft pfiff und der Zulu den Schlag mit seinem Schild parierte, ergriff Kommandant van Heerden die Flucht. Ein Blick auf die schizophrenen Zulus überzeugte ihn, daß das Heil, wenn überhaupt irgendwo, dann bei der Armee der Briten lag, und er sauste auf die vorrückenden Linien der Rotröcke zu. Einen Augenblick später bereute er seine Entscheidung. Ein Regiment paranoider Frauen in Kilts, immer noch von der depressiven Dudelsackspielerin angeführt, die jetzt »The Road to the Isles« intonierte, fegte im Dauerlauf über den Kommandanten weg, der gerade noch Zeit hatte, kehrtzumachen und mit ihnen mitzurennen, ehe er über den Haufen geworfen und zu Boden gerissen wurde. Er lag still da und mußte sich mehrere Male treten lassen, ehe das Regiment durch war. Dann hob er den Kopf und betrachtete die Szene um sich her.

Es war sofort zu sehen, daß die Zulus nicht die Absicht hatten, auf ihren Sieg zu verzichten. Einen Moment lang durch den Ansturm der Frauen in die Enge getrieben, hatten sie ihren Mut wiedergewonnen und mit Erfolg einen Gegenangriff gestartet. Mit Hilfe ihrer kurzen Gummispeere, an deren Spitzen jetzt Stricknadeln steckten, stachen sie sich recht erfolgreich ihren Vormarsch frei. Auf der linken Flanke verteidigten sich die Welsh Guards verzweifelt, aber ihre Holzgewehre waren den Wurfspießen nicht gewachsen. Als das Schottische Korps ins Wanken geriet und sich zurückzuziehen begann, rappelte sich Kommandant van Heerden hoch und rannte vor dem Korps her. Der Exerzierplatz um ihn her hallte vom Schlachtruf der Zuluhorden, von den Schreien der verwundeten Frauen und den geisterhaften Tönen des Dudelsacks wider. Um den Lärm noch zu erhöhen, ließ ein Tonbandgerät die *Ouvertüre 1812* durch Lautsprecher ertönen. Im Zentrum des Schlachtgewühls konnte man Miss Hazelstones Tropenhelm herumhüpfen sehen. Kommandant van Heerden rannte zum Lager der Briten und brach in einem der Zelte zusammen.

Den Zuschauern auf der Tribüne erschien die Wiedererweckung der südafrikanischen Geschichte zunächst durch und durch überzeugend. Der kühne Sturm auf die Briten und ihr nachfolgender Rückzug hatten etwas Authentisches an sich, was den vorangegangenen Darstellungen gefehlt hatte.

»Ein erstaunlicher Realismus«, sagte der Bürgermeister, der eben einen von einem Speer durchbohrten Waliser gesehen hatte.

»Ich glaube, das macht auch die Musik«, sagte der Anstaltsleiter.

Dem mußte der Bürgermeister zustimmen. »Die Leute scheinen aber auch ziemlich viel zu schreien«, sagte er.

»Ich bin sicher, so was hilft den Patienten«, fuhr Dr. Herzog fort. »Nimmt ihnen einen Teil ihrer Probleme.«

»Das wird es wohl«, sagte der Bürgermeister. »Zweifellos nimmt es ihnen auch anderes. Da drüben liegt einer, der offenbar ein Bein verloren hat.«

Auf dem Platz vor ihnen begann durch das Historienspektakel langsam die schreckliche Wirklichkeit hindurchzuscheinen. Es wurde immer schwieriger zu erkennen, was Illusion und was Wirklichkeit war. Historie und gegenwärtige Tragödie mischten sich unauflöslich durcheinander. An einigen Stellen mimte man den Tod mit einer Reihe heftiger Zuckungen, die die Todesqualen derer, deren Sterben keineswegs geprobt war, an Realismus weit überboten. Eine Anzahl Patientinnen aus dem Schottischen Korps mußte feststellen, daß sie zu den Klängen Tschaikowskys von Zulu-Kriegern vergewaltigt wurden, während eine Abteilung von Froschmännern, die niemals in der Nähe von Isandhlwana gewesen waren, sich mit all dem Mut ins Getümmel stürzten, den ihre Flossen zuließen.

Aus dem Schutz des Zelts, in das der Kommandant gekrochen war, sah er, wie die Bedienungsmannschaft einer Feldhaubitze mit der Kanone in die Menge der streitenden Kämpfer zielte, und erblickte entsetzt Miss Hazelstone ohne ihren Tropenhelm und blutverschmiert die Operation überwachen.

»Mehr Chlorat und weniger Zucker«, hörte er sie zu einem Mann sagen, der etwas, das wie ein Kopfkissen aussah, mit Pulver füllte. Der Kommandant wartete keine Sekunde länger. Er kannte Miss Hazelstones bemerkenswerte Erfahrung mit großkalibrigen Waffen allzu gut, um das Risiko einzugehen, in der Schußlinie zu liegen. Die leidenschaftlichen Vorspiele einer Rekrutin des Schottischen Korps abweisend, die neben ihn gekrochen war, wickelte er sich aus der Zeltleinwand und raste auf die Tribüne zu, um dort in Deckung zu gehen. Er hatte etwa zwanzig Meter zurückgelegt, als er Miss Hazelstone den Befehl zum Feuern geben hörte, und einen Augenblick später hüllte ein Flammenmeer das britische Lager ein. Als ihn die enorme Explosion zu Boden riß und die Druckwelle ihn über den Asphalt schleifte, schloß der Kommandant die Augen und betete. Über seinem Kopf vermengten sich Teile der Feldhaubitze mit Streitern, die am Weiterkämpfen verhindert waren. Miss Hazelstone hatte die Kanone nicht bloß abgefeuert, sie hatte sie in die Luft gejagt. Kommandant van Heerden rutschte unter das Podium, dann hob er den Kopf und besah sich das langsam abflauende Chaos. Die Darsteller des Tableaus hatten eine ganz neue und absolut überzeugende Ruhe angenommen, und man sah ganz deutlich, daß niemand die Schlacht von Isandhlwana gewonnen hatte.

Der Exerzierplatz war mit schwarzen und weißen Leichen übersät, während das, was es an Überlebenden gab, jedes Interesse an der südafrikanischen Geschichte verloren hatte. Mit allen Merkmalen eines durch und durch gesunden Selbsterhaltungstriebs krochen sie auf das Krankenrevier zu.

Nur das Klinikpersonal schien total den Verstand verloren zu haben. Auf der Tribüne über sich hörte der Kommandant, wie Dr. Herzog den mittlerweile verblichenen Bürgermeister immer noch zu beruhigen versuchte, daß die Speere aus Gummi seien. Dem Kommandanten erschien diese Versicherung ganz unnötig. Was den Bürgermeister auch immer erwischt haben mochte, es war aus sehr viel Tödlicherem gemacht.

Der Kommandant wartete, bis man Dr. Herzog weggebracht hatte, ehe er aus seinem Versteck gekrochen kam. Er stand auf und sah sich um. Die Geschichte war nicht nur dargestellt worden, dachte er, hier war sie gemacht worden. Nicht nur die Vergangenheit, auch die Gegenwart und die Zukunft Südafrikas waren in der Verwüstung zu erblicken, die sein Auge grüßte. Sich seinen Weg über die Leichen hinweg bahnend, steuerte der Kommandant auf einen großen Krater zu, der in die Mitte des Exerzierplatzes gesprengt war. An seinem Rand lagen die Reste eines federgeschmückten Tropenhelms und der Stern, den Miss Hazelstone getragen hatte.

»Ein letztes Andenken«, murmelte er und hob sie auf. Dann drehte er sich um und ging, noch immer benommen und schwankend, zu seinem Wagen zurück.

19

Am Morgen seiner Hinrichtung wurde Jonathan Hazelstone die übliche Vergünstigung, sich ein herzhaftes Frühstück aussuchen zu können, mit der Begründung verweigert, daß vor allen größeren Operationen die Patienten mit einer leichten Erfrischung auskommen müßten. Anstelle von Schinken mit Ei, was er bestellt hatte, wurden ihm eine Tasse Kaffee und der Besuch eines anglikanischen Geistlichen zugestanden. Für Jonathan war es schwer zu entscheiden, was von beiden das Unangenehmere war. Alles in allem aber fand er den Kaffee wohltuender.

Seine Bindungen mit der Kirche waren in der Zeit seines Prozesses gelöst worden, und der Bischof war zu der Überzeugung gelangt, daß die Weigerung der Kirchenführer, ein Zeugnis zu seinen Gunsten abzulegen, darauf zurückzuführen war, daß, wie er wußte, ihm seine Kollegen den raschen Aufstieg zum Bischofsamt neideten. Er hatte keine Ahnung, daß Teile seines Geständnisses, insbesondere solche, die Wachtmeister Els ausgesucht hatte, dem Erzbischof gezeigt worden waren.

»Ich wußte ja, daß der Kerl progressiv ist«, murmelte der Erzbischof, als er das ungewöhnliche Dokument las, »aber diesmal hat er's wirklich zu weit getrieben«, und er erinnerte sich an Jonathans Eingeständnis, daß er jede Chance nutze, Leute in die Kirche zu ziehen. »Hochkirche im Zeremoniell, Tiefkirche in der Art, an die Leute ranzukommen, das ist meine Devise«, hatte

Jonathan gesagt, und nun sah der Erzbischof, daß er das auch so gemeint hatte. Sodomie kombiniert mit Kniebeugen mußte eine Hoch-und-Tief-Kirche ergeben, daß es nur so eine Art hatte, und er fand es kaum noch überraschend, daß seine Gemeinden so geschwind gewachsen waren.

»Ich glaube, durch vieles Reden wird hier nicht geholfen«, hatte der Erzbischof entschieden, und die Kirche hatte Jonathan Hazelstone kurzerhand ausgestoßen.

Der Kaplan, der ihn in seinen letzten Stunden besuchte, war kein Südafrikaner. Es war nicht möglich gewesen, irgendeinen Pfarrer mit ein bißchen Selbstachtung dazu zu bewegen, einem Mann in seiner Bedrängnis beizustehen, der auf die Geistlichkeit Schande gehäuft hatte, und selbst der Bischof von Piemburg hatte die Aufforderung von sich gewiesen.

»Es gibt Momente, da muß ein Mensch allein sein dürfen«, erklärte er Direktor Schnapps am Telefon, »und das ist sicherlich einer davon«, dann war er wieder zurück an die Arbeit an einer Predigt über die Brüderlichkeit unter den Menschen gegangen.

Schließlich war es der Kaplan eines Cambridger Colleges, der während seiner langen Ferien Piemburg besuchte und ins Piemburger Gefängnis gelockt wurde, um sich den geistigen Nöten des Gefangenen zu widmen.

»Ich habe gehört, im Gefängnisgarten gibt es besonders prachtvolle indische Feigenkakteen«, erklärte der Pfarrer von Piemburg dem Kaplan, der weit mehr an den physischen Nöten von Felsenpflanzen als an den geistigen Nöten seiner Mitmenschen interessiert war, und der Kaplan hatte die Gelegenheit, die sich ihm mit der Hinrichtung bot, beim Schopfe ergriffen, um eine Prachtansammlung indischer Feigenkakteen zu Gesicht zu bekommen.

Als er in der Zelle stand, wußte der Kaplan nicht so recht, was er sagen sollte.

»Sie waren nicht zufällig bei der Marine?« fragte er schließlich.

Jonathan schüttelte den Kopf.

»Ich dachte bloß«, fuhr der Kaplan fort, »Es gab einen Kadetten auf der HMS *Clodius*, im Jahr '43, glaub ich, war das, oder es kann auch '44 gewesen sein. Der hieß Hazelnut.«

»Ich heiße Hazelstone«, sagte der Bischof.

»Stimmt. Wie vergeßlich von mir. In meinem Beruf begegnet man so vielen Leuten.«

»Das kann ich mir vorstellen«, sagte der Bischof.

Der Kaplan machte eine Pause und betrachtete die Handschellen und Ketten. »Tragen Sie die immer?« fragte er. »Das muß doch furchtbar unbequem sein.«

»Erst, wenn ich gehängt werde«, sagte der Bischof.

Der Kaplan meinte einen Anflug von Bitterkeit in der Bemerkung zu entdecken und erinnerte sich wieder an den Grund seines Besuches.

»Gibt es irgend etwas, das Sie mir gerne sagen möchten?« fragte er.

Der Bischof konnte sich viele Dinge vorstellen, die er ihm hätte sagen mögen, aber es schien ihm nicht viel Zweck zu haben.

»Nein«, sagte er, »ich habe schon alles gebeichtet.«

Der Kaplan seufzte erleichtert. Diese Situationen sind so peinlich, dachte er.

»Ich habe tatsächlich noch nie einer Hinrichtung beigewohnt«, murmelte er schließlich.

»Ich auch nicht«, sagte der Bischof.

»Unangenehm«, fuhr der Kaplan fort, »unangenehm, doch notwendig. Man sagt ja doch, Hängen ist kurz und schmerzlos. Ich bin sicher, Sie werden richtig erlöst sein, wenn alles vorbei ist.«

Der Bischof, dessen Hoffnung auf ein ewiges Leben zusammen mit seinem Glauben geschwunden war, bezweifelte, ob »erlöst« ganz das richtige Wort sei. Er versuchte, das Thema zu wechseln.

»Kommen Sie öfter her?« fragte er.

»Ins Gefängnis?«

»Nach Südafrika, obwohl das ja ziemlich dasselbe ist.«

Der Kaplan überhörte diese Bemerkung. Er war am Graduiertentisch im College ein unerschütterlicher Verfechter des südafrikanischen Standpunkts und hatte für Liberale keine Zeit.

»Ich versuche, mindestens einmal im Jahr in sonnigere Klimagegenden zu entfliehen«, sagte er. »Die Studenten sind heutzutage so gottlos, und mein wahres Interesse gilt dem Gartenbau. Südafrika ist voll wunderschöner Gärten.«

»Dann wird Ihnen vielleicht das Gedicht hier gefallen«, sagte der Bischof und begann, »Die Vorboten« herzusagen.

»Schöne, berückende Worte: Zuckerrohr,
Honig der Rosen, wohin wollt ihr fliehen?«

Er rezitierte noch immer, als Direktor Schnapps und Scharfrichter Els eintrafen. Während man ihm die Ketten abnahm und er in den Harnisch eingeschnürt wurde, der seine Arme festhielt, fuhr der Bischof fort:

»Wahre Schönheit weilt im Himmel: unsre ist nur eine Flamme,
Doch geborgt von dort, um dort uns wieder hinzuführen.
Schönheit und die schönen Worte sollten stets zusammen regieren.«

»Scheiß Schnallen«, sagte Els, der Schwierigkeiten mit den Riemen hatte.

Die feierliche Prozession marschierte aus dem »Hintern« hinaus in den hellen Sonnenschein des Gefängnishofes. Zwischen Els und dem alten Wärter stolperte Jonathan Hazelstone daher und sah sich ein letztes Mal um. Sich grell vom dumpfen schwarzen Anstrich des Todeshauses abhebend, stand dort ein weißer Krankenwagen. Zur Überraschung aller fing der Verurteilte an zu lachen.

»Öde Blässe bleicht die Türe«, rief er,

»Die Boten sind gekommen. Sieh, sieh ihr Zeichen!
Weiß ist die Farb' und schau! mein Haupt!«

Die beiden Sanitäter starrten voll Entsetzen auf die schreiende Gestalt, deren Leiche sie für die Transplantation abholen sollten.

»Doch müssen sie mein Herz auch haben? Müssen sie die reichen,
die funkelnden Gefühl' eröffnen, die ich dort geschaut?«

Die kleine Gruppe eilte die Treppe zum Galgen hoch. Der alte Wärter half Els, den Bischof auf die Falltür zu stellen, dann sauste er die Leiter runter und über den Hof in sein Dienstzimmer. Es war nicht so, daß er zimperlich gewesen wäre, aber er hatte nicht vor, irgendwo in der Nähe des Galgens zu sein, wenn Els an dem Hebel zog, und außerdem hatte er für seine Abwesenheit eine plausible Entschuldigung. Er mußte sofort das Krankenhaus anrufen, wenn der Krankenwagen das Gefängnis verließ.

Auf der Falltür stehend, setzte der Bischof seine Rezitation fort. Direktor Schnapps fragte den Kaplan, was denn seiner Meinung nach die Vorboten in dem Gedicht bedeuteten. Der Kaplan sagte, er dächte, es seien möglicherweise Mitglieder der Familie der Hydrangeae, allerdings meine er sich zu erinnern, im Krieg unter einem Hauptmann Forebode gedient zu haben. Els versuchte, dem Bischof den Leinensack über den Kopf zu stülpen. Er hatte ziemliche Schwierigkeiten, erstens, weil der Bischof so groß, und zweitens, weil der Sack offenbar für einen viel kleineren Kopf gemacht worden war. Els kriegte den Bischof nicht dazu, die Knie zu beugen, weil die Riemen jede Bewegung unmöglich machten. Schließlich mußte Direktor Schnapps Els hochheben, damit er den Sack in die richtige Position herunterziehen konnte. Er mußte die Darbietung noch mal wiederholen, als dem Verurteilten der Strick um den Hals gelegt werden mußte, und dann zog Els die Schlinge so fest, daß der Bischof gezwungen war, seine Rezitation zu unterbrechen. »Muß Trübsinn mich zu einem Nachch . . .«, blieb er röchelnd stecken.

»Um Gottes willen, Els, lockern Sie das verdammte Ding«, schrie Direktor Schnapps, als das Gedicht abgedrosselt wurde, »Sie sollen ihn da unten hängen und nicht hier oben erwürgen.«

»Am besten scheinen sie auf sandigem Boden zu gedeihen«, sagte der Kaplan.

»Ist Ihnen das lose genug?« fragte Els, nachdem er am Strick gezogen und die Schlinge so locker gemacht hatte, daß sie dem Bischof lose über die Schultern hing. Er konnte Leute nicht verknusen, die ihm andauernd in seinen Job reinredeten. Wenn der Direktor über das Erhängen so verdammt gut Bescheid wußte, warum macht er dann den ganzen Kram nicht selbst?

»Was denn?« fragte Direktor Schnapps den Kaplan.

»Hydrangeae.«

»Narrn umschmieden«, sagte der Bischof, der seine Rezitation wiederaufnahm.

Els ging hinüber zu dem Hebel.

»Doch haben sie mich schon verlassen«, drang dumpf die Stimme des Bischofs durch den Stoffsack. Els zog an dem Hebel, und die vermummte Gestalt verschwand durch die Falltür in dem Loch, und die Stimme, schon undeutlich, wurde von dem gräßlichen Aufprall, der folgte, zum Schweigen gebracht. Als die Falltür aufknallte und das Gerüst unter dem Aufprall beängstigend ins Wanken kam, erinnerten die Zeichen der Sterblichkeit, deren Zeuge er gerade gewesen war, den Kaplan wieder an den eigentlichen Zweck seines Besuches, und er brachte ein Gebet für den Verstorbenen dar.

»Lasset uns beten für die Seele des Hingeschiedenen, wo immer sie auch sei«, sagte er und senkte den Kopf. Direktor Schnapps und Els machten die Augen zu und lauschten mit gesenkten Köpfen dem Gebet. Mehrere Minuten murmelte der Kaplan weiter, dann schloß er: »Und möge Dein Diener von uns gehen ins ewige Heil. Amen.«

»Amen«, sagten Direktor Schnapps und Els gleichzeitig. Die Männer auf dem Galgengerüst hoben die Köpfe, und Els trat vor, um in das Loch hinunterzugukken. Der Strick hatte zu schwingen aufgehört und hing recht lose, wie Els meinte, wenn man das Gewicht der Last daran in Betracht zog. Als sich seine Augen an die Dunkelheit da unten gewöhnt hatten, wurde Els allmählich klar, daß da was fehlte. Die Schlinge an dem Strick hing lose und leer da. Das Gebet des Kaplans war erhört worden. Wo immer Gottes Diener auch sein mochte, er war zweifellos davongegangen und offenbar heil und gesund obendrein. Das Loch unter dem Galgen war absolut leer.

Als der Bischof in die Ewigkeit fiel, dachte er, wie passend seine letzten Worte doch gewesen seien, und er war nur froh, daß er nicht noch bis zur nächsten Zeile gekommen war: »Du bleibst mein Gott«, denn er glaubte nicht mehr an ihn. Er konzentrierte sich auf den schrecklichen Schlag ins Genick, aber der Schmerz kam von völlig anderen Gliedmaßen her. »Mist«, dachte er, als er mit einem fürchterlichen Krachen auf dem Boden landete und seitwärts zur Tür hinaus auf den sonnenbeschienenen Hof rollte. Der Stoffsack war zerrissen und seine Beine taten ganz entschieden weh, aber keine Frage war, daß er sich alles mögliche gebrochen haben mochte, bloß das Genick nicht. Er lag still da und wartete, daß Els ihn zu einem zweiten Versuch holen werde. Er war also nicht überrascht, als er fühlte, wie Hände ihn an Füßen und Schultern hochhoben.

Im nächsten Augenblick lag er auf einer Trage und wurde in einen Krankenwagen geschoben. Die Türen wurden zugeschlagen, und der Krankenwagen raste davon. Er mußte kurz halten, als die Gefängnistore geöffnet wurden, dann sauste er mit heulenden Sirenen hinaus auf die Straße.

Hinter ihm hatte das Haus des Todes begonnen, die Voraussagen des alten Wärters zu erfüllen. Unter dem Getrampel der allgemeinen Flucht, die auf dem Gerüst einsetzte, als Henker Els, der verdutzt in das Loch runterstarrte, ausrutschte und sich an den Beinen von Direktor Schnapps festhielt, um nicht noch selber reinzufallen, kippten die Mauern des Galgens langsam nach innen, und unter dem Getöse stürzenden Mauerwerks verschwanden Direktor, Henker und Kaplan in einer dichten Wolke aus schwarzem Staub. Der alte Wärter saß in seinem Dienstzimmer und dankte seinem Schicksal. »Ich sagte ja, er wär nicht sicher«, murmelte er und griff zum Telefon, um das Krankenhaus anzurufen.

Als der Krankenwagen durch die Straßen Piemburgs raste, spürte Jonathan Hazelstone, daß der Sanitäter die Riemen losband, mit denen ihm Arme und Beine gefesselt waren. Eine Hand schlüpfte unter sein Hemd und befühlte seine Brust.

»Alles in Ordnung. Es schlägt noch«, hörte er den Sanitäter zum Fahrer sagen. Jonathan hielt den Atem an, bis die Hand wieder weg war. Dann entspannte er sich langsam. Die Geräusche der Stadt um ihn herum kamen durch den Leinensack gesickert, und als er da so lag, wurde Jonathan Hazelstone zum ersten Male klar, daß das, was da auf ihn wartete, ihm den Tod durch Erhängen unendlich willkommener erscheinen lassen könnte.

»Ich laß mich hängen, wenn mir jetzt noch jemand mein Herz rausschneidet«, sagte er sich, als der Krankenwagen durch das Tor des Piemburger Krankenhauses federte und vor der Leichenhalle hielt.

Im Krankenhaus war die Meldung von der Hinrichtung zugleich mit der eindringlichen Forderung des alten Wärters eingetroffen, noch ein paar mehr Krankenwagen zum Gefängnis zu schicken, um die Opfer des schrecklichen Einsturzes des Todeshauses abzuholen. Die Spannung, die bereits im Krankenhaus geherrscht hatte, entwickelte sich rasch zu so was wie einer Massenpanik. Der Kommandant, der schon für die Operation vorbereitet war, bekam eine Vollnarkose und wurde bewußtlos in den Operationssaal gerollt. Während die Chirurgen sich für die Verpflanzung bereitmachten, rasten die Krankenwagenfahrer zu ihren Fahrzeugen, und es wurden alle Anstalten getroffen, den erwarteten Strom der Opfer aus dem Gefängnis aufzunehmen. Krankenschwestern, die schon nicht mehr wußten, wo ihnen der Kopf stand, weil sie sich mit Massen verletzter Irrer aus dem Massaker in Fort Rapier rumschlagen mußten, versuchten, sich auf diese neue Katastrophe einzustellen. Als der Krankenwagen mit Jonathan Hazelstone vor der Leichenhalle eintraf, schlug die allgemeine Verwirrung über ihm zusammen.

»Fahren Sie zum Gefängnis zurück«, schrie ein Krankenwärter aus einem Fenster, als die beiden Sanitäter den Spender in die Leichenhalle trugen und auf einem Rolltisch absetzten. »Da oben hat's 'ne größere Katastrophe gegeben.« Die beiden Männer hetzten zu ihrem Krankenwagen zurück und fuhren los. Der Bischof, einen Augenblick allein in der Leichenhalle, sprang von dem Tisch, riß sich den Sack vom Kopf und blickte sich um. Unter den Laken, die auf Steinplatten liegende stille Gebilde verhüllten, fand er, was er suchte, und als schließlich zwei Krankenwärter kamen, um den Spender zur Transplantation abzuholen, enthielt der Körper, der gemütlich unter seinem weißen Laken lag und einen grauen Leinensack über den Kopf gestülpt trug, ein Herz, das viel zu kalt war, als daß es Kommandant van Heerden noch groß von Nutzen sein konnte.

Während die Operation langsam in Gang kam, wanderten die Überreste des ehemaligen Bischofs von Barotseland leicht hinkend den Hügel in Richtung Jacaranda House hinauf. Und wie sie so wanderten, sangen sie:

»Wenn ihr auch geht, ich weiche nicht; flieht nur von hier:
Denn Du bist noch mein Gott, ist alles, was ihr mir
Vielleicht mit mehr Verzierungen könnt sagen.
Fliegt, Frühlingsvögel, fort: den Winter laßt nur jagen;
Laßt öde Blässe bleichen mir das Tor,
Doch alles drin ist muntrer als zuvor.«

Jonathan Hazelstone hatte sich gerade überlegt, daß es schließlich dennoch Gründe geben könnte, den Glauben wiederzufinden.

Die Panik, die im Piemburger Krankenhaus herrschte, als der Krankenwagen mit dem Bischof eintraf, war rein gar nichts, verglichen mit dem Chaos und der Hysterie, die im Operationssaal entstanden, als der Leichnam des Spenders auf dem Rolltisch hereingefahren wurde. In Kommandant van Heerdens Brust war schon ein Schnitt gemacht worden, als man entdeckte, daß, wer immer auch für die Hinrichtung verantwortlich gewesen war, seinen Job allzu gründlich erledigt hatte. Die Leiche auf dem Tisch trug viele Wunden der allerschrecklichsten Art. Das einzige, was sie sich nicht gebrochen zu haben schien, was das Genick. Sie war nicht nur an vielen Stellen völlig zersplittert, sie war auch schon mindestens 48 Stunden tot. Und als man des weiteren entdeckte, daß es sich um die Leiche einer neunundachtzigjährigen Frau handelte, da wußten die Chirurgen, daß, was sie zunächst für dumm, um nicht zu sagen für kriminell gehalten hatten, nun zu reinem Irrsinn ausartete.

Dr. Erasmus war völlig außer sich. »Wer hat gesagt, das Ding hier schlüge noch?« schrie er und schlug auf das welke Ding, das der alten Frau aus der Brust hing. (Sie war in Wirklichkeit von einem Fünfundzwanzig-Tonner überfahren worden, als sie über die Straße ging.) »Das hier hat schon tagelang nicht mehr geschlagen, und als es noch arbeitete, hat es verflucht noch mal auch nicht geschlagen. Es hat bloß hin und wieder mal gezuckt. Das Herz würde ich einem verhungerten Hund nicht zu fressen geben und schon gar nicht dem Verrückten hier in seinen Körper einbauen.« Er setzte sich hin und flennte.

Nach einer halben Stunde, in der die Leichenhalle immer wieder durchsucht und der Tod verschiedener möglicher Spender in den Krankenhausabteilungen von einem verzweifelten Chirurgenteam beschleunigt wurde, das maskiert hereingestürmt kam, sie beutegierig anstarrte und ihnen hoffnungsvoll den Puls fühlte, riß sich Dr. Erasmus zusammen, nahm rasch eine kleine Prise Äther und wandte sich an das Herzteam.

»Meine Damen und Herren«, sagte er, »wovon wir alle heute nachmittag Zeuge geworden sind, das ist so bedauerlich und schrecklich, daß es desto besser ist, je eher wir es vergessen. Wie Sie wissen, wollte ich diese Verpflanzung von Anfang an nicht durchführen. Wir wurden von diesem verdammten Irren dazu gezwungen.« Er zeigte auf Kommandant van Heerdens bewußtlosen Körper. »Wir handelten unter enormem Druck und, gottlob, absoluter Geheimhaltung. Und nun sind wir aufgrund der Verspätung, mit der uns die Gefängnisleitung den Spender zukommen läßt – und wenn ich mir die Verletzungen der Frau hier ansehe, verstehe ich auch, warum es zu dieser Verspätung kommt –, völlig außerstande, mit der Operation fortzufahren. Ich schlage vor, ich nähe dem Patienten die Brust wieder zu und lasse sein Herz vollkommen gesund an seiner angestammten Stelle schlagen.«

Protestgemurmel von den anderen Mitgliedern des Transplantationsteams wurde laut.

»Ja, ich weiß, was Sie empfinden, und sollte es zu weiteren Provokationen kommen, dann gäbe ich meine Zustimmung, dem Mistkerl hier das Herz zu entfernen und ihn einfach verfaulen zu lassen. Aber ich habe mich anders entschlossen. Dank der Geheimhaltung, die diese ganze so unkoschere Angelegenheit umgibt, habe ich einen besseren Vorschlag. Ich glaube, es wird besser sein, dem Kommandanten zu gestatten, in absoluter Unkenntnis von seinem großen Glück zu bleiben, das ihn davor bewahrte, das hier zu erhalten«, und Dr. Erasmus gab dem Herzen der alten Frau wieder einen Klaps. »Wir erhalten einfach den Anschein aufrecht, daß die Verpflanzung erfolgreich durchgeführt wurde, und ich habe die allergrößte Zuversicht, daß seine Dummheit so kolossal ist, daß es ihm niemals in den Sinn kommen wird, unsere Behauptung, er habe ein neues Herz erhalten, in Frage zu stellen.«

Unter allgemeinen Hochs und Bravos drehte sich der illustre Chirurg zu Kommandant van Heerden um und nähte ihn zu.

Eine Sunde später erwachte der Kommandant in seinem Zimmer. Er fühlte sich recht elend, und die Wunde auf seiner Brust tat weh, wenn er sich bewegte, aber sonst meinte er keine unangenehmen Nebenwirkungen der Operation zu verspüren. Vorsichtig nahm er einen tiefen Atemzug und lauschte seinem neuen Herzen. Es hörte sich vortrefflich an.

20

Als die schwarze Staubwolke mitten auf dem Gefängnishof in die Höhe stieg und das letzte Stück des verrotteten Mauerwerks mit einem letzten Dröhnen umgefallen war, senkte sich eine ehrfurchtsvolle Stille über die schwarzen Gefangenen, die in ihren Zellen hockten. Wachtmeister Els kraxelte mühsam auf den Gipfel des Schuttbergs, wobei er dem Mann, der ihm seine Karriere als Henker vermasselt hatte, Direktor Schnapps, als letztem Liebesdienst auf dem Scrotum rumtrampelte. Von dort oben spähte er in den Dunst. Das war natürlich nicht wie ein Berggipfel in Darien, und die Aussicht konnte auch kaum pazifisch-friedlich genannt werden, aber auf seine Weise war der Ex-Henker Els stolz. Genau im Mittelpunkt eines sich langsam ausbreitenden Knäuels aus schwarzem Staub wußte Wachtmeister Els, daß er wieder einmal seine großen Vernichtungsgaben nutzbringend angewandt hatte. Unter ihm lagen die Leichen von Direktor Schnapps, dem Kaplan und, so hoffte er im stillen, auch des Mannes, den er zu hängen versucht hatte. Er, Scharfrichter Els, hatte sie alle übertroffen, und niemand würde je wieder den Tag vergessen, an dem Els im Piemburger Gefängnis einen Mann gehängt hatte. Er hatte sich mehr als einen Ruf erworben, er hatte sich einen Namen gemacht, einen großen Namen. Und als Els von dem Schuttberg herunterkletterte und wie betäubt aus der schwarzen Wolke auftauchte, fühlte er keine Reue.

Nackt, zerstoßen und schwarz wie ein Pikas trat Els heraus, um es der Welt zu beweisen. Langsam und schwankend ging er den großen Gefängnishof hinunter, und als er so ging, begannen Menschen aus ihren Gefängniszellen zu strömen, wo sie in stiller Angst gewartet hatten, während die erste Hinrichtung stattfand, die das Piemburger Gefängnis seit zwanzig Jahren erlebte. Aus jeder Tür, die auf den Hof führte, quollen die Gefangenen, um einen Blick auf die Schreckensszene zu werfen.

Zuerst standen sie nur da und starrten in stiller Verwunderung, aber dann erhob sich ein gewaltiger Schrei, gefolgt von Freuderufen, und dann fing ein Mann zu singen an, und einen Augenblick später war der große Gefängnishof eine einzige herumhüpfende und singende Menschenmasse, die in einem ekstatischen, triumphierenden Tanz mit den Füßen stampfte und in die Hände klatschte. Tausend schwarze Gefangene, ohne Ausnahme Zulus, tanzten, wie sie noch nie getanzt hatten, um den Schuttberg herum, der einmal das gefürchtete Haus des Todes gewesen war. Reihe um Reihe stampften sie und wiegten sich in den Hüften, und als Himmel und Erde von ihrem Tanz widerhallten, sangen sie.

Und ihr Gesang war ein großes Freudenrequiem auf Elsens Tod, des Kaffern-Killers Els, des Henkers Els, die Geißel der Zulus. In ihrer Mitte, nackt und schwarz, wie der geringste von ihnen, stampfte und tanzte und sang Els ums bare Leben.

Jemand warf ein Streichholz auf den Stapel aus Mauerwerk und altem Holz, und eine Sekunde später standen die Überreste des Galgens in Flammen. Während der Staub sich langsam setzte, stieg eine schwarze

Rauchwolke in den wolkenlosen Himmel. Und da sie in der reglosen Luft fast senkrecht nach oben stieg, verkündete sie weit und breit, daß etwas Ungewöhnliches und Bedeutungsvolles geschehen war. Die sich wiegenden Gefangenen näherten sich, die Knie hochgerissen zu dem emphatischen Stampfen ihrer Füße, dann zogen sie sich wieder zurück, um sich zu einer neuen triumphierenden Woge zu sammeln, und sie begleiteten die Flammen und das Getöse des Feuers mit ihrem endlosen Gesang.

»Els ist tot, Kaffern-Killer Els,
Zum Teufel gegangen, wo seine Seele hingehört.
Schänder unserer Frauen, Mörder unserer Männer,
Wir werden das Schwein nie wieder sehn.«

Das Lied wurde von den Zulus auf den Straßen außerhalb des Gefängnisses aufgeschnappt, und sie sangen den Refrain mit. Von Haus zu Haus, von Straße zu Straße verbreitete sich der Gesang wie ein Lauffeuer, während schwarze Dienstboten auf die Straßen strömten, um den Rauch des Scheiterhaufens über dem Piemburger Gefängnis aufsteigen zu sehen. Innerhalb einer Stunde hallte ganz Piemburg vom Singen der Zulus wider. In seinem Bett im Piemburger Krankenhaus hörte Kommandant van Heerden halb im Schlaf den Kehrreim des Liedes und lächelte. Er erschien ihm ein gutes Vorzeichen zu sein. Er begann, ihn fröhlich mitzusummen. Er öffnete ihm weit das Herz.

Als es dunkel wurde, tanzten und sangen die Gefangenen immer noch. Im Verwaltungstrakt duckten sich angstvoll die Wärter und spähten voller Furcht durch die Gitter auf die schwarzen Gestalten, die sich gegen die Flammen abhoben. Der alte Wärter verfluchte Els und sein verdammtes Hängen, aber er war nicht so dumm zu versuchen, dem Feiern ein Ende zu machen. Er würde sich nicht von den Volksmassen in Stücke reißen lassen, indem er versuchte, sich einzumischen, und als er das Polizeirevier anrief und um Verstärkung bat, wurde ihm von Luitenant Verkramp mitgeteilt, daß das Polizeirevier selber belagert werde, und er müsse halt beten und warten, daß der Rausch sich von selbst wieder lege. Verkramp hatte nicht übertrieben. Die Straßen von Piemburg waren von tanzenden Menschenmengen überfüllt. Der Verkehr brach zusammen, und die weißen Autofahrer liefen entweder nach Hause oder verbrachten die Nacht lieber in ihren Büros, ehe sie den Versuch wagten, durch die erregten Volksmassen hindurchzufahren. Nicht daß es irgendein Anzeichen von Wut unter der Menge gegeben hätte, nur ein überwältigendes Gefühl der Befreiung und Freude.

Als in derselben Nacht ein Flugzeug nach London niedrig über Piemburg hinwegflog, machte ein hochgewachsener, fröhlicher Geistlicher seine Sitznachbarin auf das Feuer und die in den Straßen tanzenden Menschenmassen aufmerksam.

»Und alles darin ist muntrer als zuvor«, bemerkte er sibyllinisch.

Seine Nachbarin legte den Gummiwaren-Katalog beiseite, in dem sie gelesen hatte. »Ich bin sicher, du wirst einen sehr guten College-Kaplan abgeben«, sagte sie und seufzte, »aber ich bezweifle, daß ich in London einen Zulu-Koch finden werde.«

Erst nach einem Monat ging es Kommandant van Heerden gut genug, daß er das Krankenhaus verlassen konnte. Sein neues Herz hatte keine Abstoßungssymptome gezeigt, und die Ärzte waren über seine Fortschritte begeistert. Eine kleine Schwierigkeit hatte es wegen der Injektionen gegeben, und es waren die vereinten Kräfte von sechs Krankenpflegern nötig, um den Kommandanten festzuhalten, aber abgesehen davon war er ein Musterpatient gewesen. Nach vierzehn Tagen hatte man ihm erlaubt aufzustehen, und erst da hatte er das volle Ausmaß der Tragödie im Piemburger Gefängnis erfahren.

»Es war ja ein Wunder, daß es den Sanitätern gelungen ist, den Spender noch rechtzeitig wegzuschaffen«, sagte er zu Dr. Erasmus. »Eine Minute länger, und ich wäre heute nicht hier.«

Dem mußte Dr. Erasmus zustimmen. »Ein echtes Wunder«, sagte er.

»Sind Sie sicher, daß das neue Herz nicht mehr abgestoßen wird?« fragte der Kommandant und war erleichtert, daß der Doktor ein so großes Vertrauen hatte, daß alles gutgehe.

»Ich kann ehrlich sagen«, erwiderte ihm Dr. Erasmus, »daß im Grunde genommen das Herz, das in diesem Augenblick in Ihrer Brust schlägt, recht gut hätte dasjenige sein können, mit dem Sie geboren wurden«, und nach dieser Zusicherung, daß es keine Abstoßung geben werde, lächelte der Kommandant glücklich in sich hinein.

Als er endlich das Krankenhaus verließ, nahm er

sich einen Monat Urlaub, den er am Strand bei Umhloti verbrachte, wo er sich eine gesunde Bräune holte und Bücher über die Familie Hazelstone las. Eine Weile spielte er mit dem Gedanken, seinen Namen in van Heerden-Hazelstone zu ändern. »Schließlich gehöre ich praktisch zur Familie«, dachte er, aber dann gab er die Idee als nicht gerade geschmackvoll auf. Statt dessen entwickelte er einen Zug ins Arrogante, was Luitenant Verkramp ärgerte und von allen anderen ignoriert wurde. Die Ärzte hatten ihm gesagt, sein neues Herz brauche viel Bewegung, und so versuchte der Kommandant, so viel wie möglich aus seinem Büro rauszukommen und in der Stadt herumzuwandern.

Sein Lieblingsspaziergang führte ihn immer wieder den Town Hill hinauf nach Jacaranda Park, wo er dann die Auffahrt zum Haus hinunterlief. Das Anwesen stand noch immer leer, und es hieß, es solle in ein Museum oder sogar in einen Nationalpark umgewandelt werden. Unterdessen aber ging Kommandant van Heerden gern dorthin, setzte sich auf die Veranda und erinnerte sich an die Ereignisse der Woche, die sein Leben so nachhaltig verändert hatte.

Oft mußte er auch an Els denken, und daß Els tot war, tat ihm jetzt sehr leid. Der Wachtmeister hatte wohl auch seine guten Seiten gehabt, dachte er, und er mußte einfach zugeben, daß Els ihm mehr als nur einmal das Leben gerettet hatte.

»Wenn es nicht Els und dieses verdammte Gewehr gegeben hätte, dann säße ich heute nicht hier«, sagte er sich, bevor er sich erinnerte, daß es Elsens blödsinnige Dummheit gewesen war, die vor allem sein

Herzleiden verursacht hatte. Trotzdem konnte er es sich leisten, jetzt nachsichtig zu sein. Els war gestorben, wie er gelebt hatte: menschenmordend. »Er ging mit Volldampf ran«, dachte er und rief sich wehmütig des Wachtmeisters heldenhaften Kampf mit dem Dobermann in Erinnerung. Das brachte ihn wieder auf einen Fall, von dem er neulich in der Zeitung gelesen hatte. Der drehte sich um einen schwarzen Häftling auf einer Gefängnisfarm in Nord-Zululand, der einen Schäferhund zu Tode gebissen und dann erhängt hatte. Der Name dieses Kerls war Forebode gewesen, was dem Kommandanten irgendwie bekannt vorkam. Jedenfalls hatte er zwanzig Peitschenhiebe wegen Unzucht erhalten, und der Kommandant fand, die hatte er verdient.

Er machte es sich in einem Korbsessel bequem und blickte über den Rasen hinüber zu der neuen Büste von Sir Theophilus, die er auf eigene Kosten hatte aufstellen lassen – oder besser: auf Kosten der Belohnung, für die Els ja keine Verwendung mehr hatte. Er hatte auch den Präparator für seine Bemühungen bezahlt und den ausgestopften Toby in sein Büro im Polizeirevier gestellt, wo er ihm die Gelegenheit gab, den neuen Wachtmeistern in hohen Tönen die Tugenden von Wachtmeister Els zu preisen, der diesen Hund getötet hatte, um seinem Kommandanten das Leben zu retten.

Alles in allem, überlegte der Kommandant, hatte er guten Grund, glücklich zu sein. Die Welt war kein übler Ort zum Leben. Südafrika war immer noch weiß und würde es auch bleiben. Aber vor allem wußte er, daß er die hohe Stellung verdiene, die er in Piemburg innehatte, und daß sein größter Wunsch schließlich in Erfüllung gegangen war. In seiner Brust, da klopfte das Herz eines englischen Gentleman.

Bitte beachten Sie
die folgenden Seiten

Tom Sharpe

Puppenmord
Ullstein Buch 23847

Trabbel für Henry
Ullstein Buch 23860

Tohuwabohu
Ullstein Buch 23993

Mohrenwäsche
Ullstein Buch 20593

Feine Familie
Ullstein Buch 20709

Der Renner
Ullstein Buch 20801

Klex in der Landschaft
Ullstein Buch 20963

Henry dreht auf
Ullstein Buch 22058

Alles Quatsch
Ullstein Buch 22154

Schwanenschmaus in Porterhouse
Ullstein Buch 22195

FamilienBande
Ullstein Buch 22682

NEIN, WARTE DOCH MAL... WO GENAU IST DENN HIER ?
UM ABSOLUT GENAU ZU SEIN, MONSIEUR, AUF FROSCH-STERN B.
ABER VON DORT SIND WIR DOCH GRADE WEGGEFLOGEN ZUM RESTAURANT AM ENDE DES UNIVERSUMS.